明穏流水
Illustration だぶ竜
地味だけど最強の
ゆるり
生産系スキルで
領地運営
はじめよう
~転生して健康な身体を手に入れた僕、のんびり暮らしていたのに
いつの間にか仲間とともに大貴族に成り上がっていた~

この世界に来てしばらく経つけど、
ようやく慣れた感じかな
アレス
事故に遭い車いす生活をおくっていたが、ある日異世界に転生。神様から健康な身体と生産系スキルを授かる。自由に動ける身体を手に入れただけで満足していたが…。
ロナンダル王家は
私が守ります
メリッサ
ロナンダル王国の第2王女。盗賊に襲われたところをアレスに助けられて以来急接近して…。
キャラクター紹介
CHARACTER

ああ？　何だって？
つべこべ言うんじゃないよ
テネシア
アレスが森の中で偶然出会った竜人の娘。剣・槍と火魔法の使い手でアレスの護衛（側近）となる
いくらテネシアさんの頼みでも、
それはできません！
イレーネ
弓・短剣と風魔法の使い手。ゴブリンと1人で戦っているところをアレスが助太刀したことから仲間に。テネシアとともにアレスの側近として活躍する。
さて、薬草採取に
出かけましょう
ミア
薬師。とある国の有名な薬師だったが、裏切りにより追放され困っていたところアレスと出会う。

おお！
面影はあるけど
かっこ良くなってる！
体も軽いし、
何より歩けるのが
最高だ！

地味だけど最強の
ゆるり 生産系スキルで
領地運営
はじめよう

~転生して健康な身体を手に入れた僕、
のんびり暮らしていたのにいつの間にか
仲間とともに大貴族に成り上がっていた~

明穏流水

Illustration だぶ竜

目次

序章　異世界へ

「はぁ……今日も何もない一日だったな……」

車椅子をこぎながら、いつものひと言が出てしまった。もうこの生活になって、どれくらい経《た》っだろうか……。大学を卒業し、社会人になった最初の年の暮れに交通事故に遭って以来、僕はほとんど家の中で生活している。これじゃ、まるで籠《かご》の鳥だ……。

「こんなはずじゃなかった……」

社会人になったら、いろんな場所へ行って、いろんな人に出会って、いろんな経験がしたかったな……この先どうなるんだろう……。

大きなため息が出てしまう。

世界中を旅行したかった。

いろいろ見たり聞いたり体験したかった。

会社で活躍して出世したり、経営に携《たずさ》わったり。

未知の場所へ行って冒険みたいな活躍をしても面白いかもな。

正義のヒーローみたいのもかっこいい。

無双の力で悪党退治をしたりとかね。

世界をまたにかけて商売をしたり、新しい物をつくったり。

それに……信頼できる仲間も欲しかった。

結婚もしたかったし、家庭も持ちたかった。

子供がいたら、きっと可愛かっただろうな。

そして……人の役に立ちたかった。

全部叶《かな》わぬ夢だな……。

しかし、心ここにあらずで、ボーッと車椅子をこいでいたのが、いけなかったんだろう。

ハッと我に返ると目の前に階段が迫っている。不味《まず》い！　落ちかけている！

そう言えば、ここは二階だった！

たっ、助けて！　体がうまく動かない！

あれっ？　何か、変な感じ……。

スローモーションのように落下していく……。

あっ、ダメだ！　このままだと！

「嫌だあああ！　死にたくないいいい！」

薄れゆく意識の中で思った。

これがたぶん命が消える『死』の感覚なのだろう。

でも、死にたくない！　生き続けたい！

その葛藤《かっとう》の中、意識を失った。

◆

どれくらい経ったのだろうか……。

ここはいったいどこだ？　自分は生きてるのか死んでるのか？

意識がはっきりし、目を覚ますと、あたりは光り輝いている。この感じ……。ここは天国か？　確か……階段から落ちて……ということはやはり死んだのかな……。

そう思うと同時に、上から視線を感じ、見上げると、白装束《しろしょうぞく》で何とも神々《こうごう》しい白髭《しろひげ》のおじいさんが宙《ちゅう》に立っていた。この時点で普通じゃない。

神様だろうか？　えっ、神様って本当に存在するの？

だが、今はそれより先に聞きたいことがある。

「……僕は死んだのですか？」

「うむ、肉体はその通りだ。でも魂はそのままの状態で存在しておる」

「つまり死んだんですね……」

この状況なら、そうだよね。でも、その割には生きている時と感覚が変わらないぞ。何で？

というか、体が軽く、ふわふわした感じで非常に楽だ。

「本来なら魂が浄化されて、お主らのいう死の状態になるのが普通なんじゃが、そなたの場合、まだ生きたい、まだやりたいことがあるという思いが強かったので、ここにいるのじゃ。なので、その強い思いに応えて、再び新たな世界で人生をやり直すことが可能じゃ」

「新たな世界!?」

どんな世界だろう？

「しかも次回は健康な体で思うように生きられるから安心せい」

「ええ⁉　それなら最高です！」

「ただし次の世界は剣や魔法のファンタジーのような世界になるから、生き残るために『力』が重要じゃ。そこでそなたにはいくつか魔法スキルを授けるとしよう」

「ま、魔法ですか⁉」

魔法なんて物語の出来事だと思っていた。

「体と記憶はそのまま。ただし体は健康にしておくし、見た目を新しい世界に合わせよう。最初は生活しやすいように初期の必需品も用意しておく。そこで環境に慣れてから、好きに生きるが良いぞ」

これは嬉しい、やりたいことはいっぱいある。

「どんな魔法が使えるのですか？」

「【収納】と【転移】のスキルを最初から使えるようにするが、使用に応じてレベルが上がり、新たな魔法が増えていく。主に物作りに役立つスキルじゃ」

物作りか……いいな、興味がある。でも、【収納】と【転移】？　どうやって使うんだろう？

「【収納】は物を別空間に収めるスキル、【転移】は一瞬にして遠方に移動するスキルじゃ。【収納】は対象物をよく見て、【転移】は移動先の場所をよく見て、意識を集中し、スキル名を唱えればいい。【収納】【転移】とな」

それなら僕にもできそうだ。【収納】と【転移】だな。

「ありがとうございます」

「前回の人生は上から見ていたが、本当に辛《つら》い思いをしたようだな……。魔法スキルが強化されるよう支援するので、思い通り生きてみなさい」

その言葉を最後に徐々に意識が遠くなった。

よく分からないけど、本当に生き返るのかな？

◆

目を覚ますとベッドの中におり、周りを見渡すと、平屋の山小屋のようだった。

「ここが新しい世界か？」

起きて、家の中を見て回った。どうやら食料、衣服、道具など、当面の生活に必要な物がひと通りあるようだ。机の上の袋には、ご丁寧にこの世界のものと思われるコインも入っていた。もっと家の中を見てみよう。あっ、向こうに鏡があるじゃないか。

「おお！　元の面影はあるものの、洋風にかっこ良くなっている！　二十代前半くらいかな？　それに顔色が凄《すご》くいい。体も軽いし、何より普通に歩けるのが最高だ！」

これも、先ほどの神様（？）のお陰かな？　どう考えてもそうだよね。

「しばらくはこのあたりを調べるのと、生きるのに必要であろう魔法の訓練をしないとな」

とにかく今日から人生を思いっきり楽しむぞ！　やりたいことはいっぱいある！

しかし、健康な状態というのは本当にありがたい。体が自由に動くというのはそれだけで幸せだ。

ここがどんな所かよく分からないけど、感謝と幸せの気持ちが大き過ぎて、不思議と不安がない。なんだろう？　この内側から湧き上がる活力は？　これが生命力なのか？

以前、何もできない無力感に苛《さいな》まれていたが、今は大抵のことができそうな気さえする。思えば僕は前の世界ではやりたいことが多過ぎて、いつも空想していたっけ。それが障害を持ってからはさらに拍車がかかった。何もできない自分には空想だけが大きな楽しみだった。

自分は空想の力だけは人に負けない！

夢、イメージ、空想、前の世界ではあまり役に立たなかったけど、この世界で少しでも役に立てばいいいな。今は楽しい気分でいっぱいだけど、運良くこの世界に来たんだから、この世界のことを一から学ばないとな。できることからやって行こう。しかし、自分の体を思い通り動かせるって本当に素晴らしいし、ありがたい。ワクワク感が体から溢れてくる。よし、やってやるぞ！

第一章　山暮らし

異世界一日目、いろいろすべきことはあるが、まずは魔法スキルの確認だ。ここは異世界で何が起こるかまったく分からないから、今後のためにも魔法を使いこなせるようにするのが先決だろう。確か【収納】と【転移】が初期から使用可能だったよな。本当に僕に使えるのかな？

家の外に出ると、あたりは木々で覆われている。丁度家の周りだけは庭のような平地《へいち》になっているが、明らかに森の中の一軒家だね。耳を澄ましても、人の声や生活音のような物はまったく聞こえてこない。風が吹くと葉がすれる音はするが、ここはきっと人里離れた森の中なんだろう。

ということは周りを気にせず魔法を使える環境なんだよね。試しに木に向かって使ってみるか。

よし、あの木にしよう。木に意識を向けて……。

「【収納】！」

その瞬間、目の前の木が根っこごと消える。

「おお！　凄い！」

その直後、【収納】に木が一本入ったイメージが浮かんできた。あんなに大きな物でも【収納】できるのか!?　あまりに簡単であっという間の出来事だったが、これは凄い。

「ははは……」

思わず笑いこぼれてしまう。これが笑わずにいられるだろうか？

だって、この僕に魔法スキルが使えたんだよ。

大声で「うおおお！」と叫びたい衝動に駆られるが、下手に叫んで魔物でも来たら嫌だしね。

とにかく、やるべきことをしよう。優先事項はスキルの確認と練習だ。

「【収納】！」「【収納】！」「【収納】！」

気を良くして、練習がてら家の周りの木を十本ほど収納したが、まったく問題なくできた。

しかも簡単にだ。ふふふ。ヤバい、笑いが止まらない。

ただ、木を抜いた場所に穴が開いてしまったので、何とかしないとな。これじゃみっともないし、うっかり落ちそうだ。そう言えば、【収納】した物って、【収納】しっぱなしじゃ困るよね。家の収納庫だって出し入れできる。【収納】した物を取り出すにはどうしたらいいんだ？【収納】で【収納】できたんだから、ひょっとして【取出し】？　とにかく試してみよう。頭の中に【収納】イメージが浮かんでくる。おや、木と一緒に土も【収納】されているぞ。そうだ、土を穴に移してみようか。

少し歩いた場所に盛り土があったので、土を【収納】してと。

そして穴を土で埋めるよう強くイメージして、

「【取出し】！」

おお、土で穴が埋まった！　少しはみ出たが、しっかりイメージできればもっと上手に作業できそうだな。それにはもっと練習が必要だ。しばらく続けて行こう。

こんな感じで家の周りの木、土、石を【収納】【取出し】して綺麗《きれい》に整えていくと、数時間後には平らな庭、木材、そして石垣ができあがった。石垣造りというと普通は大変な作業だろうが、スキルで山の石を移して重ねるだけなので、簡単な作業だった。スキルを使えば、体力は必要ない。これは楽だ。まだ魔物などは出ていないが、いつ現れるとも限らないので、早めに石垣で防御壁を築いた。

「よし、次は【転移】を試してみるか」

【転移】は目的地を強く思い浮かべることがポイントのよう。不思議とこういうことが自然と分かるのは初期設定なのだろう。この世界はまったく初めてなので、イメージするには一度でも見た場所でないと難しそう。それなら十メートルほど前の場所を目視《もくし》して……。

「【転移】！」

一瞬で十メートル前の位置まで移動する。先ほどまで僕が目視していた場所だ。

今、僕はそこにいる。凄い！　このスキルは！　この思いを発散しない訳にはいかない。

「うわおお、これは凄いいい！　面白いいい！」

はぁ、声を出したら、すっきりした。

この後、しばらく家の周りを【転移】で移動し、それから、屋根の上、家の中、と練習を続けた。

これなら、森の調査もできそうだ。魔物が出たら、すぐ家に【転移】で戻れる。じゃあ、行くか。

「【転移】！」

まずは山の高い方に登ってみよう。道なき道だが、平地より木の枝の上が安全だと気付いて、枝から枝に【転移】していく。まるで忍者みたい。最初は十メートルくらいだったが、視界の及ぶ遠方まで伸ばしていったら、百メートル、二百メートルとどんどん距離が伸びていく。

「【転移】！　【転移】！　【転移】！」

すでに山の頂上も見えてきたが、一足飛びに頂上に到着したら味気ないし、森の調査にもならないので、五百メートルくらいの間隔で【転移】を繰り返していく。【転移】は視界が関係しているから、このくらいの距離だと意識しやすい。しかし、ここはずっと木ばかりだ。森の中だから木が多いのは当然だが、これは僕が知る森の広さじゃないな。大森林地帯？

だが、こんなに移動しているのに、まったく疲れない。調査も兼ねて【転移】するが、三十分もしないうちに山の頂上に到着してしまった。やはりこのあたりは一面、森に覆われていて、人里はまったくないんだな。最初からそんな気はしていたが、本当に森（山）の中の一軒家にいたようだ。

「よし、一度、家に戻ろう。家に【転移】！」


一瞬で家の前に戻る。

「これはとんでもないスキルだな。今度は下に降りてみるか」

下に向かって……。

「【転移】！」

先ほどと同じ要領で転移を繰り返すと、次第に平地が広がり、遠くにに人里が見えてきた。

「結構、人里から離れていたんだな……」

今日のところはこれでいいだろう。ふたつの魔法スキルを確認して、興奮が冷めやまない。

帰宅してクールダウンだ。


その晩、今日の出来事を振り返る。

【収納】は物を入れて【取出し】で出す。知らない者が見たら、物が消えて、何もない場所に物が現れるように見えるだろう。しかも、一瞬かつ大量に【収納】【取出し】できる。いろいろ広範囲に使えそうだ。【転移】も凄い。視界に入った場所に一瞬で移動できる。そして、一度見た場所なら、次回からイメージして、その場所へ行ける。スキルを練習すると、余計にスキルの凄さを実感できるようになるし、スキルの凄さが分かると、さらに練習したくなる。うん、好循環だ。本当にワクワクが止まらない。こんな凄いスキルを与えて下さった神様（？）に感謝しないとな。

初期備品の水と食料は一か月くらい持ちそうだが、その間にすべきことをまとめてみた。
一、水と食料の探索、確保。
二、自宅防御（石垣設置済み）。
三、魔法の練習　【収納】【転移】スキルを日常的に使用。
四、剣の練習　護身と狩りのため。
五、この世界の知識吸収　本棚に生活に役立ちそうな本があった。
六、自分の名前を決める。

ぶっちゃけ【収納】【転移】があるので水と食料の探索は何とかなりそうだし、夜は初期備品の本でこの世界の勉強もできる。本当に神様はありがたい。ただ少し気になるのは外敵の存在だ。本の情報（識字能力も初期設定に含まれていたようだ）から魔物がいると想定しているが、とんでもない強敵かもしれない。遭遇したら逃げるしかないが、特別な攻撃スキルのない自分としては強固な避難場所が欲しい。家の周りの石垣だけじゃ何とも心もとない。
「そうだ！　地下にシェルターを設置しよう！」

前の世界にいた時に核シェルターというのを耳にしたことがあるが、今まさに、それが必要だ。

「【収納】！」

自宅の床板をはがし、下に向けて穴掘りの要領でどんどん土を【収納】していく。手作業なら相当な重労働だろうが、あっという間に地下に空間ができた。だが、このままだとまったくくつろげないので石や木材で内装を施そう。この作業中、頭にスキルのレベルアップのイメージが浮かんだ。

〈【収納】レベル1→2　収納内で分別分解可能〉

「よし！　いいぞ！」

これで【収納】した物を労せず木から木材に、石から石材にできるので、より一気に作業効率が上がる。地下室は地下五メートルくらいに設置しよう。階段も付けたので、緊急時にすぐ使える。

「うん、シェルターはこれでよし！」（とりあえずね）

本当は酸素欠乏症にならないよう、換気設備なども設置しないといけないが、現時点のスキルでは難しいため、もしスキルがレベルアップできたら追加したい。それまでは【収納】スキルで換気できるようにしておこう。空気の【収納】【取出し】もできるはず。

水場は自宅から一キロほど離れた場所に川が流れていた。試しに飲んでみたが、のど越しサラサラで美味《おい》しかった。また周辺には食べられそうな野生の木の実やキノコもあったから飢え死にしなくて済みそう。本棚にあった野草の本を見て、もっと調べておかなきゃな。ここでは食べ物の知識はとても重要なようだ。前の世界なら、店で買った物をそのまま食べれば済んだが、この森の中ではそうはいかない。まさにサバイバルだ。あとはそう、剣の練習だな。これは初期備品に何本か剣があったので、とりあえず素振りを日課とすることにした。この未知の世界では何が起こるか分からない。自分の身は自分で守れるようにしっかり練習しよう。

本の情報によると、ここは神様の説明の通り、剣と魔法のファンタジーのような世界で、魔物も冒険者もいるらしい。どうりで魔法が使えて、剣まで用意されていたわけだ。僕がいるところは森の中だが、ここを出れば王様が治める国があるらしい。そして、貴族がいて平民がいて、身分差があるようだ。うまくやらないとな。いつまでもここにいるつもりはないが、もっと鍛えてからの方がいいだろう。最初は健康な体と魔法が使えることに感動したが、僕ひとりじゃどうしようもないし、魔法も非戦闘系ときてる。ここを何とかしないとな。前の世界とは違う。この世界は強さが必要なようだ。

◆

この世界に来てから一週間ほど経過した。剣の素振りに慣れたので、木で作った人形に向かって、当て稽古をし始めた。最初のうちは一振りごとに手首が痛くなるし、剣がすっぽ抜けたりして、大変だったが、日に日に様になってきたようだ。もう少ししたら小動物の狩りに出ようかな。

それと名前、本によるとこの世界は西洋風の名前が多いようなので、アレス・ギルフォードとした。特に深い意味はないけど、何となく直感で。しかし、自分で勝手に考えた名前だから、どこか自分の名前という感じがしない。鏡で見たら、確かに見た目は洋風な顔立ちになっているから、この名前でも違和感はないんだろうが、中身は完全に日本人だからねぇ……。しばらくは名前を伏せておこう。と言っても周りに誰もいないし、聞かれることもないだろうけどね。はは。ひとりきりの生活もだんだん飽きてきた。誰かと話をしたい。

◆

森の生活にもだいぶ慣れてきた。初期の水と食料は使い切ったが、水は近くの川から汲《く》み置きしているし、食料も木の実、キノコ、野草を中心に備蓄できた。残念ながら狩りの腕は素人《しろうと》で、うさぎやシカなどなかなか捕まえることができない。剣の練習をしているが、野生の動物は勘が鋭く、あっという間に逃げてしまうのだ。

「たまには肉が食べたいよな……」

毎日、植物ばかりだとさすがに飽きてしまう。うう、肉が恋しい。

「今度は魔法スキルと剣を組み合わせるかな？　それより罠かな？」

そんなことを悠長《ゆうちょう》に考えていたら、家の外から声が聞こえてきた。

「お～い、誰かいるか～？」

こんな森の中の一軒家に突然の訪問、一瞬、ビクリとするが、声から察するに、どうやら若い女性らしい。扉の前にいるようだ。それにしても明るくて大きな声だな。声の印象から悪い感じはしない。そのまま開けても、たぶん大丈夫だろう。

でも、それは日本の話。ここは異世界だ。何があるか分からない。急に化けたりして？

人里離れているし、用心した方がいいな。こういう場合を想定して、事前にスキルを練習していた。

「外の木の枝に【転移】！」

自宅から少し離れた木の枝に【転移】した。ここからは後ろ姿だが訪問者がよく見えるし、こちらは葉っぱで身を隠せる。確かに若い女性のようだが、頭に二本の角が生えているぞ⁉　その時点で人間ではない。いったい何者だ？　緊張感がわき起こり、思わず固唾を飲み込む。そして、ジッと角を凝視したその瞬間、女性の姿が視界から消えた。


「えっ‼」と思う間もなく、自分の後ろ側から「動くな！」という声がする。

横目で見たら先ほどの女性だった。こちらは攻撃する意思はまったくない。

とにかく冷静に確認しよう。

「先ほどまで、僕の家の前にいたのに、どうして今は僕の後ろにいるんだ？」

「ん？　後ろから気配があったからな。それで俊足を飛ばしたまでだ」

「俊足？　それって魔法スキルか何かか？」

まるで【転移】のようだった。

「いや、違うぞ。素早く動いただけだ」

素早くって……人間じゃ無理な動きだ。

「ところで、こちらも聞きたい。なぜこんな木の上にいる？　見たところ、人間のようだが、簡単に登れないだろ？　てか、どこから来た？」

【転移】しただけだから、途中経路なんて、眼中になかったが、改めて下を見ると、確かにそれなりの高さだ。落ちたら骨折くらいしそう。

「僕は先ほど、君が訪問した家の中にいたんだ」

家の方を指さししながら答えると、女性が目をパチクリし、怪訝《けげん》な表情に変わる。

「ちょっと待て、家の中にいて、今、どうして、ここにいるんだ？」

答えは【転移】だが、口で言うより、実演した方が早いな。


「いやぁ、先ほどは驚いたぞ！」

訪問した女性と家の中で談笑する。あの後、再度、自宅に【転移】してから、扉を開けたら、びっくりしていた。まあ驚くのも無理はない。僕にまったく攻撃の意思がないこと。ここにひとりで住んでいることを説明したら、警戒を解いてくれた。僕の方も最初、身構えてしまったが、相手も攻撃の意思がないことが分かり、こうして、家に招き入れた。本当の悪党なら、扉を叩かず、家に侵入しようとするだろうし、木の上で僕の後ろを取った時に、刃物を突き立てただろう。彼女はそれをしなかった。だから、普通に会話が成立すると思ったんだ。口調は男勝りだが、どこか気の良さがある。

木の上に転移したのは相手を確認するためで、その後、家の中に戻り、普通に戸を開けるつもりだった。この家の扉に覗き穴はなかったもんでね。

「こんな山の中にひとりで住んでいるとはな」

「ええ、まぁ、そのうち他に活動範囲を広げたいと思っていますが、もうしばらくは」

突然ではあったが、こうして人と話せるのは久しぶりだ。何かホッとする。

「ところで、どんなご用件で？」

「実はひとりで着の身着のまま旅をしてたら、持ち合わせがなくなってしまって、何も食べてないのだ。何か食べ物をもらえないだろうか？　それと休ませてもらいたい」

「大したおもてなしはできないですが、いいですよ」

そう言って、木の実をテーブルに置いたが、その途端、ガツガツと凄い勢いで食べだした。相当お腹が減っていたのだろう。その後、落ち着いてから、詳しく話を聞いたところ、この女性はテネシアという名の竜人《りゅうじん》で、ひとり旅をしていたようだ。生憎《あいにく》この辺りの地理には慣れておらず、どんどん森の奥に入ってしまったらしい。ここに来られるなんて相当な猛者だ。

「しかし、よくこんな森の家まで辿《たど》り着けましたね」

「何となく、家があるような気がしたんだ」

へぇ～さすが、竜人、野生の勘かな？　先ほどの動きもまったく見えなかったもんな。

「ところで、家主よ、食べさせてもらって言うのもなんだが、この家に肉はないのかな？」

肉？　ストレートな物言いだが、この女性が言うと、違和感がない。

「自分も肉を食べたいんですが、狩りの腕が素人で狩れないんですよ」

「それなら、私が狩ってやろう。少し食べて元気が出てきた」

「えっ、本当ですか！　それは助かります」

その晩、竜人の娘をベッドに寝かせ、自分はソファで寝た。テネシアはだいぶ疲れていたようだ。

彼女は特段、行き先を決めてないらしく、少し訳ありな感じがしないでもないが、そんなことを言ったら、僕もそう。このあたりはお互い触れないでおこう。ひとりじゃ寂しいし、できればしばらくいてほしい。

翌日、彼女は昼近くに起きたが、起きて早々、狩りに出かけた。

一応、うさぎやシカが出そうな場所は教えておいたが、どうだろうか？

「家主～、シカを捕ったぞ～」

玄関からテネシアの声が聞こえる。扉を開けるとテネシアがいたが、肝心のシカがいない。

どうやらシカは近くの川で血抜きしているらしい。

「それでは、後で一緒に川に行きましょうか」

「そうだな。重いからふたりだと助かる」

どうやらテネシアは剣と槍《やり》が得意なようだ。非常に心強い。今夜は久々のお肉か、楽しみだ。

川の前でシカを捌《さば》いているが、テネシアは手慣れたものだ。ここなら家を汚さないで済む。

そろそろ作業が終わるな。

「それではテネシア、シカを持って帰ろう」

「そうだな。家主はこっち側を持ってくれ」

「大丈夫、重い荷物を持って歩かなくて済むから」

「ん？」

「片手にシカを持って、片手で僕の手をつないでくれるかい」

「うん？　こうか」

「【転移】！」

「えええぇ、なんだ、こりゃ――――‼」

一瞬で僕とテネシアとシカが自宅前に到着する。

「おい、脅かすなよ！」

「はは、ごめん、ごめん」

　いきなりの【転移】でテネシアに文句を言われる。しかし、ぶっつけ本番だったが、今回、手をつなげば他人も【転移】で運べることが分かった。物を運べることは知っていたが、人（正確には竜人だけど）は初めてだ。

　とにもかくにも、その日の晩は美味しいシカ肉を焼いて、たらふく食べた。いや～美味しかった。テネシアの話では、狩りは武器の腕だけではダメで、相手の気配を読み、逆に自分の気配を消すことが重要らしい。それとスピード。こればかりは一朝一夕でできることではないが、剣と槍を持って、これができるのは本当に凄い。


　就寝前、テネシアと話す。

「そう言えば、テネシアは僕のことをずっと、家主と言ってるけど、ちょっと変な感じがするな」

　テネシアの滞在が一日、二日だったら、それでも良かったが、テネシアは先を急ぐ感じでもないし、当面いてもらえそう。口に出さないが嬉しい。

「そうか？　家の主なら、家主だろ？」

　はは、何とも大雑把というか豪快だな。テネシアは小さいことを気にしないタイプのようだ。僕の名前であるアレスを言えばいいんだろうが、自分でつけた名前だし、正直、まだ自分の名前って感じがしない。それにこの世界で初めて会った存在に対し、この名前を言っていいのか迷う部分もある。まだ自分はこの世界の人間になりきれてないのだろう。

家主の代わり、アレスの代わり……、あっ！　あの呼び名はどうだろう。

「それじゃさ、君さえ良ければなんだけど、家主から家を取って、主《あるじ》はどうだろう？」

僕はずっとこの家にいるつもりじゃないしね。

「『あるじ』か、いいよ」

「そうかい？」

「うちの故郷で、家の主は『あるじ』『しゅじん』などと言われていたからな。違和感はないぞ」

ほう、テネシアの故郷は古風なんだな。だが渡りに船だ。それに乗ろう。本名（というか、この世界で僕が適当につけた名前だけど）はもう少ししたら教えよう。僕が提案した主呼びは家主の代替に過ぎず、主従関係を示す主人の意味ではない。言わばコードネーム「アルジ」だ。せっかく異世界に来たんだし、こういう呼び名があってもいいよね。本名の「アレス」にも似ている。とにかくこの世界に慣れていこう。

◆

竜人の娘、テネシアが来てから一か月ほど経過したが、ここの生活が気に入ったのか、すっかりいついてしまった。日中は森で狩りをすることが多いが、それ以外にもあちこち探索している。自分は相変わらず木の実、野草類の採取が多いが、最近はテネシアと一緒にシカを獲る機会も増えてきた。

テネシアは、遠戦、遠方は槍を使い、近接では剣を使う。一度、熊が出たことがあったが、その時は右手に剣、左手に槍と器用に両手で使いこなしていた。僕じゃ絶対真似できない。

今日はテネシアと遠出することにした。僕が【転移】を使えるので、テネシアが遠出を希望したのだ。彼女は探求心が旺盛なようで、僕も日々いい刺激を受けている。【転移】の際、手をつなぐのが少し恥ずかしいが、向こうは全然気にしてない様子。う〜ん漢《おとこ》だな。しかし、随分遠くまで来た。今回は相当、山の奥で、まったく未知のエリアだ。ひとりなら不安だが、武器を扱えるテネシアがいるので心強い。ふたりで大木の枝の上で小休止していると猛獣のような雄叫《おたけ》びが聞こえてきた。

「何だ。あの緑色の集団は⁉」

テネシアが遠くを指さす。あれ？　なぜか分かるぞ。

「あれはゴブリンだ！　あの統率の取れた動きだと上位種もいそうだな……」

初期備品の本に記載されていたが、なぜか頭に情報が浮かぶ。神様からのギフトか？　この世界の言葉を使えるのと一緒みたいだな。そう言えば獣の解体を見ても気に病まない。勇気向上かな？

「ゴブリン、強いのか？」

「少数なら雑魚《ざこ》だ。だが集団で、武器を持っていると厄介だ。しかも上位種ならCランクくらいはいくだろうな」

テネシアの問いにツラツラ答える自分に内心驚いているが、それを当然のように思う自分にも驚いている。何とも不思議な感覚だ。だが、冷静に見れば、遠くでゴブリンが騒いでいるだけなので、放置でも良かったが、目を凝らすとひとりの女性が戦っているのが見えた。

「うわ、無茶だ！」

「あるじどうする？」

「本当は魔物なんかとあまり関わりたくないが、女性を見殺しにはできない。それに僕には、【転移】があるから連れて帰ることができる」

ふたりで頷き、手をつなぐ。

「【転移】！」

テネシアと共に一瞬で女性のすぐ近くまで【転移】する。

三十体以上の荒々しいゴブリンに囲まれた状況だが、不思議と焦《あせ》りはない。

「助けます！」

助太刀を申し出ると女性がコクリと頷《うなず》いた。近くで見ると動きが速い。この女性も強そうだな。

【転移】で現れるやいなや、テネシアの剣がうなりをあげる。そして、目の前のゴブリンがバタバタ倒れていく。もの凄い速さだ。狩りの時とは次元がまったく違う。

先に戦っていた女性をよく見ると耳が長く、どうやらエルフのようだ。彼女は両手に短剣を持ち、スパスパとゴブリンの首筋を斬っていく。こちらも相当な腕前だ。自分はふたりの間に挟まれて、自分の近くに来る分だけは、どうにか片付けていった。ゴブリン一体なら小柄なので、僕でも何とかね。

これまで地道に剣の練習をした甲斐《かい》があった。

十五分ほど続いただろうか。この世界に来て、初めて本格的な戦闘を目《ま》の当たりにしてアドレナリンが上がりっぱなし。時間の感覚がはっきりしない。あっという間のような気もするし、止まった長い時間だったような気もする。周りを見渡せばほとんどのゴブリンが地に臥《ふ》していた。

「全部やったか？」

「いや、まだです。ゴブリンジェネラルとゴブリンキングがいます」

僕の問いにエルフの女性が冷静に答えた。ゴブリンジェネラルはCランク、ゴブリンキングはBランクにも匹敵すると、頭に情報がすぐ浮かぶ。

目の前に二体のゴブリンが近づく。このゴブリンはこれまでと違って大きくて強そうだ。

「やるか？」

テネシアの問いに、エルフの女性が冷静に答える。

「そうですね。ここまできたら最後までやりましょう」

ふたりとも勇敢だな。外見は綺麗な女性だが、中身は戦士そのもの。

「だけど大きい相手だし、武器だけだと厳しいかも」

と自分が不安げに言うと、テネシアは「大丈夫だよ、あるじ」と陽気に答えた。

この自信は何なのだろう。しかし、その理由はすぐ分かることになる。

「ファイヤーアロ――」

テネシアの手から炎が燃え盛り、それが炎の矢となって、ゴブリンジェネラルに襲い掛かる。

「ウギャア――――」

あっという間にゴブリンジェネラルが炎に包まれ黒炭となった。何だ、この力は？　魔法か⁉

「残るはゴブリンキングか！　ファイヤーアロ――」

テネシアの炎の矢がゴブリンキングに命中するが、必死に耐えている。

何か前に障壁のような魔法結界を張っているぞ。

「それなら、これはどう。エアカッタ――」

エルフの女性が風魔法を起こし、切れ味鋭い風の刃《やいば》が飛んでいく。それがまるでブーメランのようにゴブリンキングの後方に回り、魔法障壁のない背中に突き刺さる。うわっエグい攻撃だ。

「ギエエエ――――」

その瞬間、前方の魔法障壁も消え、テネシアから発せられた炎に包まれてゴブリンキングは倒れた。

ふぅ、どうにか全部倒したな（ほとんど、ふたりが倒したが）。

「ご助力頂き、ありがとうございます」

エルフの女性が丁寧に礼を言う。それを聞いて僕とテネシアは目を合わせ、ニッと笑うが、こんな場所で悠長に過ごしたくない。

「無事で良かった。それでは安全な場所に帰りましょう」

「この近くにお住まいですか？」

「ここから遠いですが、すぐ帰れます」

「えっ？　すぐ？　どういうことですか？」

エルフの女性が疑いの眼差《まなざ》しを向けてくる。まぁ、当然だな。

「とりあえず、手をつないで下さい」

両手で女性ふたりと手をつなぐ。両手に花状態だが、今はそんなことを言っている場合ではない。

ここは危ないからね。一刻も早く退散だ。

「【転移】！」

僕ら三人がその場から消え、そして家の前に現れる。

「えっ⁉　ここはどこ？」

エルフの女性が驚きの声を上げる。

「ここは僕の家です。転移魔法で戻ってきました」

「ええっ⁉　転移魔法⁉」

テネシアの時もそうだったが、驚き方が半端ない。どうやらこの世界、魔法はあっても、転移魔法は相当珍しいようだ。僕にとってはふたりの魔法の方が珍しいけどね。

「もう大丈夫ですよ。家で休みましょう」

少し動揺しているエルフの女性を家に入れ、お茶にすることにした。こういう時はまずは一服。

日本人的感覚かもしれないが、冷静さが大事だと思うんだよね。

「僕はここに住んでいる人間のアレスと言います。こちらは竜人のテネシアです」

テネシアから、あるじ呼びされているうちに、この世界の一員だという実感が芽生え、自分がアレスである感じが強くなってきた。そして最近、本名を打ち明けた。本名というのも何か変だけどね。

「私はエルフのイレーネと申します。先ほどは本当に助かりました」

「どうして、あんなところにいたんですか？」

思わず聞いてしまった。気になるもんで。

「ひとり旅をしているのですが、洞窟で休もうとしたら、ゴブリンと遭遇してしまいました」

ゴブリンの住処《すみか》に飛び込んだのか。そりゃ運が悪い。

「しかし、短剣をあんな自由自在に使いこなせて凄いな。風魔法もあるし」

テネシアは戦闘に興味があるようだ。

「テネシアさんこそ、長剣を豪快に振り回して迫力がありました。火魔法もお見事でした」

ふたりとも攻撃魔法を使えるんだな。羨ましい。

「でもアレス様の転移魔法は今まで見たことがありません」

「ああ、それが、あるじの凄いところだよ」

このふたりの魔法は目を見張るものだが、このふたりから驚かれる転移魔法って、どうやら相当珍しいみたいだな。それで、「アレス様」、なのかな？　大魔法使い的な？

話によるとエルフの女性、イレーネもひとり旅の途中で、テネシアと同様、行き先は決まってないらしい。武器は短剣と弓で、相当な手練《てだ》れだ。戦闘で疲れただろうから、家でゆっくりしてもらおう。

さて、ベッドが足りないな。至急作るとするか。そう言えば、テネシアは僕が本名の「アレス」を明かした後も、あるじ呼びを続けている。どうやら慣れてしまったようだ。まあ、いいか。アレスもあるじも似たようなものだ。

ふたりとも僕と種族は違うが、外見はほとんど人間と変わらない。変わっているのは、竜人であるテネシアは角、エルフであるイレーネは耳くらいだな。見た目は若い。僕と同じ二十代前半くらいかな。本棚の本で調べたら、竜人とエルフは種族特性で寿命が長いようなので、外見で年齢は判断できないみたい。

でも、不思議だな。この本を読むのは初めてなのに、入ってくる情報は初めての感じがしない。まるで、昔のことを思い出したみたいだ。ふたりについて、いろいろ聞きたい気持ちはあるが、聞けば僕のことも話さなくてはいけなくなるので、細かいことは聞かないでおこう。不思議とこのふたりは安心できそうな感じがするんだよな。

◆

エルフの娘、イレーネが来て、さすがに三人で暮らすには狭いと判断し、家を増築することにした。どうせなら各人個室があった方がいいだろう。【収納】の中を確認したら、相当な量の木材があったので、どんどん【取出し】て、組み立てていった。その最中、新スキルを獲得したとのイメージが浮かんだ。新しいスキルは【加工】で、神様が言っていた物づくりに適したスキルのようだ。いったん、手作業での組み立てをやめ、頭にできあがった家をイメージする。頭に図面が浮かび上がり、希望の間取りが表示された。

「【加工】！」

収納内の木材が取り出され、一瞬のうちに家ができあがる。

「うわっ、凄い⁉」

「こんなことが⁉」

ふふ、テネシアとイレーネの驚く姿が小気味いい。その後、室内を見てもらい、扉や家具を追加で【加工】していったので、何とか期待に沿えたことだろう。テネシアとふたりの時はテネシアの男っぽさも手伝って、同室暮らしでもさほど気にならなかったが、女性的なイレーネにはさすがに同室暮らしは不味いと感じた。それで元の部屋を三人の共通部屋にして、三室増築したから、四倍くらいに拡大した。それと石垣も組み直し補強した。これなら大抵の魔物は石垣の中に入ることすらできないだろう。

しかし、【加工】スキルは便利だ。収納内にある物か、目の前の物を材料にして、どんな物でも思い通りに作れてしまう。テネシアとイレーネの武器に【加工】を施したところ、新品のような状態になり、大いに喜ばれた。変形も直るし、錆《さび》や腐食も取ってしまう。ただ目の前に材料がないと、収納内の材料次第のところがあるので、今後は収納内の充実に努めたい。木材、石材は相当あるので、今後は金属を狙って行こう。どこかに鉄鉱石はないかな……。


その日の晩、三人で語り合う。

【加工】スキルの獲得で物づくりに目覚めたよ」

「あるじは家でも塀でも家具でも何でも作ってしまうな」

「アレス様のスキルは本当に素晴らしいです」

あるじにアレス様か、ふたりからの呼び方も定着してきた。スキルのせいだろうが、ふたりが僕を持ち上げることが多くなったが、称賛されると、俄然《がぜん》やる気が出てくるね。前の世界ではそんなことはほとんどなかった。褒められると素直に嬉しい。内側からパワーがみなぎってくる。

「それでさ、今度は【加工】スキルで金属製の武器を作ってみたいと思って」

「おお、武器か！　それはいいな」

「私も武器が充実したら嬉しいです」

ふたりとも武器への関心が高い。ゴブリンとの戦いを思い起こせば当然だな。

「それには材料が必要で、鉄鉱石とか鉱脈の場所が分かると助かるんだけど」

「それなら、山の奥に黒っぽい硬い岩場があったので、一度調べるといいですよ」

「山の奥側というと、ゴブリンが出たあたり？」

「そこよりもっと奥の方です」

へぇ、それは貴重な情報だ。イレーネは森に詳しいな。

「よし、一度行ってみるか。魔物が出るかもしれないからふたりに護衛をお願いしたい」

「分かった、あるじ」「分かりました。アレス様」


翌朝、三人でゴブリンと戦った場所まで【転移】する。できればあまり来たくなかったが、一度見た場所にしか【転移】できないため、しかたない。そこから先はイレーネに方向を聞きながら進み、何度か【転移】を繰り返すと、遠くに黒の斜面を発見。どうやらあれらしい。近づくと鉄っぽい臭いがする。小学生の頃、グラウンドの鉄棒で逆上がりした記憶があるが、あの時、手に付いた臭いだ。

「どうやら、アタリだ」

僕がそう言うと、テネシアも続く。

「ああ、凄い大きさだな」

とにかく大量に持っていこう。手当たり次第に鉄鉱石を【収納】する。よく見ると黒褐色の中に、赤や茶色が混じり光沢もある。他の金属も含んでいるのだろうか？　まじまじと鉄鉱石を調べていると、頭の中で【分別分解】のイメージが思い浮かんだ。【収納】さえすれば、鉄でも金でも分別保管できる。三十分以上経過したが、まだまだ入る。いったいどれだけ入るんだ？　キリがない。

「よし、ここで終わりにしよう」

ふっと一息つく。

「……あるじの【収納】スキルは限界がないんじゃないか？」

「……山の形が変わってますよ」

ふたりが呆然とした表情で僕に言う。はは、やり過ぎかな？　鉄鉱石をしこたま【収納】した後、

【転移】により一瞬で自宅に帰った。金属加工が楽しみだ。それと、今はここで、引き籠《こも》って生活してるけど、そろそろ外の世界も見てみたい。

その日の晩、三人で食事をする。三人の食事、これが家庭の温かみだな。

「あるじといると、楽しいな」

「そ、そう？　ははは」

僕が思っていることを先に言われてしまった。

「ええ、本当ですよ。アレス様」

ふたりの表情がにこやかで優しい。こんな日がずっと続くといいな。

◆

鉱山から帰り、収納内を確認したところ、鉄が大量に確保できていた。

それ以外にも金、銀、銅、ニッケル、マンガン、チタンなど、希少な金属も手に入った。

「これは凄いな……」

早速、剣を【加工】スキルで作ろうと思ったが、見本が欲しい。

「ふたりとも武器を貸してくれるかい」

ふたりから武器を預かった。まずは剣だ。テネシアの剣を見ながら、試しに一本【加工】してみた。

外見上はそっくり。性能はどうだろう？

テネシアが元の古い剣を、イレーネが【加工】して作った新しい剣を持って互いに剣をぶつけてみた。そうすると明らかに【加工】して作った剣の刃こぼれが酷い。

「あるじ、これじゃ使えないな……」

テネシアからダメ出しを食らう。見た目は同じでも性能に違いが出てしまった。武器の場合、ほんの少しの性能差が命取りになってしまう。劣化など許されないことなんだろう。

どうしたらいいか？　と、その時、頭に新スキル獲得のイメージが浮かんだ。新しいスキルは【複写】だ。先ほどと同様、テネシアの剣を手に持つ、すると剣の内部構造のイメージが浮かんだ。

「よし、【複写】！」

一瞬で同じ剣を製作できた。今度は試し打ちをしても刃こぼれしない。これで獲得したスキルは【収納】【転移】【加工】【複写】となった。その日のうちにふたりの武器の予備を五セットほど作っておいた。またイレーネは弓を使うので、弓矢も大量に作り置きしといた。ふたりとも狩りと護衛の方はよろしく頼む。

ただしイレーネの弓の素材は弾力性のある魔物の素材が必要なようで【複写】（予備作成）が厳しそうだ。とりあえず情報は複写しているので、壊れた場合の【加工】（補修）は何とかなる。

翌朝からふたりの稽古が激しくなった。テネシアは長剣、イレーネは両手に短剣のスタイルだ。お互いの剣がぶつかり合うが、予備があるので心配無用。そして、狩りの獲物も充実するようになった。また何度も遠出するうちに、家周辺では危険な魔物はほとんど現れないが、山の奥側で見かけることが分かった。食料（獣）は家の周辺、訓練（魔物）は山の奥側というのが最近の行動パターンだ。今のところ、食料調達がメインだけどね。

「次は魔物の素材を確保するか」

そう呟くと、ふたりの口角がかすかに上がった。う〜ん、強者《つわもの》だね。ふたりがいると心強い。

◆

土、石、木、金属と物理的な素材はだいたい入手できたので、いよいよ生物素材だ。これが入手できれば物づくりの幅が一気に広がる。物理的な素材は家、家具、武器などのハードな物にはいいが、衣類や日用品では伸縮するソフトな生物素材が必要だ。一応、シカやうさぎの毛皮も【収納】しているが、もっと丈夫な素材、多様な素材も欲しいところ。

三人で一気に山の奥側に【転移】する。ゴブリンが発生したあたりで、あれから数日経っているが、死肉に惹かれて来る魔物を狙って、木の枝で待機することにした。まだ残骸はあるからね。

「さあ、どんな魔物が来るかな？」

「素材目的だから、テネシアは火魔法なしで頼むよ」

「むむむ、しかたない。その代わり土魔法を使うぞ」

「えっ、土魔法も使えるのか⁉」

「まあ、奥の手だな」

「イレーネは風魔法をどんどん使っていいよ」

「私は水魔法も使えるので、汚れたら綺麗にしますね」

「おお、そうか、ふたりの魔法が楽しみだ」

そんな話をしていると、何やら近づいてくる。

さそりの魔物、マッドスコーピオン（猛毒、刺す）。

蛇の魔物、ダークサーペント（猛毒、絞める）。

蜘蛛《くも》の魔物、デビルスパイダー（猛毒、糸で拘束）。

その他にもわらわら出てきた。このあたりは魔物図鑑にあったな。

「遠方から火魔法が一番なんだけどな」

テネシアが少しぼやく。

「ダメだよ、今回は素材回収だから」

「でも近接戦だと毒やら拘束で危険だぞ」

「じゃ弓と魔法でいきますか」

そう言うやいなや、イレーネが矢を次々に発射する。イレーネの矢は敵の急所を確実に狙い、一発で仕留めていく。そして弓の死角に入った敵には風魔法「エアカッター」で切り刻む。これで相当魔物の数は減ったが、死肉がさらなる魔物を呼び、大型のトカゲの魔物も集まってきた。

この魔物は毒がないので、テネシアが待っていましたとばかりに飛び出し、剣で戦う。大きいが動きはさほど速くないので余裕で倒していく。トカゲや蛇の皮はいい素材になりそうだ。しかし、結構な数が集まってきた。ふたりの体力の消耗も心配だ。今のうちに素材の回収を始めるか。

ふたりが倒した魔物を【収納】していく。今さらだが、本当に便利なスキルだ。

そろそろ終わりにしようと思っていたところ、オーガが地響きを立て集団で登場してきた。

「これは厄介だな。引き上げるぞ」

しかしテネシアがトカゲ退治に夢中で聞こえていない。

「おい、帰るよ！　こっちに来て！」「おっ？」

やっと耳に入ったが、前をトカゲ、後ろをオーガに挟まれてしまった。

だがテネシアは慌てる様子もなく、後ろを振り返って魔法を発動する。

「アースバインド！」

グオオオオオ！

オーガが咆哮をあげるが、足元の土がみるみるドロドロになって下半身が埋まっていく。抜け出そうとしても抜けない、まさに底なし沼状態、身動きが取れなくなったオーガを飛び越え、余裕の表情で戻ってきた。

「帰ろ、あるじ」

「じゃ、【転移】！」


帰宅し、収納内を確認したところ、数十種類の魔物の素材が入っていた。これだけあればいろいろ使えるだろう。早速、イレーネの弓を【複写】して、予備を作ってあげた。収納内で素材を分別分解できるので、分子レベルから再構築することが可能だ。

頭の中には様々な物づくりのイメージが浮かんでいたが、同時に「このままでいいのか？」という思いも出てきた。せっかく物を作ったなら多くの人に見てもらいたいし、利用してもらいたい。そろそろ次のステージを考える時期が来たのかもしれないな。スキル向上が僕の抑えていた好奇心に火を付けてくれたようだ。

◆

カチ――ン！

森の中、剣と剣のぶつかる金属音があたりに響く。

テネシアとイレーネが剣を振り、実戦さながら稽古の最中だ。

カチン、カチン、カチン！

テネシアは長剣、イレーネは短剣の使い手であり、息を呑む攻防が続くが、互いに小さく笑みを浮かべており、自分に伍《ご》する強者を相手にする喜びを隠していない。

カチン！

互いの剣を眼前で交えたところで、ふたりはにこりと笑みを浮かべ、動きを止める。

「ここまでにしようか、イレーネ」

「そうですね。テネシアさん」

一瞬で場の緊張感が解け、ふたりは近くの岩に腰を下ろした。

「ふぅ、テネシアさんはお強いですね。かわすのがやっとでした」

「いや、イレーネも強いよ。油断したらやられそうだ」

ふたりとも、明確な目的地のない旅の途中だったが、この山で出会い、今は生活を共にしている。

まだ出会って短いが、この間、稽古や討伐で行動を共にし、互いの実力を認めるようになっていた。

のは全体のわずか、仮に使えるにしても、かまどの火起こしなど、日常生活でちょっと使える程度。
は存在するが、それは風火水土の四大魔法がほとんどであり、その四大魔法にしても、実際に使える
そのような魔法をふたりはこれまで見たことがなかった。だが、それもそのはず、この世界では魔法
ふたりが山で出会った人物アレスは転移魔法を使い、さらに物を消し、物をつくる魔法を使ったが、
「ふふ、アレス様のお力は規格外ですよね」
「だけど、私より、あるじが凄いよ」

四大魔法を攻撃レベルで使えるふたりも十分凄いが、アレスの使う魔法は伝説でしか存在しないような規格外の魔法であり、ふたりにとって衝撃的なものであった。

「物がぱっと消えて、ぱっと出るなんて、見たことないぞ」

「それに転移もですよね。たぶん使える人は他にいないですよ」

「だよな……あんなの、あるじだけだ」

ふたりはしみじみとアレスの力の凄さを実感する。

「ところで、テネシアさん、どうして、ここにいることにしたんですか？」

「最初はあるじの力に興味を持ったからだ。私は強さを求めているからな」

テネシアの率直な答えにイレーネが頷く。

「私も一緒です。強さがないと生きていけませんものね」

テネシアは竜人、イレーネはエルフだが、ふたりとも種族の里から離れ、これまでひとり旅をしてきた。女性のひとり旅ともなれば、力が絶対に欠かせない。人の少ない辺境地域では盗賊被害が後を

絶たず、旅人がよく狙われている。身代金目的の誘拐も頻繁に発生している。

パキッ！

手に持った枝を折り、おもむろにテネシアが思いを語る。

「だけどさ、今は少し違うかな。力そのものより、力があるのに威張らないのがいい。普通の奴は誰でも力があれば威張る。今まで会った奴はみんなそうだった」

これにイレーネが大きく頷く。

「そうそう、アレス様は全然偉そうにしません。それに、エルフだからと言って、見下すこともしません。常に私たちに気を使って下さいますよね」

「だよな。私が今まで見てきた人間とまったく違うよ。ていうか竜人でもいないぞ。イレーネの言う通り、よく気を使ってくれる。これなら一緒にいたいと思うさ」

「ふふ、私と同じです。これからもよろしくお願いします」

「ああ、こっちこそ、三人で仲良くやろう」

ふたりが固い握手を交わす。この世界では人間以外に竜人やエルフなどの亜人がおり、主に種族の里に住んでいるが、人里に住む者も多い。多くの人間は亜人に対し、異質ゆえ心理的に距離を置く傾向にあるが、アレスはふたりに対し、それがほとんどなかったのだ。

第二章　商売開始

魔物の素材が入手できるようになってから、衣類がかなり充実してきた。三人の服を何着も製作して、防衛装備の強化を図れたのは大きい。また【加工】のレベルが2に上がり、「品質改善」が可能となった。このスキルと魔物の素材により、テネシアとイレーネの武器の予備を追加製作した。予備と言ったが、試しに使ってもらったら、オリジナルの現物より品質が上がっていた。

この世界に来て三か月ほど経過したが、家の中も外も、より整備されて、家具なども高級品のような品質となっていた。が同時に、スキルレベルが上がれば上がるほど、活躍範囲を広げたい気持ちも高まっていった。

「ふたりとも、いつも山の奥の方に行ってたけど、たまには町の方に行ってみないか？」

「あるじも人恋しくなってきたか？」

「君たちがいるから、十分満足しているけど、確かにそうかもね。まあ、町には入らないつもりだけど、近くの様子を見に行こうか」

早速、町に向かって三人で【転移】する。しばらく進むと、獣道から人が通れる道、さらに進むと、馬車が通れる道へと、次第に開けていった。ただ転移中に人と遭遇すると不味いので道沿いの木の枝を利用して高所移動した。いつもの忍者スタイルでね。

「うわあ！　助けてくれ！」

突然、助けを求める声が耳に飛び込む。見れば十数人の男たちが荷物を積んだ馬車を取り囲み、金品を要求している。

「盗賊だ！　どうする？　あるじ」

「もちろん助けるさ。人質を取られる前にスピード勝負で行こう」

「盗賊を殺してもいいのか？」

「う～ん、なるべく生け捕りがいいけど、無理ならしかたない」

「分かった」

テネシアが静かに飛び出していった。荷物に気を取られている盗賊たちに後ろからそっと近づき、一気に斬りかかる。殺さないよう手足を中心に狙っている。いやはや器用だな。少し時間を置いて、イレーネが逃げようとした盗賊を短剣で刺していく。やはり手足だ。今回もふたりに任かせておけば大丈夫だろう。ふたりが盗賊を制圧してから、馬車を覗くと十人ほどが身を寄せ合って震えていた。

「もう大丈夫ですよ。盗賊は倒しました」

すると中からひとりの男性が立ち上がり、馬車から降りてきた。

「本当にありがとうございます！　あなた方は命の恩人です。ぜひお礼をさせて下さい」

真っ直ぐな目でこちらを見てきた。これは素直に受けるしかないな。

「分かりました。捕まえた盗賊はどうしますか？」

「町の守衛所に突きだしましょう」

その後、町まで三人とも馬車に乗せてもらい、主人である男と話をした。男の名はイムル・アガッサ。商人で、今回は運搬中に盗賊に襲われたらしい。一応、護衛は三人いたが、盗賊の人数が多くて逃げてしまったらしい。

「アレス様はどうして、あそこに？」

「実は人里離れた奥地に住んでいて、町の様子が気になったのです」

「普段は何をされているんですか？」

「……いろいろ、物を作っています」

「物づくりですか、どのような物でしょうか？」

「家具、衣類、雑貨、それと武器です」

「え⁉　そんなに様々な物を作られるのですか！　それは凄い！」

「どこまでできるか分かりませんが、自分の作った物を多くの人に見てもらい、利用してもらいたいと考えるようになったんです」

「……それなら、商人になったらいかがでしょうか？　商人なら、多くの人に作った物を見てもらい、利用してもらうことができますよ」

「商人ですか……」

考えてみたら、確かにそうだ。でもどうやったら商人になれるんだろう？　馬車が町の入口まで近づいてきた。この世界に来て初めての町だ。この時、運命が大きく変わる予感がした。

◆

馬車が町の入口まで近づくと、門番が近寄ってきた。

「止まれ！」

「商人のイムル・アガッサだ」

「イムル様、これは失礼しました。どうぞお通り下さい」

恭《うやうや》しい門番の態度から、この商人が一角《ひとかど》の人物だということが推し量れる。

「アレス様、盗賊を守衛所へ突きだしましょう」

門の近くの守衛所でイムルと衛兵が何やら話をしている。その後、盗賊は引き取られていった。

馬車は町の中心部にあるイムルの家に向かっていく。それにつれて建物の外観も上品になっていく。

「まだまだかかりますので、どうぞごゆっくりして下さい」

結構、中心部に来たようだが、まだ到着しない。もう馬車に乗り始めて数時間は経過しているが、後ろのふたりは町の様子に目を輝かしている。ふたりもこういう賑やかな場所は珍しいようだ。

しばらくすると、また門をくぐり、より一層、町並みは華やかになった。まだ続くのかな？

「そろそろ着きます。アレス様」

おお、やっとか、すると一際《ひときわ》大きな建物が視界に飛び込んできた。立派な門構え、大理石のような壁と繊細な装飾、左右対称の構造でドーム型の屋根、これってインドのタージ・マハルみたいだな。

「わぁ……」

この人は相当な大商人なのだろう。建物に入ると多くの召使いがお出迎えをする。

皆あっけにとられるまま、広間に通された。ここだけでいったい何平米あるんだ？

「どうぞ、おかけ下さい」

「あ、どうも……」

僕を真ん中に三人で横並びに腰掛けると、高級そうなお茶とお菓子が振る舞われた。

「まずはこちらをお納め下さい。盗賊討伐の報奨金です」

おお！　袋の開け口から金貨が見える。そうか、僕らは人助けに貢献したのか、実際はテネシア、イレーネのお陰だが気分がいい。山の家で読んだ本によると、この世界では金貨が十万円、銀貨が千円、銅貨が百円くらいの価値だそうで、今回受け取った金貨百枚は合計一千万円の価値ということだ。

「盗賊の中に賞金首が何人かいたようです。それとこちらが私からのお礼です」

同じく金貨百枚だった。合わせると二千万円⁉　こんなに⁉　だけど、この場は――

「……頂きます」

前世の自分だったら、多少は遠慮しただろうが、ここは自分の身は自分で守らなければならない世界だ。平和が当たり前ではないだろう。それに生きていくのにお金は必要だ。現実的に考えよう。

「これだけではまったく足りないと思っています。あなたは命の恩人です。何か希望する物はありますか？」

ここに来る途中、すでに希望を告げているが、それを受けての話だろう。

「……それではこの国で商売できるようになりたいです」

「分かりました。ご助力いたしましょう。差し当たって、私の部下をふたり預けましょう」

するとふたりの人物が通された。

「先ほど馬車で命を救って頂いた者です。姉のメラルと弟のバーモになります。ふたりとも若いですが、飲み込みが早いですし、真面目で正直です。必ず役に立つでしょう」

「助かります。ありがとうございます」

これは助かる。非常にありがたい。その後、イムルの口添えもあり、トントン拍子に話が進んだ。

商業ギルドへの登録、店舗の開設、従業員の準備、などなど。

イムル・アガッサのいる中心部（王都）は高級エリアで、さすがに手が届かなかったが、途中経路の一般住民や騎士、冒険者なども行き交う賑やかな場所に店を持つことができた。それと運搬用に荷馬車も購入した。転移魔法があるから、本当は不要なのだが、人前で魔法を使うのはやめた方がいいだろう。馬車はあくまで人里用だ。人がいなくなったら【転移】しよう。それと収納魔法も大量の場合は人前を避けた方が良さそうだ。テネシア、イレーネと口裏合わせしておこう。

「よし、いったん家に帰ろう。商人に向けてスタートだ」

◆

山の家に戻り、開業に向けて準備することにしたが、ふたりにきちんと話しておかないとな。

「……ふたりに相談しないまま商売することを決めてしまったけど良かったかな？」

「今さら何言ってんだよ。あるじ、一緒についていくぞ！」

「私もです。アレス様、お支えします！」

「ありがとう！　ふたりには今まで通り、護衛と素材集めに協力してほしい」

「今まで作った物を売るのか？」

「そうだ。とりあえずいろいろ店に並べてみて、売れ行きを見ながら決めていきたい」

「まあ、それが無難でしょうね」

「町に行ったら、いろんな物を参考に見て回りたい。どんな物でも【加工】レベル2で品質改善が可能だから、商売の武器になるだろう」

「あのスキルは凄過ぎるからな」

「それとふたりが倒した盗賊の報奨金を勝手に開業資金に回して、ごめん。後で倍返しする」

「自分は好きに戦って、美味しい物が食べられればそれでいいから気にしてない」

「私もです。アレス様と一緒にいると本当に楽しいですから」

ふたりは本当に欲がない。そんなふたりだから信頼できる。

「この家は素材収集と製作活動の拠点にしよう。あと山奥の鉱山付近にも似たような家を造っとくよ。拠点間なら外敵の目を避けられるので【転移】しやすい」

◆

準備が進み、いよいよ開店日となった。前の世界では部屋から出るのもやっとだったこの僕が商売なんてね。しかも今はひとりじゃない。テネシア、イレーネ、メラル、バーモという仲間がいる。この世界は不慣れだし、はっきり言って商売のことはよく知らないが、スキルがあるし、何とかなるだろう。とにかくやってやる。この日は店内に多くの商品を並べた。山で採れた果物、野草の他、家具、衣類、雑貨、武器などが揃《そろ》っている。町を回ったら、金属製のアクセサリーも他店では売れ筋だったので加えてみた。さあ、どうなることやら。

「メラル、バーモ、うちの商品は品質に間違いはないから安心して販売して下さいね」

「「アレス様、分かりました」」

ふたりともまだ十代後半らしいが、しっかり仕事を覚えてくれる。この世界は十五歳で成人とのことなので自立が早いのだろう。また町の売れ筋商品の情報調査、商業ギルドへの手続きなどしっかり手伝ってくれている。本当に心強い限りだ。ただし【転移】と【収納】の魔法についてはしばらく隠しておくことにし、店の奥の店長室は施錠しておくことにした。いきなり【転移】を見たらびっくりするだろうからね。テネシアもイレーネもそうだったし。

人通りの多い立地のお陰でチラホラ人がのぞき込んでいるし、お店に入って雑貨やアクセサリーを買う人も出てきた。初日にしてはなかなか順調だ。と思った頃、店先で騒ぎが起きた。

「おいおい、ここは何の店なんだ！」

「誰の許可を取って店をやってるんだ！」

「こんな店、ぶっ壊すぞ！」

いかにもゴロツキのような五人の男が店先で悪態をついている。

これではお客さんが入ってこれないじゃないか。

「なんだ、お前ら、商売の邪魔だ！」

テネシアが店から飛び出し、リーダーらしき男にすごむ。男たちは見たところ大した実力もなく、テネシアなら瞬殺できるレベルだろう。でもここは町中だ。トラブルは避けたい。

睨み合いが続き、テネシアが剣の柄に手をかけたところで自分とイレーネも飛び出した。

「店先でトラブルは困ります。どうしても用があるなら閉店後に来て下さい」

これで大人しく帰ってくれ。

「何だとこの野郎！」

「落ち着いて下さい、お客さん」

「ああ～ん！　誰に向かって口を利《き》いてる。おお～ん！」

ああ～とか、おお～とか、やはりゴロツキだ。ねちねち商売の邪魔をして相手が譲歩するのを狙っている感ありありだ。手を出しそうで出してこないから余計にたちが悪い。店の裏に呼んでボコボコにするか、と思った矢先、メラルとバーモが出てきた。

「あの、この店がイムル・アガッサ様と懇意にしているのを知った上での狼藉《ろうぜき》でしょうか？」

メラルの口調は丁寧だが、毅然《きぜん》とした態度が滲《にじ》みでている。本当に十代の女の子か？

「え？　イムル・アガッサ……あの大商人のか？」

「そうです。いいんですか？　イムル様を敵に回しても」

「……」

「いいんですか？」

口調は丁寧だが、それに反して圧が強くなる。それを受け、男たちがすっかり押し黙る。

「……いや、悪かったな。そんなつもりじゃなかった、はは、わりい、わりい……」

イムルの名を出した途端、男たちはすごすごと退散してしまった。やはりイムルは相当な実力者だったんだな。そんな中、蚊帳《かや》の外に追いやられたテネシアが不完全燃焼でカッカしてしまった。店裏で剣の素振りでもしてもらおう。イレーネが心配して寄ってくる。

「アレス様、今回はうまく対処できましたが、相手が暴れた場合はどうしましょうか？」

「裏に呼んで痛い目に遭わせるのもいいが、ああいう輩《やから》は仲間がいてお礼参りするからな。

一番いいのは拘束して衛兵に突きだすことだろう」

「拘束ですね。テネシアさんと考えてみます」

「うん、頼む。それと衛兵にも報告しとくよ」

この後、衛兵の詰め所に行ったら、歩いて二十分くらいだった。緊急の場合は間に合いそうもない。とりあえず事後報告だけはした。開店早々の店ではよくあることで、落ち着けば大丈夫だろうとのことだった。この世界に一一〇番はない。自己防衛が大事だと改めて実感する出来事となった。

一応、テネシアとイレーネの町での仕事は店の護衛になるが、それ以外にも一部商品の販売も手伝ってもらっている。一部商品とは店の奥に置いてある武器だ。武器は高額商品であり、店の目玉商品でもある。ただ購入層として冒険者や荒くれ者が多そうなので、ふたりに任かせてみた。最初は高額な剣を目立つ場所にたくさん置いたが、場所を取るだけで意味がないことが分かり、途中から、安価な小型ナイフを中心に置いたところ、いきなり売れ出したから笑った。小型ナイフは家庭用に広く利用できるので、需要があったようだ。この世界の人も価格に敏感なんだな。

同時に高額な剣も壁に数本飾るようにした。見栄えがいいし、そのうち金持ちが買うかもしれない。買わないまでも、みんなチラチラ見ているので関心はあるのだろう。

意外だったのは山の薬草や木の実、こんな物を買う人がいるのかと思ったが、少しずつ売れている。値段を安くしたからかもしれないが、元々タダ同然みたいな品なので、売れれば儲《もう》けものだ。それとテネシア、イレーネは故郷の里で読み書き計算を教わっていたことが分かった。簡単な計算なら暗算していたので、地頭は良さそうだ。

閉店後、軽くミーティングをする。こういうのは大切にしたい。チームワークは大事だ。

「皆さんお疲れ様でした。ちょっとトラブルがありましたが、順調でした」

「あのヤロー、今度来たら、ただじゃ置かないからな！」

こう言っているが、テネシアは全然ひきずっていない。場を和ませるため、ノリで言ってるな。

「でもイムルさんの名前を出すとは良い手でした」

イレーネがすかさず話題を変える。なかなかうまい。

「ありがとうございます。この町ではあの方に歯向かう人はいないです」

「そうなのかい？」

「ええ、王室や貴族とも取引されています。それに、イムル様ご自身が、子爵位を授かっておられる貴族ですから」

「えっ、貴族！　そんな偉い方だったの！」

「でも実直なお方で偉ぶることはありません。本当にいいお方です」

確かにそうだな。何はともあれ、メラルの機転のお陰で助かった。

◆

開店から半年ほど経過したが、売り上げが急上昇中だ。山で採れた自然素材以外はほとんど【加工】レベル２（品質改善）による商品なのが大きな要因だろう。値段も適正な価格に揃えている。決して暴利《ぼうり》をむさぼることはしない。みんなにしっかり給与を払えているし、護衛のふたりにも以前に借りていた盗賊の報奨金を倍返しした。それぞれ金貨二百枚、日本円で二千万円だ。しかし「失くすから」「使わないから」とか言って、ふたりとも受け取ろうとしない。しかたないので【収納】で預かっておくことにした。本人から希望があればいつでも手渡ししたい。歩く貯金箱だな。はは。


ある日、メラルがバーモを伴って提案してきた。

「アレス様、売れ行き絶好調です。事業を拡大したらいかがでしょう」

「そうだな。今の店はこのままでいいとして、いずれは中心部（王都）で大きな店を持ちたいな」

「それでは事業を広げつつ、中心部の物件を調べておきます」

この姉弟は商才があるだけでなく、煩《わずら》わしい手続きを全部代行してくれ、そのお陰で商品の開発、製造に集中できる。護衛のふたりも武器の販売が増え、そこそこ忙しくなっているようだ。だが店内の仕事ばかりではストレスがたまるだろうから、交代で息抜きしてもらっている。息抜きと言っても、ふたりの場合は店裏で剣の素振りをしたり、朝夜、山で魔法の練習をしたりだ。最近、魔物討伐に行けていないので、今度の休日にでも行くかな。何事もメリハリは大事だ。よく働き、よく休む。

◆

開店から一年後、ついに中心部（王都）に二号店を開くことができた。一号店は平民、一般向けだったが、二号店は高級エリアであり、貴族向けとなる。扱う商品も高級な物を揃えた。ここの開店にあたっては大商人イムル・アガッサの力に頼った。この中心部エリアは王室《おうしつ》御用達《ごようたし》の店も多いそうだ。そしてこの地で商売するために、貴族特有の流儀もイムルに教えてもらった。そして従業員も少しずつ増やしていった。

「一号店の店長は弟のバーモ、二号店の店長は姉のメラルに頼む。自分は山の家で商品の準備に専念し、定期的に店に商品を持ってくる。午前中に一回、午後に一回、巡回に行くから、その時に店の報告をしてほしい」

「「分かりました！」」

今まではお店の護衛や武器の販売でテネシアとイレーネには苦労をかけたが、従業員を増やし、本来の仕事である僕の護衛に専念できることになった。今まで本当に助かった。ふたりに感謝だ。

この世界に来てから約一年三か月、スキルもだいぶレベルアップした。

【収納】レベル１（そのままの状態）↓レベル２（収納内で分別分解可能）
【転移】レベル１（一度確認した場所）↓レベル２（千里眼で確認した場所）
【加工】レベル１（品質不安定）↓レベル２（品質改善）
【複写】レベル１（物だけ）↓レベル２（物以外：スキルも）

特に【転移】は千里眼スキルとセットでレベルアップし、行ったことがない場所でも千里眼でイメージできれば行けるようになった。また【複写】は物だけでなくスキルなどを対象にすることが可能になったため、他人のスキルパワーに触れたら、今度は自分がそのスキルを使えるようになるらしい。でも痛いのは嫌なので、今のところ未経験だ。

〜二号店（王都店舗）〜

「この剣は素晴らしい。こんな丈夫な剣は見たことがない！」

「このアクセサリーも綺麗だわ！」

連日、貴族や騎士が訪れる。お目当ては武器や宝飾品だが、高額でも高品質のため飛ぶように売れている。現在は鎧《よろい》や防具にまで人気が広がっており、王宮にも噂《うわさ》が届くようになったとか。もっと品質を上げないとな。

〜山の家〜

王都での商売が完全に軌道に乗り、今ではお店に行くのは、日に一回の巡回と週に一回の物品搬入で済むようになっていた。それで時間ができたので、最初にすることにしたのが、山の拠点拡大だ。

裕福になったし多少は贅沢したいと思い、どうせするなら、山の家改め、『山の館』にしようとなった。【加工】スキルでどんどん家ができあがっていくが、途中、工事を止めながら、テネシア、イレーネの要望を聞いていく。僕ひとりの館じゃない。三人の館だからね。

「あるじ、室内でも訓練できるといいな」

「じゃあ、訓練室を造るか」

「アレス様、訓練なら広い部屋がいいです」

「じゃあ、広い部屋にするよ」

「あるじ、倉庫もあった方がいいんじゃないか」

「アレス様、応接室もあった方がいいですよ」

「うん、じゃあ、そうしよう」

こうしてできあがったのが「山の館」だ。地上三階、地下二階の石造りの建物で、素材には天然石を大量に使用した。三人の個室はもちろん、休憩室、接客用応接室、商品の展示室、会議室、娯楽室などを設けた。また、急な来客に備え、広い部屋がいくつもある。貴族並みのお屋敷と言っても過言ではないだろう。

王都でも名が売れたため、今では「ギルフォード商会」と名乗っているが、対外的に僕を「会長」とした。この若さで会長なんてね。何かくすぐったい感じがする。まあ三人でいる時は今まで通りの呼び名だけど。地下一階には広いスペースを取って、剣と魔法の練習場を造った。中規模魔法にも耐えられるようにしたから、テネシアとイレーネも心置きなく練習ができるだろう。

それと倉庫と金庫だ。大量の資材も収納内に入れっぱなしにしてきたが、いい加減、整理が追い付かなくなってきたので、【取出し】がずっと先になりそうな素材はここで保管することにした。これで魔力の消費も抑えられるかな？　ただ【収納】にいくら入れても疲労を感じることはなかったので、あくまでリスク分散という意味合いが大きい。

それと金庫、お金が相当貯《た》まってきたので、こちらも半分程度移した。鉱山に行く度に増える金、銀、銅などは延べ棒で出して保管した。実はこの金庫部屋には扉はなく、【転移】でないと入れないようにした。これで室内の防犯は大丈夫だろう。

地上二階と地下二階は空き部屋ばかりとなっているが、地上二階は来訪者用、地下二階は隔離用にする予定だ。不埒《ふらち》な訪問者があった場合の牢屋《ろうや》になるが、使う日が来ないよう願いたい。

その日の晩、山の館完成の打ち上げを三人で行った。

「あるじ、山の館の完成、おめでとう」

「アレス様、素晴らしい出来栄えですね」

「ありがとう、テネシア、イレーネ」

「建物は強固だし、剣と魔法の訓練場も広いし最高です」

「改めて訊くのも何だけど、何でここにしたんだい？」

テネシアが核心を聞いてきたので答えよう。彼女は本当に勘が鋭い。

「一番の理由は防犯面、機密事項の秘匿のためかな」

機密事項とは僕のスキルのこと。どうも、この世界の一般的な魔法とは性質もレベルもまるで違うようだ。軽々しく吹聴《ふいちょう》しない方がいい。能ある鷹《たか》は爪を隠す。

「確かにここなら、周りに誰もいないし、好き勝手できますね」

「そうそう、王都ならこんな建物造れないし、情報が洩《も》れるかもしれない」

「あるじのスキルは他にないもんな」

この世界は魔法が存在するが、それでも【転移】【収納】【加工】【複写】は希少なよう。これまで僕以外に使える人に会ったことがない。一時期、非戦闘系スキルということで、ふたりの戦闘系スキルを羨ましく思ったことはあるが、商売を始めてからだいぶ気持ちが変わった。人にはそれぞれ役割というものがある。何もかもできる必要はない。

「もし町で館を造ったら、人目に付いて護衛も大変だろうし、秘密を守るのが大変だ。特に新商品の開発には徹底した情報管理が必要だからね」

ふたりがワインを飲みながら、うんうんと頷きながら聞いてくれる。

このふたりには本当に心置きなく話せるし、信頼できる。

「ふたりにはいろいろ無理もお願いしてきたから、もう少し自由になってもらいたい」

「え！　それって、どういう意味……？」

テネシアが即座に反応する。これじゃ言葉足らずだな。

「ああ、ごめん、変な意味じゃなくて、自由時間を増やそうということ。実質的に一日一回、町へ巡回するだけの業務がほとんどだから、空いた時間を訓練や魔物討伐にあててもいいよ。何なら冒険者登録しても面白いかもね」

うちの店にも武器などを買いによく冒険者が来ていたので、顧客対象として調べていた。

「冒険者は、朝、ギルドに行って、日中に仕事して、夕方に報告する流れらしいから、朝、町のギルドに行って、その後、町のお店を巡回すれば無駄もない。お店を巡回した後は自由時間にして訓練や討伐したらどうだろう。遅くなったら店の方でも寝泊まりできるし」

「おお、それはいいかもな」「面白そうですね」

「そのために僕ももっと強くなる必要があるから、ふたりに訓練をお願いしたい」

「分かった、あるじ」「分かりました。アレス様」

商売も軌道に乗ったし、できた時間でいろいろ試すのも面白そうだ。

◆

「ウィンドアロー！」

「なんの！　アースウォール！」

山の館が完成してから、新しい訓練場（屋外）で、毎日三人で訓練をしている。イレーネが風魔法の矢で攻撃したが、すかさずテネシアが土魔法の壁で防御する。山の館が完成してから、新しい訓練場で三人一緒に訓練をするのが日課となっている。

僕はと言えば、剣の扱いは何とか様になってきたが、魔法がね……。自分は【転移】【収納】【加工】【複写】の魔法を使えるが、主に移動と生産向けであり、攻撃用ではない。何とか戦闘に使えるように応用できないかな。そう思っていたら、ふたりの魔法がぶつかり合うシーンを見て閃《ひらめ》いた。

土魔法は足元の土を動かすが、それなら僕だって──

「ふたりとも見てほしい」

ここは外の訓練場なので、いろいろやり易い。

「【収納】！」

ふたりの足元近くに大きな穴ができる。

「あるじ、これって……」

「相手の真下の土を【収納】したら、落とし穴で拘束できるんじゃないかな？」

「そして、【取出し】！」

落とし穴が土で埋まる。

「これで相手の頭上に土を落としたら、生き埋めも可能だ」

「落とし穴に生き埋めか……」

「これは使えますよ、アレス様」

「今のは土の出し入れだったけど、いきなり相手の頭上に岩を落としたら、相当な威力になるだろう」

「うっ、それは怖いな」

「収納内に大岩の塊があるんで、それを頭上から落としたらタダじゃ済まないだろうね」

と口では言ったが、実際、そこまではしたくない。

ただ、いざという時のために戦闘力だけはつけておきたい。

「鉱山に行った時、巨岩落としの練習をしてみるよ。それと剣の方だけど、テネシア、僕に向かって攻撃してごらん」

「えっ、いいのか？」

「いいよ」

「よし！　あれ？」

テネシアが剣で攻撃する間際に【転移】した。転移先はテネシアの後方。

ふふ、テネシアが動揺している。

「テネシア、ここだよ」

「次こそ、いくぞ！　あれ？」

こうしてテネシアが攻撃する度に後方に【転移】することを繰り返した。数度繰り返したが、さすがはテネシア、今度は転移先を読んで、後方を狙ってきた。目の前で剣が軌道が描く。

「わっ、危ないです！」

近くで見ていたイレーネが叫ぶが、テネシアは僕に当たらないよう剣をうまく振っているので大丈夫。素人じゃこうはいかない。

「いや～テネシアの感覚は凄《すさ》まじいね。後方から不意打ちを狙ったんだけど、逃げるのに精一杯だったよ」

「あるじは転移先を一瞬見るから、それで読めたんだ。目隠しされたら遅れてたと思う」

「おお、いいことを聞いた。ありがとうテネシア。視線を隠せばいいのか、ふむふむ……。【収納】で岩攻撃、【転移】で不意打ち、これは使えそうだな」

戦闘スキル化への新たな可能性が見えてきた。


翌日、三人で町の冒険者ギルドに来た。

「ここが冒険者ギルドか……」

「結構、人が多いですね」

今まで馬車で何度も前を通ったが、中に入るのは今日が初めてだ。冒険者活動がふたりの気分転換になればいいな。と思っていたら順番になった。受付嬢が声をかけてくる。

「本日はどのようなご用件でしょうか？」

「こちらのふたりの冒険者登録をしに来ました」

「あれ？　あるじはいいのか？」

おいおい、何を言ってるんだ。

「いや、自分は商人だし、強いふたりが冒険者になれば十分だよ」

「いやいや、あるじも十分強いでしょ」

「アレス様も一緒に魔物を討伐してるじゃありませんか」

なぜか、ふたりが積極的に僕の冒険者登録を勧めてくる。確かに素材の収集で一緒に行動することが多いが、非戦闘の生産系スキルだしな。すると後方でたむろしていたむさ苦しい男たちが難癖をつけてきた。

「おいおい、あの男、強いんだとさ。がはは」

「あれで魔物なんか討伐できるわけないだろ！　冗談は顔だけにしなっての！」

う〜ん様式美だな。ここはギルド内だし、向こうもさすがに手を出さないだろうから無視を貫こう。と思ったら
「なんだ、てめえら、表に出ろ！」

出た――。テネシアさん、でも、ここは堪《こら》えよう。

「まあまあ、テネシア、あんなくだらない奴ら、相手にしちゃダメだよ」

僕がそう言うと、テネシアも調子に乗り、「本当にくだらない奴らだ」と言い、睨《にら》みつけた。

ひとりが立ち上がって詰め寄ろうとしたので、「そんなに相手にしてほしいなら、外で待っていろ」と言い切り上げた。結局そんなことがあった流れで冒険者志望と思われてしまい、僕まで冒険者登録する羽目になった。自分はあくまで素材回収と移動係だけど、人生なるようになれだな。

冒険者は全員Fランクからのスタートで、僕たちは三人チームとし、名称を『消滅の風火』とした。火魔法使いのテネシアと風魔法使いのイレーネの発案によるものだ。ん？　消滅って何？　と思ったが、どうやら僕の【収納】のことみたい。スキルを発動すると、目の前から消えてしまうから、確かに消えたように見える。手続き後、早速、ふたりがあれこれ依頼掲示板で物色する。山と町の拠点を

中心に無理のない範囲で依頼を受けてくれよな。

「おい、さっきはよくも恥をかかせてくれたな！」

「ただで済むと思うなよ！」

こいつら、まだいたのか。冒険者ギルドを出たところで、先ほどの男たちに絡《から》まれてしまった。さて、どうするか。売られた喧嘩は買うしかないな。

「分かった。そっちも冒険者なら、勝負しようじゃないか。どこでやる？」

ここはさすがに人通りが多い。ギルド前だし、派手な戦闘は避けたい。

「うるせえ、てめえ、そんなこと言って逃げるつもりだろ！」

大通りでいきなり殴りかかってきた。いやいや気が短過ぎるでしょ。あまりに大振りなので動きが簡単に読めてしまう。サッと横に避けた。しかし二発、三発としつこい。そして剣に手をかけた。ここで剣はアカンね。テネシアとイレーネに剣を奪わせるか、いや、ふたりを危険な目に遭わせたくない。こんな奴らでも、冒険者ならそれなりに強いはず。何かいい方法は？　そうだ！　僕のスキルで奪えばいいんだ。

「剣を【収納】！」

「貴様、俺を怒らせたな、えっ⁉　あれ⁉　俺の剣がない⁉」

「おい、お前らもやれ！」

「あれ⁉　剣がない⁉」

とっさの思い付きだが、相手の武器の【収納】は効果抜群。さっきまでの威勢はどこへやら、雁首《がんくび》揃えてあたふたしだしている。くくく、笑える。

「後はふたりに任《まか》せるよ」

「分かった、あるじ」「了解です。アレス様」

ふたりの体から怒りのオーラが広がる。並みの人間など相手にならないだろう。

「「ひえええええええ！」」

丸腰の男たちはふたりにとっては玩具同然、ボコボコにして端に寄せておいた。剣も魔法も使う必要がなかった。今回の件はギルドに報告し、身柄を預けたが、どうやら以前から評判の悪いグループのようで罰も科されるようだ。

それと今回、あらためて感じたのが、【収納】スキルの可能性だ。武器を取り上げたら、実質的に相手を無力化できる。これは大きい。初期から生産のため素材回収として多用している【収納】スキルだが、やり方次第で戦闘にも使えるんだな。自信を持てて嬉しい。どんどん応用していこう。

テネシアとイレーネは早速、ギルドの依頼に行ったみたいだ。ふたりとも程々にね。ちなみに、テネシアは火魔法以外に、土魔法、イレーネは風魔法以外に水魔法が得意。なので、ふたりで魔法練習する時は、テネシアの火をイレーネの水で防御したり、イレーネの風をテネシアの土で防御したりしている。というのも風と火がぶつかると大きな炎のうねりとなって、周りが大変なことになるからだ。ふたりもそこは注意してくれてる。冒険者パーティー『消滅の風火』、ふたりに背中を押され、僕まで入ってしまったが、これも何かの縁だろう。ふたりの足を引っ張らないよう頑張りたい。

第三章　立身出世

冒険者登録後、空いた時間に素材の収集をしている。これは今までとさほど変わらない日常だが、最近は薬草採取を中心にホーンラビット（うさぎの魔物）などの弱い魔物も討伐するようになった。弱いと言っても動きが素早く、スピードや感覚の訓練になる。テネシア、イレーネのふたりには物足りないだろうが、その分、訓練場で派手な稽古をしているね。

「さて、今日は物品を町に搬入しようか」

山の館の庭に荷馬車を準備する。今日は週に一度の納品日だ。本当は全部【転移】でやれば荷馬車は不要だが、人目を避けるための措置だ。オーバースキルは騒ぎの元だからね。

「【転移】！」

荷馬車が一瞬にして、町手前付近に移動する。

ここは【転移】用のスポットで人目を避けるため塀で覆っている。

「さて、町に向かうか」

護衛にいつものふたりを乗せ、荷馬車を走らせる。人通りが少なく町に入るまでは気が抜けない。

「うわあ――、助けてくれ――」

前方で馬車が襲われている。

「盗賊か？　でも何か様子が違うな」

「どうする、あるじ？」

「もちろん、行くしかないでしょ」

目の前で困っている人を助けない選択肢はない。イレーネモも続く。

「当然ですよね」

荷馬車を置いて、三人で近くまで【転移】する。そして道沿いの岩陰に隠れると――

「王女を出せ！」

「ふざけるな！　賊どもめ！」

暴漢と護衛の騎士が戦っている様。その隙に怪しい影が扉に近づき、中の女性を引きずり出した。

「きゃあああ！」

「やばい！　三人で【転移】！」

女性を引きずりだした男の真後ろに現れ、テネシアが剣で峰打ちする。そんな器用なことができたんだ。とりあえず女性は大丈夫だが、いったん馬車に戻ってもらおう。

「うぎゃ！」「がはっ！」

その後、ふたりが賊をバタバタ倒していくが、敵も応援を呼んだようでキリがない。あれをやるか。

「盗賊の衣服、所持品すべてを【収納】！」

今回は剣だけでなく、防具、服、靴と身ぐるみ全部を収納した。文字通り丸裸だ。

「うわあ！」「ひえええ！」「何だ、これは⁉」

全裸の男なんて、まったく見たくないが、当事者の心理的ショックは相当だったようで、戦意は完全になくなっていた。

気が付けば全員丸裸で、その場にうずくまっている。人間って裸になると弱いんだな。

「騎士様、賊の捕縛をお願いします」

「あっ！　そうだった。全員捕縛しろ！」

正直、美しくない勝ち方だと思うが、血が噴き出して死人が出るより、よほどマシだろう。

しかしこいつら何者なんだ。暴漢たちが捕縛された後、王女様らしき女性が馬車から降りてきた。

「お助け頂き感謝します」

少し間を置き、落ち着いたようだな。良かった。

「いいえ、大したことはしておりません」

と答えたが、王女様らしき相手への言葉遣いはこれでいいのかな？

「……不思議な力をお持ちですのね」

しまった！　うっかり【収納】スキルを人前で盛大に使ってしまった。見られていたのか……。

うまくごまかせるか？　すると王女様らしき女性が襟首を正し、凛《りん》とした感じで告げる。

「私はメリッサです。ロナンダル王国の第二王女になります」

やはり王女様だった。とにかく跪《ひざまず》いて拝礼しよう。

王侯貴族相手の儀礼はイムル・アガッサから教わっている。最低限だけどね。

「僕は商人のアレスと申します。ギルフォード商会の会長を務めております」

すると、王女様の顔色がぱっと明るくなる。

「まあ、王都の商会ですね。存じております。侍女たちからも良い評判を聞いていますよ。後日、必ずお礼をさせて頂きますので、連絡をお待ち下さい」

「ははっ、ありがたき幸せにございます」

作法はこれで良かったのかな？　深く一礼し、この後、護衛を兼ねて町まで馬車で付き添ったが、王女様と騎士に同乗するよう求められ、緊張しっぱなしだ。

「アレス殿は不思議な技をお使いになられますな」

カイルという王女の専属騎士が直球を投げてきた。

「ええ、まあ、あれは大したものではないのですが……」

「……お陰様でひとりも死ぬことなく事態が収束できました」

王女様は何となく察してくれたようだ。

「そう言えばギルフォード商会の武器は出来がいいな」

カイルも話題を変えてくれた。空気を読んでくれて助かる。スキルについてあれこれ聞かれるのはちょっとね。自分もよく分からないで使っているし。

「はい、品質には相当こだわっております」

「うちの騎士団の連中も愛用している者が多いぞ」

「それはありがとうございます」

「今回のことでもっと評判が良くなるでしょう」

王女様が熱い視線をこちらへ向けてきた。評判が良くなるのはいいけど、あまり大ごとにはならないといいけどな。しかし、こうして近くで見ると王女様は雰囲気がある。それに、偉そうな感じがまったくない。きっといい王女様なんだろうな。

◆

「アレス・ギルフォード、国王陛下より勅命である。先日のメリッサ第二王女殿下救出の件で、王城でお礼の儀がある。招集に応じよ」

「はは――　謹んでお受けいたします」

王城から招集命令が来た。緊張するなぁ。護衛のふたりも連れて行こう。


ここが王城の謁見の間か、イムル邸より、さらに立派な造り、天井が高く、目の前に絨毯《じゅうたん》を敷いた階段がある。その最上段を意識しつつ、最下段で床に視線を落とし、跪いた状態だ。最上段で椅子に腰掛けているのは状況からして国王だろう。その人物がおもむろに口を開く。

「アレス・ギルフォードよ、我が娘、メリッサ救出の件、誠に大儀であった。褒賞《ほうしょう》を授与したい」

王様の脇にいるザイスという筆頭大臣が目録を読み上げる。

「ひとつ、アレス・ギルフォードに報奨金として、金貨二百枚を授与する」

「ひとつ、アレス・ギルフォードを男爵に叙する」

「ひとつ、王都の屋敷を授与する」

ええっ⁉　報奨金は素直に嬉しいけど、男爵って貴族になるってこと？　えっこの僕が？　面倒事はちょっと嫌だな。王都の屋敷ってどんな感じだろうか。とりあえず――

「はは――　ありがたき幸せに存じます。謹んでお受けいたします」

ここでの返事はひとつ（肯定）しかないだろう。テネシアとイレーネは何か誇らしげだな。

その後、事務手続きで、ザイス筆頭大臣、メリッサ第二王女と別室に移った。

当然、護衛のテネシアとイレーネにも付き添ってもらう。

「……手続きは以上になります」

事務手続きは簡単だった。褒賞金はもらうだけだし、爵位も証明となるメダルのような宝飾品をもらうだけだった。強いて言えば屋敷の引き渡しだけは追って連絡ということなので、連絡漏れのないよう注意しないとな。

「アレス様、何か気にかかりますか？」

メリッサ第二王女が声をかけて下さった。顔に出ていたか。修行が足りないな。

「大したことではありません。自分は商人なのですが、貴族になっても大丈夫なのでしょうか？」

これが率直な疑問、そもそも貴族というものもよく分からないし。

「それなら心配ありませんわ。商人の方でも貴族になっている方はいらっしゃいます。アガッサ商会のイムル様もそうですわ。子爵位を授与されています」

「そう言われれば、そうでした」

「イムル様をご存じでしたか？」

「はい、商売を始める際、大変お世話になりました」

「それは良かったですね。あと気にかかることはないですか？」

「はい、初めての爵位ということもありますが、貴族同士のお付き合いとか、大変そうで……」

社交界とか面倒くさい人付き合いは極力避けたい。というか縛られたくない。

「今回は領地授与がないから楽ですよ。付き合いも強制ではないですし、王命さえ守れば、商売優先でいいと思います」

それなら何とかなりそうだ。

「お心気遣い頂き、ありがとうございます」

こうして初の謁見を終了した。いやぁ緊張した。でも、メリッサ王女のお陰でだいぶ和らいだ。お気遣いありがたかったな。やはり、いい王女様だ。


本拠地である山の館、会議室に戻る。

「あるじ、ついに貴族になってしまったな」

「どう考えても君たちのお陰だよ。それで、君たちも今日から貴族の護衛だから、よろしくね」

「貴族の護衛かぁ」

「箔《はく》が付きますね。私は王様を見たのは初めてでした」

「緊張したかい？」

「いえ、それよりアレス様が認められたのが、嬉しかったです」

「まあ、それが一番だよな」

ふたりとも嬉しいことを言ってくれる。貴族について情報を共有しよう。まだ付け焼き刃だけどね。

「貴族になったメリットは、護衛しやすくなったことなんだ」

「どういうこと？」

「今までは絡まれた場合、いろいろ気を使ったけど、今後は平民が貴族に無礼を働いたら、不敬罪が適用されるんだ」

「不敬罪？」

「つまり僕が平民の暴漢に絡まれたら、君たちは遠慮なく相手を成敗することができる」

「おお、それはいいな」

平民同士の争いだと、衛兵の判断になるが、貴族と平民なら、衛兵の判断を待つ必要がない。

「それに貴族相手に喧嘩《けんか》を売ったら問答無用で罰せられるから、抑止効果を生むだろう。だから貴族を名乗るだけで絡まなくなるだろうね」

メラルがイムル・アガッサの名を出したように。

「でも、デメリットもある」

「どういうことですか？　アレス様」

「貴族と判れば、誘拐されるリスクが増えるんだ」

王女様のように。

「う〜ん、つまり、どういうことだい？　あるじ」

「要は小物に絡まれなくなる代わりに、誘拐目的で襲われやすくなるということだな」

「結局、あまり変わらない感じですね」

「そう、結局、自分の身は自分で守るしかないのさ。そういうわけで、今後もよろしくね」

「任せてくれ」「了解しました」

◆

貴族になっても、基本の部分は今までと変わらずに行こう。僕の中身は僕のままだ。

男爵になり、本日、下賜された王都の屋敷へ行くことになった。王女様が口添えしてくれたのか、王城にも商会本店（二号店）にも近い場所だった。

「いい場所だなぁ」

いつもの三人で馬車に乗って門の前に到着したが、綺麗に管理されているようだ。

「お待ちしておりました」

入口に執事と思《おぼ》しき男性が近づいてくる。

「ギルフォード男爵様でしょうか？」

男爵？　ああ、僕のことか、一瞬、誰かと思ったぞ。はは。

「そうです」

「どうぞ、こちらへ」

屋敷の中に入ると絵画や骨董《こっとう》品もあり、いかにも貴族っぽい。執事とメイドなど、使用人が十人ほど僕らを待ち受けていた。結構いるな。とにかく挨拶しよう。

「本日からお世話になります。え～と僕が男爵です。こちらは護衛のテネシアとイレーネです」

「こちらこそよろしくお願いいたします」

使用人の取りまとめをしている執事の男性はバイアスという名で、相当なベテランのようだ。よく分からないが、彼なら大丈夫だろう。そういう雰囲気が漂っている。

「それではバイアス執事、いくつか注意事項を伝える」

「はい、何なりと」

「自分は王都で商会を経営していてね。商売のため移動が多く、ここにはずっといない。ただ、王都には商売の関係で頻繁に戻ってくるので、緊急時は商会に来れば連絡がつく。また王城から連絡があった際も商会に報告をお願いしたい」

「かしこまりました」

「僕と護衛のふたりは王都に来た際はなるべく顔を出すようにしたい。屋敷の管理をよろしく頼む」

使用人たちとの顔合わせの後、屋敷を見て回る。今のところ、山の館と荷馬車に乗り出す町の手前で【転移】を多用してるけど、緊急時は店の地下室も使っている。今後は、防犯面がしっかりしていそうなこの男爵邸も【転移】スポットに使えそうだ。それと王都で遅くなった時、宿泊施設として利用できそうだな。ちなみに店の地下室は後からスキルで造った。

「しかし、男爵邸にしては、かなり立派だな……」

男爵と言えば、下位の貴族であり、自分の屋敷を持たない者も多いと聞く。横でテネシアとイレーネがソファでくつろいでいるが、ここの応接間は広くて立派だし、非常に落ち着く。きっと王女様の計らいだろう。よく物語では、悪い王族が登場したりするけど、第一印象で、この国、ロナンダル王国の王族に好感を持った。初めて来た国が良い国で本当に良かった。王女様、良いお方だ。

◆

三日ほど休みが取れたので、いつもの三人で山の奥に訓練に行くことにした。当然、素材の収集もして、冒険者ギルドに出す予定だ。現在、三人ともCランクにまで上がった。自分はともかくふたりはもっと上まで行くだろう。自分は素材集めに興味があったが、元々戦闘タイプではない。でもこの世界に来て自衛の重要性を考えていたら、ふたりに引きずられる格好でランクが上がってしまった。

まあ提出する素材の量が多かったのもあるだろうけどね。

いつものように三人で【転移】しながら、目についた魔物を討伐していく。

オーガやゴブリンなど大した素材にならない魔物が出るとテネシアが怪しい笑顔を浮かべる。

「ファイヤーストーム！」

おお、炎の竜巻だ。十体いたゴブリンがほどなく消し炭になる。そしてそれを見計らったように、

「ウォーターウォール！」

火が周りに広がらないよう、イレーネが水の壁を張った。単純に素材回収という観点で言えば、テネシアの火魔法、土魔法は難点がある。火は素材を燃やし、土魔法は素材を汚す。逆にイレーネの風魔法、水魔法は素材を汚さない。だから、こうして素材に不向きの魔物が現れると、テネシアが喜ぶという、おかしな事態が発生しているのだ。

「あっ！　今度はユニコーン（一角獣）が現れた」

これは珍しい。完全にレアもので、何としてもゲットしたい。しかも、翼まである。

ただここまでレアだと殺すのはちょっと……それに聖獣だしな。

「有翼のユニコーンは聖獣でレアものだ。できれば生け捕りにしたい」

「う〜ん、どう攻撃したらいいでしょうか？」

無理な注文だったかな。イレーネの風と水の魔法でも、痛めつけることは変わりないか。

「四属性の攻撃だからな……、下手したら死ぬ場合もあるな……」

「四属性の拘束魔法（バインド）はいかがでしょう？」

「確かにその方がいいな。火は論外として、風と水の拘束だと逃げられそうだから、テネシア、土の拘束魔法を頼む。汚れたらイレーネの水で洗ってもらおう」

「よし来た！　アースバインド！」

ユニコーンの足元がドロドロになり、足から吸い込まれていく。

しかし、ユニコーンが翼を広げ、上に飛ぼうとする。

「逃げられそうだな」

「テネシアさん、もっと魔力を上げられますか？」

「これで魔力は目一杯だ！」

逃げられる！　そう思った瞬間、スキルアップのイメージが浮かんだ。

〈【収納】レベル3　生物収納可能〉

「えっ生物も収納可能になったの⁉　よし【収納】！」

一瞬でユニコーンが【収納】された。いったいどうなっているんだ？

「とりあえず山の館の地下二階の隔離室へ行くか」

確認のため、いったん戻る。まさか、あの隔離室を使う日が来るとはね。


〜山の館の隔離室〜

「さて、ユニコーンを【取出し】！」

ユニコーンが出てきた。先ほどの捕り物劇で足元が汚れているが、元気な様子だ。

「ついに生き物を【収納】できるようになったよ」

「あるじ、さすがだな」

「生き物まで収納できるなんて、これでどんな魔物が来ても怖くないですね」

テネシア、イレーネ、ふたりとも大喜びだが、気になることがある。収納中、生き物はどうなっているのか？　目の前にいるユニコーンに聞くことはできないが、食べ物を【収納】しても腐らないので、おそらく時間の経過がない（遅い？）のだろう。う～ん、気になる。

「捕まえたのはいいけど、どうする？　あるじ」

そうなんだよ。レアもので聖獣だから、ゲットしたけど、その先を考えてなかった。

「うん、これから考えよう」

とりあえずユニコーンを隔離部屋に入れて、森へ戻ってきた。イレーネが水で洗い流し、食べ物を置いてきたが、はたしてあれで良かったのだろうか？


その後、B～Dランクくらいの魔物がいくつか出てきたが、ふたりの敵ではなかった。自分も多少は援護しているが、荷物係と移動係の方が気楽だ。よくある冒険者パーティーの役回りとしては後方支援職になるんだろう。日も暮れたので山の館に帰宅しよう。


ひとり、隔離部屋のユニコーンに近づくと、じっとこちらを見てきた。

つぶらな瞳、う～ん罪悪感が大きい。勢いで捕まえたが、自由を奪うのはちょっとね……。

「……やはり、ここはダメだな」

隔離部屋に入り、ユニコーンに声をかける。

「出ようか」

外に出ることを促すとユニコーンが後をついてきた。どうやら僕の気持ちが通じるみたいだ。

「屋外に出してやろう。もう帰っていいよ」

その後、ユニコーンを屋敷の外に連れ出し、帰ることを促した。

でもその場にしゃがみ込み寝てしまった。疲れているのかな？

「明日になれば、たぶんいなくなっているだろう」

しかし、翌朝、ユニコーンが屋敷の上空を旋回していた。

「まあ、好きにすればいいさ……」

これで、山の館の周辺にユニコーンが住み着いて、守り神みたいになってくれたら面白いかもね。

さて、今日は鉱山に行ってみよう。

◆

鉱山に来て、金属素材の【収納】の傍《かたわ》ら、巨岩の【収納】【取出し】を繰り返す。敵の頭上に巨岩を落とす即死スキルの訓練だ。訓練してみて分かったが、取り出す場所は頭上スレスレの位置が最強かつ最恐だ。初見だと至近距離攻撃で防ぎようがないだろう。しかも頭上は死角でもあり、何も知らないまま敵を屠《ほふ》ることも可能。逆に巨岩が高い位置だと、落ちるまでに逃げられる可能性がありそう。

「テネシア、石落としの訓練に付き合ってくれるかい」

「いいぞ」

テネシア相手なので、大きな岩は避け、小石でやる。

「【取出し】！」

小石がテネシアの頭上に現れたが、さんざん横で僕の訓練を見てたテネシアはサッと避ける。

「やっぱりダメか」

「あるじの声でタイミングが分かるし、視線が頭上に来るから回避できるって」

「そうそう、アレス様は正直なんですよね」

そうなんだよね。こればかりは性格だからしかたない。それなら、相手に聞かれない小声で、視線を隠すよう訓練するか。心の目で見る的な。それと【収納】スキルで生き物の出し入れを確認したい。

「よし、魔物の討伐に出かけよう！」

「待ってました！」

「行きましょう！」


森の奥に進むとキラービー（蜂の魔物）に出くわした。体長五十センチはあるんじゃないか。

「【収納】！」

たくさんいたキラービーが跡形もなく消え去る。視界にいたもの全部だ。

「【収納】に入ったな、やったね、あるじ」

「あれだけいたキラービーが一瞬ですか⁉　さすがアレス様」

ふたりのコメントが小気味いい。今度はマッドベアー（熊の魔物）が出現！

「【収納】！」

マッドベアーが消える。

「あっけないな」

「いやはやこれは」

今度はファイヤーウルフ（狼《おおかみ》の魔物）が出現！

「【収納】！」

ファイヤーウルフが消える。

「ははは……」

「これは……」

魔物が出る度に次々【収納】していったら、ふたりが途中から切れだした。

「おい、あるじ！　このまま進んだら、魔物がいなくなっちまう。私らの分は？」

「アレス様、私たちもお忘れなく！」

ははは、そうだよね。もうこの辺で収納はやめておこう。ふたりに切れられたら困る。【収納】した魔物はしばらくこのまま保管しておくとしよう。結局、十種類以上の魔物を【収納】したが、取り出すタイミングが大事だな。生きたまま町で出したらエライことになる。ははは。

◆

「えっ！　本当ですか！」

冒険者ギルドにいつもの三人で来たら、受付嬢が驚いた。単に集めた素材の報告に来ただけなんだけどな。結局、量が多いということで、素材の解体所で直接、取り出すことになった。この時、【収納】スキルをごまかすため、アイテムグッズである収納カバンを偽装に使った。

「Bランクの魔物がこんなに⁉」

冒険者ギルドに卸すのは商会で扱っていない素材を中心にしているが、それでも大変な量だ。今回はマッドベアー（Bランク）を中心に二十体ほど提出したが、解体所がいっぱいになってしまった。実はこれでも収納内のほんのごく一部なんだけどね。しばらく待たされ、ようやく受付から呼ばれた。

「これは本日の報酬です」

ざっと見たが、金貨が二百枚は入っているだろう。日本円で二千万円か。この世界に来てから、扱う金額の桁がだいぶ違うが、前の世界のようにあれこれ買いたい物の誘惑がないので、貯まる一方だ。健康な体で、毎日、食事と運動をして、仲間と楽しく語らい、新しい経験をするだけで満足なんだよな。お金はそのついでに入ってくる感じ。

「それと『消滅の風火』の皆さんはBランクになりました」

と告げられる。商売の傍ら、冒険者もどきをしていたが、ついにBランクまで上がった。テネシアとイレーネがやたら嬉しそう。こりゃ今晩はお祝いだな。さて次は男爵邸だ。


「ご主人様、テネシア様、イレーネ様、お疲れ様でした」

相変わらず執事バイアスの礼儀作法はしっかりしている。

「何かありましたか？」

「はい、メリッサ王女殿下からお手紙が届いておりました」

「……そうですか、後で読もう」

メリッサ王女とは数回しか会っていないが、強く印象に残っている。何だろう、この感じ。少し鼓動が早くなる。その後、執務室へ入って、ソファでくつろぐ。テネシアとイレーネがお茶を飲んで談笑しだしたのを横目で見つつ、王女様からの手紙を読んだ。

「王城のパーティーへのお誘いか……」

王女様が二十歳の誕生日を迎えるらしい。王女様のお陰で男爵になれたし、商品の売れ行きがいいのも王室や近衛兵である騎士団の評判のお陰だろう。本当によくしてもらっている。

「よし、パーティーに行こう。その前にイムルさんにいろいろ教授してもらわないとな」

執事バイアスにパーティー参加の返信とイムルさんへ会談申込みの手紙を出すよう指示を出した。

さて、次は商会だ。


商会の会長室に行くと、今や僕の立派な商売の右腕となっているメラルが待っていた。

「会長、お疲れ様でございます」

「メラル店長、売り上げはどうかな?」

「お陰様で売り上げ好調です。特に武器や防具、金属製品、家具、衣服は高い評価を頂いております」

「それは良かった。メラル店長とバーモ店長のお陰だよ」

「ありがとうございます」

「増築により店舗面積も拡大して、扱う品数が増えているのも、業績好調に繋《つな》がっていると思います」

「それなら新店舗を出してみるかい？　メラル店長に任せるよ」

そろそろ三店舗目を考えていた。

「それなら海側はいかがでしょう？」

海側、そうか、王国は海にも面していたんだ。

「山から見て王都は東側だが、さらにその東側だよね、営業未開拓エリアだし、面白そうだ」

「物品の移動は大変になりそうですが」

確かに距離はあるが、国内の大通りの移動なら、対策を取れるだろう。

「出店場所、移動ルートの検討、人材募集、大変だけど頼むよ」

「はい、分かりました」

「それとイムルさんに手紙を出す予定なんだ。今度、メリッサ王女の誕生パーティーに出席する予定で、いろいろ相談したい。時間を取ってもらえるよう打診を頼む」

「明日、顔を出してきます」

おお、いい返事。こういう時、メラルはとても役立つ人材だ。アガッサ商会は同じ王都だし、メラルは元部下だから、簡単に会うことができる。


ここは王都のある酒場。お客さんがたくさんいて賑やかな雰囲気だ。

「かんぱーい！」

「テネシア、イレーネ、Bランクおめでとう！」

「大量の素材を運んでくれた、あるじのお陰だよ」

「そのお陰で私たちは討伐に専念できますからね」

「いやいや、自分は後ろで手伝ってるだけだよ」

後方支援職は僕に合っている。地味な感じもいい。

「しかし本業を持ちながら、冒険者でBランク獲得は感慨深いな」

僕の言葉にふたりも「うんうん」と大きく頷く。

「おそらくテネシアとイレーネが冒険者一本に集中すれば、Aランク、いやSランクも狙えるだろう」

現在、僕たち以上に魔物を討伐しているパーティーは他にない。

「う〜ん、どうかな。このパーティーだからこそ、うまくいってると思うよ」

「それと冒険者だけだと不安定ですよね。アレス様の護衛という身分にやりがいを感じますし」

なるほど、三人だからこそ、護衛を兼任してるからこそか。

「ふたりともありがとう。今後ともよろしくお願いするね」

「こちらこそ頼む」

「よろしくお願いします」

Bランクまでいければ冒険者としては十分。これ以上のAランク、Sランクは地域災害級、国家災害級の案件も扱うとかだからね。そんなのにあまり関わりたくないかも。

◆

今日はイムルさんのところに来ている。初見は屋敷の豪華さと使用人の多さに驚いたが、二度目となると慣れてくる。この間、王城にも行ったし、文字通り、場慣れだね。

「イムルさん、ご無沙汰しております」

「お互い息災のようで何よりです」

相変わらずイムルさんは丁寧な口調だ。本当に話しやすい。

「ご相談がございまして……実は王女様のパーティーに参加するのです」

パーティーなどまったく初めてのため、率直にいろいろ聞く。

「……なるほど、そういうことですか、今回は誕生日パーティーなので、何かプレゼントを持参するとよろしいでしょう」

プレゼントか……、簡単そうで難しい。相手がある話だからな。

「王女様はどのようなものを喜ばれるのでしょうか？」

「そうですね……外部の食べ物は召し上がれないし、服は専属のデザイナーがいるし、絵画は趣味が難しいし、まあ、無難なのは、美麗な宝飾品でしょうか」

「美麗な宝飾品ですか……」

「ええ、ただ皆さんも同じようなことを考えますので、たくさんの宝飾品が集まって個性が埋没し、宝箱に直行しそうですけどね」

「う〜ん、それだと味気ないですね」

「印象に残らないですが、無難さを求めるならば、それも悪い案ではありません。それにギルフォード商会さんは金属製の宝飾品を売りにされているので、王女殿下のお目に留まるかもしれませんよ」

金属製の宝飾品か……確かにいいかもしれないな。

ここは王城のパーティー会場、ついに当日を迎えた。

多くの貴族が居並ぶ中、メリッサ王女が気品に満ちた挨拶をする。

「本日は私の二十歳の誕生日のお祝い会にお越し頂き、礼を申します。本日は心ゆくまで楽しんでいって下さいね」

その言葉にザイス筆頭大臣が続く。

「それでは皆様、メリッサ王女殿下のお誕生日を祝って乾杯しましょう！」

「「「かんぱ――――い！」」」

パーティーが始まり、メリッサ王女の前に貴族たちが長い列を作る。この順番は爵位順らしく、下位の男爵はずっと後方。しばらくすると後方から声がかかった。男爵の後方って何だろ？

「ギルフォード男爵、お久しぶりです」

誰だっけ？　長身だし騎士っぽいな。

「お忘れですか？　王女殿下の護衛騎士を務めているカイルです」

「あっ、失礼しました。その節はどうも」

パーティー用におめかししていたから、一瞬、分からなかった。

「こちらこそ、その節は助かりました」

あの時より言葉遣いが随分丁寧だな。そうか、僕が貴族になったからか。

「ギルフォード商会の武具は本当に優れていて、今や王都中の人気商品です」

「それはありがとうございます」

カイル殿は男爵の下の騎士爵で、今回は貴族の一員としてお祝いを述べるのだと言う。そのためにわざわざ並んでいるのだから相当忠義心に厚いのだろう。前の方を見るとイムルさんが並んでいた。そう言えば貴族の子爵だったな。こちらは男爵より上。目が合ったので軽く会釈をする。

ようやく順番が来た。

「メリッサ王女様、お誕生日おめでとうございます」

元々綺麗な方だが、今日は一段と綺麗だな。ドレス姿が艶《あで》やかだ。

「これは、これは、ギルフォード男爵様、ようこそおいで下さいました」

王女様が微笑《ほほえ》まれる。こちらも微笑み返そう。

「本日のおめでたい席に、僭越《せんえつ》ながら、献上品を持参いたしました」

願わくばお蔵入りになりませんように。

「まあ、何かしら？」

箱の中身は銀製の有翼のユニコーン像だ。

「まあ！」

「おおっ、これは！」

「翼の有るユニコーンとは珍しい！」

王女様に続き、周りの貴族たちが一斉に目を輝かせる。

前足を高くあげたユニコーン像は翼を広げ、今にも飛び立ちそうな造形だ。

「これは、まるで本物みたいですね！」

「ユニコーンは聖獣だし、これはおめでたい」

「純粋な王女殿下にぴったりだ」

王女様とギャラリーからの評価にしてやったり。

「ギルフォード男爵様、このように素晴らしい贈り物を頂けて幸せです。ぜひ部屋の目立つ場所に飾りましょう」

王女様がお悦《よろこ》びになられて良かった。お蔵入りしないで済みそうだ。山の館の近くで住み着いたユニコーンを見て閃いたのだが、最近かなり懐いてくれて、ユニコーンを撫《な》でていたら、【複写】と【加工】の合わせスキルで像ができあがった。材料の銀は【収納】に入っていたしね。サンプルを【複写】して、それに【加工】して手を加えたり、逆に【加工】して作ったものを【複写】で増やしたり、生産系スキルの合わせ技は応用が利く。

◆

ついにギルフォード商会の三店舗目が開店した。ギースの港町で、王都を中心にして山の館の反対側になる。場所は遠いが、最悪【転移】があるので大丈夫。物品の移動は王都の商会本店から荷馬車を使うことにした。

「マーク店長、頑張って下さい」

「ギルフォード会長、ありがとうございます」

ここの店長はマークという男性で、本店のメラル店長の元部下だ。優秀なメラルの部下なら大丈夫だろう。最初は本店からの物資を中心に扱うが、地域に慣れてきたら地元の物品を増やしてもらおう。そうすれば移動コストも抑えられる。

ここの港町はまったくの初めてなので、興味本位でいろいろ散策してみた。海が見える風光明媚《ふうこうめいび》な港町で潮風が漂う。王都ほどではないが、海沿いに多くの人が住み、なかなか賑やか。多くの船が出入りし、貿易も盛ん。これまで山の中が多かったせいか、海の近くは刺激的だ。大きな帆船も来ているな。今回もいつもの三人で来ているがちょっと浮足立ってしまう。

「おい、てめえ、どこに目えつけてんだよ！」

うっかり細い路地に入ったら変なのに絡まれた。またこれかよ。だが、これは見方を変えたらチャンス。ふふふ。輩相手なら抵抗感がない。路地だから誰も見てないな。周囲を見渡してからの。

「おい、てめえ、何、よそ見して……」

「【収納】！」

あっという間に男が消える。生き物も【収納】可能になってから動物は何度か試したが、人間は機会がなかった。知人、友人もそうだし、一般の人で試すのは抵抗あったからね。でもこういう輩なら抵抗が少ない。たぶん大丈夫だと思うけど、どこかで出そう。できれば中にいた時の感想を聞きたい。

「あるじ、ついに生きた人間で【収納】成功したな」

まるでこうなることを予想して僕から少し離れていたふたりが近寄ってきた。

「中に入った人はどうなるんでしょう?」

「たぶん大丈夫だと思うけど、後で確認しよう」

王女にユニコーン像を贈呈した後、【加工】スキルがレベルアップしていた。【加工】レベル２（品質改善）から、【加工】レベル３（最高品質）だってさ。ただこのスキルを使用すると剣は聖剣レベルになってしまい、あまりにチート過ぎるので混乱を招きそう。なので聖剣、聖槍、聖弓などは自分用とテネシア、イレーネ用に限定することにした。

「しかし、海と船はいいもんだな」

「そうですね、風が気持ちいいです」

海を眺めるイレーネが様になっている。

「そのうち、船に乗ってみるか」

「船か、面白そうだね」

テネシアも海が似合う。僕はどうだろね？　しばらく三人で港町の風情を堪能した。


港町の風情を満喫した後、山の館、地下二階の隔離部屋に場所を移す。

「さて、やるか、【取出し】！」

「なっ、ここはどこだ⁉」

港町で【収納】した男を取り出した。とりあえず生きているな。

「質問がある」

「貴様は誰だ⁉」

今の自分は覆面をし、テネシアとイレーネは外してもらっている。

「お前は港町にいたが、その後、どうなっていたか分かるか？」

「港町にいて、男に絡んだ、と思ったら、ここだ」

「ここに来るまでどのくらい時間が経ったと思う？」

「時間？　今さっきの話だろ？」

「……だいたい分かった。元に戻してやろう【収納】！」

男の話から察するに【収納】に入っている間は何の感覚もないようだ。おそらく時間も止まった感じなのだろう。後で港町に戻しておこう。今回は念のため顔を隠して会話した。こういう時、隔離部屋は便利。ユニコーンに続き、これで二度目だ。そう言えば、以前、生きた状態で【収納】した魔物たち、どうなっているだろう？　今度、山奥の魔物討伐に行った時にでも取り出すかな。

第四章　島の開拓

港町の新店舗に行ってから、すっかり海に魅了されたようだ。

「山もいいけど、海もいいよな……」

「あるじ、最近それが多いな」

「確かに海はいいですけどね」

もし船旅をするなら、まとまった休みが必要だな。幸い商売は安定しているし、店長たちもよくやっている。自分の主たる仕事は商品の生産だけだ。以前より相当スキルも向上したし、まとめて大量に作り置きしておけば、休めるんじゃないかな。

よし決めた！　今日は大量に生産しよう。素材も大量にあるから、どんどん使ってしまおう。

それと店長たちに倉庫の拡張をお願いしておこう。

それからひたすらに【加工】【複写】を使って馬車馬のように生産しまくり、この間、【複写】スキルがレベルアップした。

〈【複写】レベル２（物以外も複写可能）→【複写】レベル３（大量複写可能）〉

これにより予想以上に短時間で完了した。大量複写は一回で最大千個に複写可能だ。

これもチート過ぎるスキルだな。混乱を招かないよう、多用は控えた方が良さそうだ。

その後、商会本店で打ち合わせし、一年先の仕事まで完了した。後は製品の保管をよろしく頼んだ。

連絡手段としては【転移】で本店に飛び、三日に一回程度、メラルから報告を受けることとした。

そのためメラルにだけは転移魔法のことを知らせた。もっと驚かれると思ったが意外にも納得していた。以前から「会長は規格外」と感じていたとのこと。まあ、この世界、一応、魔法という概念は一般に浸透してるからな。合わせて男爵邸の執事バイアスにも、しばらく旅行にいく旨《むね》と用件は商会のメラル宛にするよう指示した。

～港町・船着き場～

「さて、今日から船旅だ！」

「いよいよだな」

「楽しみですね」

商会の一年分の仕事を済ませ、いよいよ船旅だ。あらかじめ言っておくが今回の旅行に明確な行先はない。自分にとって元々この世界すべてが初めての経験なので、どんな経験でも貴重だ。山の館周辺に住み着いたユニコーンが少し気がかりだが、元々野生の存在だし、好きに生きるだろう。それとお世話になったメリッサ王女とイムルさんには手紙を書いておいた。さあ、出発だ！

「おお、船が動いた！」

「結構、揺れますね！」

テネシア、イレーネも船旅は初めてとあって少し興奮気味だ。

この船は乗客以外にも大量の貨物を積んでいたので、貿易船でもあるんだろう。

◆

数日、船旅が続くと、海の景色にも飽きてきた。テネシア、イレーネも暇なのか、甲板で剣の稽古をしだした。自分もやることなく海を眺めていたら、海鳥が近づいてきた。

「【収納】！」海鳥が消えた。

今度は「【取出し】！」海鳥が思わぬ場所で現れて、驚いている。

あれを試しにやってみるか、今度は海に向かって「【収納】！」

海の水を大量に取り込んだが、見た目はまったく変わらない。

「【収納】【収納】【収納】【収納】【収納】！」

連発しても同じ。さすがに海相手じゃ勝負にならないか。

「ふふ、当たり前だよな」

結構、いろんな物を【収納】してるから、そのうち出さないとな。


しばらくすると船内が慌ただしくなってきた。

「どうしたんだい？」

近くの船員に聞くと、とんでもない答えが返ってきた。

「か、海賊だ‼」前方から怪しげな黒い旗を掲げた船が近づいてくる。どうやら海賊船らしい。

「あるじ、どうする？」

「僕たちは【転移】でいつでも帰れるけど、心配だから、ちょっと様子を見ようか」

「そうですね。海賊退治もいいかもしれません」

「海賊を倒さないと船旅が続けられないしね」

ほどなくして海賊が近づき、船に上がってきた。

「大人しくしろ！　いうことを聞かないと命がないぞ！」

海賊が刃物で威嚇するのを気にせず、テネシアとイレーネが僕の方を見る。あれをやれってか。

「それなら、【収納】！」

一瞬にして海賊が消える。そして次も収納、また次も収納。

乗り込む度に消えていくので、怖くなったのか。海賊が入ってこなくなった。

「仲間が消えた！　この船、おかしいぞ！」

「逃すか！　【転移】！」

三人で海賊船の甲板に【転移】した。

テネシアが甲板にいる男たちを次々と倒す。彼女にとっては軽い運動みたいなものだな。

「えっ、何だ、こいつら⁉」

「うぎゃ！」「がはっ！」

悪党の断末魔が響くが、手加減してるので殺してはいない。このまま全滅させるのは簡単だが、人質がいるのか気になった。もしいるなら拘束されているだろうから動けないはず、なら甲板に上がってくる奴をひとりずつ倒していくか。

「ふたりとも、上がってくる奴だけ倒せ、入口を押さえろ！」

入口は一か所しかなかったので、簡単な仕事だ。だが出てくる度に倒していたら、警戒して上がってこなくなった。海賊でも我が身が可愛いということか。他人の命は軽んじるのにね。

「警戒して上がってこなくなりましたね」

「じゃあ、あぶり出すか」

以前、山で【収納】したキラービー（蜂の魔物）を思い出した。船内に投げ込もう。

「これでも食らえ！」

「うわあ！」

「た、助けてくれ！」

大量の蜂が船内で暴れ、男たちの叫び声が近づいてきた。上ではテネシア、イレーネが待ち伏せしてて、出てきた途端バタバタ倒していく。ふ～だいぶ静かになったな。

「よし船内に潜入だ。人質さえ保護したら、好きにできる」

下に潜入していくと途中、海賊が襲ってきたが、すべて返り討ちにする。狭い場所だったので今回はイレーネの短剣が活躍した。そして最下層までいくと施錠された部屋が見つかった。

「ここが怪しいな」

「ふたりの魔法で扉ごと破壊してもいいけど、もっとスマートにいくか。【収納】！」

扉が消えた。その先に海賊が数人いて、女性たちに剣を向けている。やはり人質がいた。

しかし海賊って人相が悪いな。すぐ判別できちゃうよ。

「おい、人質がどうなってもいいのか！」

「海賊はお前と横のふたりか」

「そうだ、命が惜しければ……」

「【収納】！」

海賊三人が消えた。え～と、一応、解決かな。何となく後ろ手で頭をポリポリかく。

「皆さん、安心して下さい。助けに来ました」

女性が十人いる。聞くとこれで全員とのことだ。このまま帰ってもいいけど、せっかくだからお宝探しもしようか。

「あの、海賊のお宝の場所は分かりますか？」

「たぶん、こちらの隠し部屋だと思います」

最下層の部屋の下に隠し部屋があった。見てみると。金貨や食料などが積まれていた。

「念のため回収しておこう。【収納】！」

その後、人質の女性たちを甲板に上げて、一緒に転移しようと思ったら、乗ってきた船が視界から消えていた。

「あちゃ～さすがに移動中の船への【転移】は難しそうだな」

「失敗したら海の中ですものね」

確かにイレーネの言う通りだが、このまま海賊船にいる訳にもいかない。どうしよう？　必死に考えていたら、頭にスキルのイメージが浮かんだ。確か前に獲得だけして使っていなかったんだよな。

〈【転移】レベル２（千里眼で転移先無制限）〉

千里眼か……、どうやらイメージできる場所に【転移】できるらしい。

これなら行ったことがない場所でも【転移】可能だ。

「とりえず、【千里眼】！　あれっ、近くに島があるぞ。ここに行ってみるか」

「皆さん、手をつないで下さい。それでは【転移】！」

◆

よく分からないけど、どこかの島の海辺に現れた。

「島に到着したね。綺麗な砂浜だ」

「あるじ、こんな大人数でも【転移】できるんだな」

やってから気づいたが、確かにそうだ。

「ここはどこの島なのでしょうか？　アレス様」

「うん、島だけど、詳しくは分からないな」

一緒に来た女性たちもしばらく茫然《ぼうぜん》としていたが、とりあえず健康状態は悪くなさそうだ。

こんな状況だが、ワクワクしている自分がいる。

「皆さんはなぜ海賊の人質になったんですか？」

口々に「誘拐された」との話が出た。どうやら良家の子女らしい。

「すぐ戻りたいですか？」

そう聞くと十人中、九人が「はい」との返事だった。

「じゃ帰りますか？　手をつないで下さい。【転移】！」

一瞬で王都の商会本館に到着。メラルに事情を話し、女性たちを元の場所に送り返すよう依頼した。

メンタルケアのためしばらく休ませてからの方がいいかもしれない。それと海賊から回収した金貨の大袋を渡したら驚いていた。お見舞金など、うまく活用してほしい。

「面倒ごとを頼んでごめん」

「うまく対応させて頂きます」

ちなみに本館は本店と隣接しており、本社機能として新設した。ここに会長室を設けて、いつでも【転移】できるようにした。


先ほどの島に戻る。トンボ帰りだな。はは。

「さて、あなたはどうしますか？」

残った女性（ひとり）に訊く。何か事情があるのか口が重い。とにかく戻りたくはないみたい。

「僕たちは船で旅をする予定でしたが、生憎、船とはぐれてしまいました。その代わり、面白そうな島に到着したので、これから探検したいと思います。探検は大変なので、難しいようなら戻った方がいいですよ」

僕がそう言うと、女性がポツリポツリと話しを始めた。

◆

女性の名はミア・セレイド、とある国の有名な薬師《やくし》だったらしい。薬草から回復薬を作っていたが、回復魔法にも目覚めて、忙しい日々を送っていた。一流の腕だったため国の重鎮にも評価されていたが、ある貴族に裏切られて追放され、海賊船に乗る羽目になってしまったらしい。

「酷い話もあったものだな……」

「信じてくれるのですか？」

「うん、信じるよ。できればうちの商会で雇いたいくらいだ」

「商会ですか？」

「ああ、ある国で商会をやっているが、薬には興味があったんだ」

山暮らししてる時、薬草に触れる機会が多かったしね。

「……そうですか」

「いったん商会に戻って保護してもいいんだけど、自分はここで探検したいんだ」

薬師は貴重な人材、しかも回復魔法まで使えると言う。できれば近くにいてもらいたい。

「商会にはいつ頃、戻る予定ですか？」

「一年くらい先かな」

「それでしたらご同行します。あてのない身の上で、どこかで薬草の研究をしたいと思っていました」

それなら、こちらとしても好都合。

「まあ、あまり無理しないでね。いつでも本国の商会で保護するから」

自分の気持ちはあるが、あくまで彼女の意思を尊重しよう。

「分かりました」

こうして、僕、テネシア、イレーネ、ミアの四人で、島の生活を始めることになった。

いやぁ、本当にワクワクする。

「それでは探索開始だ！」

【転移】レベル２（千里眼で転移先無制限）で頭にイメージを表示すると島の形が分かった。

今回から新たにミアを加え四人で外周を【転移】しながら回り、目の前の光景がどんどん変わる。

「先ほどもそうでしたが、凄い魔法ですね」

「これがあるから安心なんだよ」

「あるじはどこへでも一瞬で行けるからな」

「島の探索も楽勝です」

この千里眼スキルの凄い点は、あらかじめ転移先の状況確認ができるということ。脳内で拡大表示できて、航空写真のように現地の細かいリアルな映像確認もできるのだ。これなら変な場所に転移しなくて済む。ざっと外周を見たが、港はなく人もいなかった。さらに続けよう。


結局、一日かけて島の各地を見て回った。点から点の移動だから全部見たわけではないが、どうやらここは無人島のようだ。大きさは伊豆諸島《いずしょとう》の大島《おおしま》くらいだろうか。島の中央部に山があり、そこから海にかけて森が広がっている。川があったので水は大丈夫そう。とりあえず今夜は休もう。明日から建設ラッシュだ。


翌朝、早起きして、この島を開拓することを決める。ミアはたった四人で大変だろうという表情をしていたが、まあ見ていなさい。ふふふ。

「【収納】【加工】【複写】！」

次々に木が消えていき、地面が整地されていく、そして、どんどん家が組みあがっていく。まるで魔法のようだ。というか魔法だね。【収納】【加工】【複写】を繰り返し、あっという間に大型の家が完成。その後。家具、衣類、日常用品などが次々とできあがっていく。以前、山の館を造った時の何倍もの早さだ。ついでに港、灯台、道路何かも造っておこう。ここは魔物がいるか不明だが、防壁もいるだろう。それから広場に訓練場に、あれもこれも。

夕方には人が住めるインフラが完成した。自分でやっといてアレだけど、チートだわ。

あっ、作業を見ているミアの表情が固まっているぞ。

「ミアさん、どうしましたか？」

「……あなたは神様ですか？」

神様？　僕が？

「いえいえ至って、普通の人間ですよ」

大真面目に言ったつもりだが、

「そんなことあるか！」「そんなことありません！」

なぜか、テネシア、イレーネが、少し切れ気味でツッコミを入れてきた。

人間扱いしてよ。傷ついちゃう。なんてね。冗談はさておき、

「ミアさんは薬草の研究を希望してたよね」

「はい、そうです」

「じゃ研究棟も造るか【加工】！」

数分で研究棟が完成した。

「……本当にありがたいですけど、今までの価値観が崩壊しそうです……」

ミアさんには早く慣れてもらうしかないな。その後、ミアさんから薬を作るのに必要な道具を聞き、オーダーメイドで揃えてあげた。これでこの島でも心行くまで薬師の仕事ができるだろう。

「これで好きな仕事ができます。アレス様、感謝します」

彼女の表情の表情が明るい。元気を取り戻してくれて良かった。ここで伸び伸びやってほしい。

◆

基本的な島の整備は終わったが、これはあくまで基本だ。まだまだ序の口、やれるだけやってしまおう。無人島なのでやりたい放題だ。これから人口が増えるかも知れないから家をどんどん造ろう。川を整備して上水も完備した。下水は手間だったが、地下掘りも簡単簡単。配管は天然石で【加工】しよう。ああ面白い。

半月ほどで、島の外周と平地部の開拓がほぼ完了した。スキルは使えば使うほどパワーアップするのが実感できた。当然、畑も作ったし、種は商会からもらって蒔いた。そうだ、家畜も欲しいな。うちの商会で扱ってないから、どこかで買うか。メラルに調べてもらおう。軍資金はいっぱいあるから大丈夫だ。物づくりって最高に楽しい。ん？　視線を感じるぞ。

「あるじ、やり過ぎだろ……」

「……もう、これ、国ですよね」

「まさか、こんなことになるなんて……」

テネシア、イレーネ、ミアの三人が呆《あき》れた口調で言う。でも直感が閃いたからしかたない。自分のスキルはこのためにあったんだと。まだ人は住んでないけど、これから来るだろう人を想像して。しかし一から町をつくるのがこんなに面白いなんてね。もし人が来たら積極的に受け入れよう。今はそのための準備だ。

◆

島に到着してから一か月ほど経過したが、島の様相は一変した。まだ四人しか住んでいないが、すでに一万人は楽に暮らせるインフラが完成し、外周と平野部、内陸の一部まで開拓が完了した。ここから先は山の奥だし、現状維持でいいだろうけど、やはり魔物の存在だけは気になる。後から平野部の居住区域に降りてきても困るし、今のうちに討伐しておこう。

「というわけで、奥地（島の中心部）の探索と魔物討伐を実施しよう」

「やっと私たちの出番だ」

「いいですね」

「……」

「ミアは留守番でもいいけど、薬草があるかもしれないよ。あっ、でも無理はしない方がいいか」

「そうですね。それでは後方でついていきます」

ミアの薬草採取があるから、今回の討伐は地面を歩くことにした。たまには初心に返ってこういうのもいいだろう。森の中に入ってすぐミアが歓声を上げた。

「わっ！　珍しい薬草ですよ。これ！」

ミアは薬草を土ごと採取する。どうやら持ち帰って薬草畑を作るようだ。本格的だな。

「回収を手伝うよ【収納】！」

これなら、そのままの状態で保存できる。ミアは収納アイテム（収納カバン）を持っているようだが、間違いなく自分のスキルの方が、性能がいいだろう。その後も薬草採取が続いたが、どうやらこの島は薬草の宝庫のようだ。ミアの表情が生き生きしている。途中、ホーンラビットが現れたがイレーネが瞬殺した。食料ゲット、これも収納しよう。

だいぶ奥地まで歩いたな。【転移】なしで長時間の徒歩は久しぶりなので、少し疲れた。

みんなで休憩してると、ミアがヒール（回復魔法）をかけてくれると言う。ぜひ頼もう。

「いきますよ、ヒール！」

おお、疲れが取れていく。その時、【複写】レベル２（物以外も複写可能）を思い出した。魔法を【複写】できるんだった。魔法の【複写】はその身に体験しないと【複写】不可であり、痛い目に遭うのは嫌で避けていたが、これならできる。

「【複写】！」

ヒールを【複写】できた。後で試してみよう。

徒歩での探索は疲れるが、途中でヒールをかけているから長続きする。

ヒールをかけ続けているミアが大変だろうと思い、覚えたてのヒールをミアにかけてあげた。

「ヒールもできるんですか！」

「実は先ほど受けた時にスキルを【複写】したんだ」

「そんなことまでできるんですか！」

「ははは、痛くない魔法ならね」

四人中、ふたりも回復魔法要員だと心強い。すでに長時間歩いているが疲れが抑えられている。

「あるじ、大した魔物は出てこないな」

「それはそれで助かるけどね」

「でもつまらないな」

テネシアが少しぶーたれる。

「それなら薬草採りを手伝いましょうよ」

イレーネが薬草を上手に採取している。森の民エルフと言われるだけあって、お手の物だな。

「しかし、こんな深い森で魔物がほとんどいないのも気になるな」

「元々無人島で、魔物も少なかったのかもしれませんね」

イレーネの言う通りだといいんだけどな。

しばらく進むと、硫黄《いおう》臭が鼻にツンと来た。見ると湯気が立ち込め、お湯溜《だ》まりになっている。

「これは温泉だ！」

日本人ならテンションが上がるに違いない。そこは岩場で温かいお湯が蓄えられていた。手でお湯に触れると熱いが、入れないほどじゃない。ここの場所はしっかりマーキングしておこう。奥に進むにつれ、湯気の噴出量が増えていく。まるで箱根《はこね》の大涌谷《おおわくだに》みたいだな。きっとこのあたりは地下のマグマの活動が活発なんだろう。

「だんだん木がなくなって岩肌ばかりになってきたな」

「あるじ、まだ行くのか？」

「こんな場所だと生き物もいなそうです」

「これでは薬草も採れないですね」

皆の意見もあり、もうそろそろ引き返そうとしたその時、強烈な気配を感じ、総毛立つ。

どうやら他のメンバーも同じようで、お互いに顔を見合わせた。

(何をしに来た！)

突然、脳内に声が聞こえてきた。耳からの音でなくテレパシーのようだ。三人にも聞こえるらしく、周囲を警戒する。どうするか？　相手がテレパシーできたんだから、こちらもテレパシーかな？　でも、テレパシーなんてしたことないぞ。とりあえず声で応じよう。

「ここに探索に来ました」

これで通じるかな。

(なぜ探索する？)

おっ、通じた。

(この島に住むだと？)

「この島で生活するためです」

「いけなかったでしょうか？」

(住むことは構わないが、この付近の場所は絶対に避けるように)

「正確な境界線が分かるとありがたいです」

(分かった。境界線の情報を送る)

その瞬間、脳内のイメージマップに境界線が引かれた。イメージマップは千里眼使用時に表示されるもの。先ほどの温泉は入っても大丈夫なようだ。良かった。

「了解しました。境界線の中には決して入らないようにします」

（それなら良い。もし約束を破れば、命の保証はないし、大地を揺らすことになるだろう）

ここで帰っても良かったが声の存在について確認したくなった。純粋な好奇心でね。

「もし差し支えなければ、貴方《あなた》様のお姿を見せて頂くことは可能でしょうか？」

（ならん）

明確に拒絶されてしまった。気になるが、ここは大人しく引き下がるのが無難か。

「分かりました。これで引き揚げます」


〜島の館・会議室〜

探索から帰り、四人で感想会を開く。

「いやあ、凄い迫力だったね」

これが僕の率直な感想、三人はどうだろう。

「怖かったけど、何か温かいものも感じた」

「島の神様でしょうか？」

「大きな力を感じました」

テネシア、イレーネ、ミアの順でコメントするが、やはり最後のあの存在になるよな。何だか分からないその存在に。四人の話で決まったことは境界線内の進入禁止だ。自分は脳内でイメージマップがあるが、みんなに分かるよう紙の地図を作成した。奥地であり、開拓対象外のエリアなので影響はないだろうが、周知徹底は必要だ。相手が何であれ約束は守らないとな。それと温泉が気になったので近日中に整備開発しよう。回収した薬草はミアの研究棟の近くの薬草畑に植えた。

「そう言えば、まだ森の反対側を見れてないいな」

「そんなに急ぐ必要もないだろ」

さりげなく次回探索について観測気球を上げたが、テネシアに軽く袖にされる。

魔物を討伐する気でいたから、今回、大したものがいなくて、モチベーションが下がったんだな。

「長時間の徒歩は疲れますからね」

イレーネがテネシアに寄り添うかのように合わせてきた。

「そのうちまた行きましょう」

ミアもその場の雰囲気を読んでくれた。ということで、次回の探索はしばらくお預け。そのうちまた行こう。集団生活はみんなの気持ちが何より大事だ。僕だけが先走るわけにはいかない。僕らは仲間だもんな。

◆

「お～い、船だ――」

朝、海の砂浜でテネシアとイレーネが稽古をするのが日課になっていたが、船が島に近づいていると言う。急いで砂浜に行くと確かに船、だが――

「あの船、何か様子が変だな」

「甲板に人が見えないし、帆も張ってないぞ」

「何かゆらゆら流されているみたいですね」

「難破船かもな……中にまだ人がいるかもしれない。助けに行こう！」

すぐ三人で船の甲板に【転移】して、船内を見たところ、三十人くらいの人が乗船していた。

いや、これは人間じゃない。体の特徴から亜人種族だな。皆ぐったりしていて元気がない。

「助けにきた！　どうしたんだ？」

「私たちは国から逃れてきました。どうか助けて下さい……」

そのまま意識を失ったので、とりあえず全員を甲板まで運ぶ。みんなの手をつなげて。

「【転移】！」


～島の館・広間～

全員を寝かせ、ヒールをかけていく。回復魔法を覚えておいて良かった。途中、薬草採取から戻ったミアも加わり、さらにヒールを重ねがけした。しかしひとりまったく動かない。これは不味い。

だが、ミアは冷静に意識を集中する。そして――

「ハイヒール！」

上級の回復魔法か⁉　これは死んでさえいなければ助かる可能性があるという奇跡の魔法か。何とか息を吹き返してくれ。するとみるみる顔色が良くなり回復した。ハイヒールは凄い。

「魔法で緊急事態は回避しました。すぐ薬草のおかゆを用意します」

その後、体調を取り戻した人（亜人）に話を聞いてみた。

「私はドワーフのインカムと申します。本国では亜人差別が酷く、多くの亜人が虐《しいた》げられています。私たちは有志を募って船で脱出を試みましたが、途中、嵐に巻き込まれ漂流していました」

「それなら、この島に住んだらどうだ。家や畑のインフラは整っているし、すぐにでも生活できる」

「本当ですか！　それはありがたいです！」

数日後、三十人が正式に住民に加わることになった。亜人ということで、エルフ、ドワーフ、獣人と多種多様なメンバーだ。インカムに亜人種族の代表となってもらい、今後の運営会議に加わってもらおう。ちなみに今回、皆を運んだ『島の館』だが、『山の館』にちなんだ命名で、大きな公民館のような施設だ。会議、居住、一時避難と多目的に使えるし、今後、島の中心施設になるだろう。

◆

ここは島の館の会議室。

僕、テネシア、イレーネ、ミアに、今回から、インカムを会議メンバーに加えることにした。

「インカムさん、本国の亜人差別はそんなに酷いのですか？」

「はい、まともな職に就けず、搾取《さくしゅ》され、奴隷の身分に落とされている者も多数います」

「えっ、奴隷なんているのか⁉」

僕は異世界から来たが、自分が店を持つロナンダル王国では奴隷を見なかったので、驚いてしまう。

亜人たちへの差別もなかったし。

「ふざけてるな！」

「何とかしてあげたいです！」

僕の側近護衛であるふたりも竜人とエルフで亜人だ。最初こそ、外見の違いや能力の高さにびっくりしたが、付き合ってみると、中身は人間と何ら変わらない。竜人のテネシアとエルフのイレーネにとって、亜人差別、亜人奴隷は他人事《ひとごと》ではないだろう。僕も助けたい気持ちが高まる。

「どうしたらいいだろう？」

するとインカムが真っ直ぐこちらを見て、力強く言う。

「仲間たちをこの島に呼べるのであれば助かります！」

なるほど、それが一番しっくり来る。向こうの国は亜人を虐げている。

この島は新しい住民を受入れ可能。ならば話は早い。

「よし、君たちの国の仲間を受け入れよう。何人ぐらいいるんだい？」

「現状の人数は不明ですが、元々亜人五千人くらいの小国で、後から人間に征服されました。元気な者は自分の力で脱出できたのですが、自力で逃げられない仲間が不憫《ふびん》です」

「自力で逃げられない仲間？」

「はい、鎖で繋がれた奴隷、檻《おり》に入れられた囚人、それと亜人を隔離した病棟にいる病人です」

「奴隷、囚人、病人か……、囚人と病人が隔離されてる場所は分かる？」

「はい、分かります」

「……奴隷は一か所に集まっているの？」

「労働奴隷は鉱山施設、戦争奴隷は軍の施設です」

「……なるほどね、大変な環境だろうが、まとまっているのは非常に好都合だ」

会議は亜人救出、島への移住受け入れで決定。当然だよね。この後、自分とインカムが救出実行。テネシア、イレーネ、ミアが受け入れ準備で仕事を分担することにした。若干、テネシアが不服そうだったが、移住した住民の警戒にあたるのも大切な任務だ。今回は僕のスキルを全振りする。

◆

「なんだ⁉　これは⁉」

「亜人どもの隔離病棟施設が消えたあああ⁉」

数回に分けて【転移】していたが、途中で見回りに来た者が気づき絶叫する。

会議で救出決定した後、早速インカムと隔離病棟施設に【転移】して、施設ごと島へ【転移】を開始した。今まで人だけを【転移】しているつもりだったが、よく考えたら一緒に服や所持品も付いてくるわけで、物の【転移】が可能なら、施設ごとも可能だろうと考えた。案の定、施設に手を触れて【転移】したら、ものの見事に成功。島の空き地に【転移】したが、早速、ミアに「ヒール」や「ハイヒール」を施してもらった。だが数が多過ぎるなぁ。

「エリアヒール！」

病室にいた人たちが次々と回復していく。これは広範囲で多人数を回復できるんだな。と思っていたら、エリアヒールを自分も浴び、【複写】スキルで「エリアヒール」を獲得した。

よし、これで手伝いやすくなった。僕も「エリアヒール」を使おう。

「エリアヒール！」

いいぞ、癒しのパワーが拡散している。

「アレス様、エリアヒールまで使えるようになるなんて！」

「ごめん、君のスキルを浴びたんで複写してしまった」

「でも私の負担も軽減されますので良かったです」

そう言いながらお互いに「ヒール」しあう。回復要員がふたりいると心強い。

「じゃ、行ってくるね。【転移】！」


～監獄施設～

インカムと一緒に来た。やはり、鬱蒼《うっそう》とした感じだな。

「これが、亜人たちのいる監獄施設かい？」

「はい、そうです」

「それなら、【転移】！」

先ほど【転移】した病棟の隣に監獄施設を移した。

「みんな聞いてくれ、監獄施設ごと移したが、扱いは丁寧にな。人間の守衛がいたら拘束してくれ」

何回も【転移】を繰り返し、人員の総数は二千人を超えた。島の館近くの広場に集め、インカムと一緒に説明をした。涙を流し、喜ぶ人がほとんどだったが、体調の優れない人もいるので、ミアが「ヒール」をかけて回っていた。ヒール大活躍で、いつの間にかハイヒールも【複写】していた。重症者に付き添っていたらミアのハイヒールを一緒に浴びたようだ。

日中、移住確認をし、住民名簿に登録の後、住居に案内したが、皆一様に驚いていた。

「本当にこんなことってあるんだね」

「奇跡だ！」

「信じられない！」

といった声が聞こえたが、亜人たちを受け入れて良かった。そろそろ日が暮れる。もうひと仕事だ。


～鉱山奴隷施設～

引き続き、インカムと行動を共にする。

「あそこが奴隷のいる鉱山奴隷施設かい？」

「はい、そうです。夜間はこの施設にいるようです」

昼間、鉱山で強制労働させられた亜人奴隷たちは、この施設で隔離されているらしい。

「施設ごといくか【転移】！」

病棟施設、監獄施設の隣の空き地に【転移】させた。回をこなすと慣れてくる。


～戦闘奴隷施設～

「あそこの施設のようだな」

「そのようです」

「戦闘奴隷ということは強いのかな？」

「はい、かなり強いです」

だよな。一般的に人間より亜人の方が強いはず。

「なんで大人しく従ってるんだろう」

「反乱防止のため、平時は武器を取り上げられているからでしょう。それと足に重りをつけさせられているようです」

「それは酷いな。早く解放してあげよう。【転移】！」

これで空き地に、病棟施設、監獄施設、鉱山奴隷施設、戦闘奴隷施設が集まった。転移魔法を連発して、さすがに今日は魔力を使い過ぎて疲れた。残処理を他のメンバーに任せてもう寝よう。島で皆が幸せに暮らせますように。

◆

亜人たちを島に受け入れてから、一か月ほど経過し、住民名簿の作成、居住場所の手配が概《おおむ》ね完了した。受け入れがスムーズにいったのはインカムを始め、先に移住した住民が熱心に説明してくれたからだ。それと以前の環境が酷過ぎて、島の生活が天国のように感じられたこともある。

食料については、当面は商会からの物資で調達するが、畑も海もあるから、住民同士で分担して農業、漁業をするよう推奨した。それと獣人たちは狩猟が得意なため、森に入っての狩猟を認めたが、森の奥の境界線だけは絶対に入らないよう伝えた。近いうちに進入禁止の壁でも造ろう。住民が一気に増えたので、毎日、代表者が集まって会議をする。コミュニケーションは大切だからね。

〜島の館・会議室〜

出席者は僕、テネシア、イレーネ、ミア、インカム、ビンテスの六人だ。この内、後から加わったビンテスは元戦闘奴隷で、狼獣人の男性だ。救出に恩義を感じ、島に貢献したいということで、会議メンバーに加わった。島の警備、防衛に力を貸してくれそうだ。

「この島の代表者はアレス様でよろしいですよね？」

開口一番、インカムが告げ、皆、当然だという顔をしている。これについては多くを語るまい。乗りかかった船というより、すでに船にしっかり乗っている状態なので了承するしかない。

「代表は自分で構わないが、念のため、採決を採ってくれ」

全員の手がサッと挙がる。島の代表は自分で決定だ。次に――

「みんなの役割分担を決めようか」

これもみんな賛成。そして役割の具体的な話し合いになるが、島の人口が三千人を超えたので、内政と防衛の整備が欠かせなくなっており、内政をインカム、防衛をビンテスに任せることにした。インカムは情報通で各種族と話ができ、ビンテスは集団戦闘で亜人を取りまとめた経験があるからだ。多くを聞かなかったが、反乱軍的なものだろう。容易に想像できる。

「ミア様には島のみんなの健康を守って頂きたいです」

「ミア様、よろしくお願いします」

インカムとビンテスからミアを推す声が上がった。ミアは人間だが亜人救出の際、フル稼働で回復魔法を使い続けた。命を救われた人も多く、「島の聖女」と言われるまでになっていた。実際、ミアのエリアヒール、ハイヒールの威力は凄まじく、救出時を含め、島に来てから亡くなった者はひとりもいない。「聖女」と言われても過分な評価ではないだろう。

「それではミアを島の健康分野の責任者にしよう」

僕がそう告げると、ミアは責任の重さに少し躊躇《ちゅうちょ》したが、薬草の採取、薬草畑の開墾、回復薬の製造に住民も全面的に協力する旨を伝えると快諾してくれた。特に回復薬の製造は回復魔法の代替になるので、絶対に必要だ。

「あの、テネシア様、イレーネ様はいかがなさいますか？」

インカムから遠慮がちに問われる。このふたりは僕の側近護衛だし、これからも同じだろう。

「私はあるじの近くを離れない」

「私も同じです。アレス様に付いていきます」

予想通りの返事。まあ、今まで通りでいいな。

「テネシアとイレーネは今まで通り、僕の側近兼護衛を頼む」

ふたりはこれでよし、現在、この島はほとんどが亜人であり、亜人たちと役割分担して仲良く暮らすことが重要だろう。みんな傷ついてここに来ているので、親身になって寄り添えるよう努めたい。

◆

「会長、大変です！　商品の在庫がなくなりそうです！」

商会に顔を出したところ、本店長メラルから悲鳴にも似た報告がなされた。

確か一年分は在庫を準備したはずだが、まだ半年くらいだ。どうしたことだろう？

「実は会長……」

メラルの話によると、以前、海賊船から救出した子女を各国に丁重に送り返したが、高い地位の貴族が多く、商会への感謝が凄かったとのこと。しかもギルフォード商会の会長が海賊を成敗し、貴族の子女を助けた話が武勇談となり、庶民にまで広まったらしい。この世界にテレビや新聞はないが、その分、口コミが活発で、語り部や吟遊詩人なども話を大袈裟《おおげさ》に拡散する。

「それが宣伝になって、商品が飛ぶように売れております。また各国から出店を望む声まで上がっております」

「そんなことになっていたのか、最近、忙しかったからな」

「話はそれで終わりではありません」

「えっ、まだ、あるの？」

「王城でも今回の件を称《たた》え、会長の爵位を上げる予定のようです」

えっ、また王城に行くの……、王女様はいいんだけど、あの堅苦しい雰囲気がね。

「それと……各国における支店の方はいかがなさいますか？」

「そんなに強い要望なの？」

「あの品質の商品を手にしたら、他の物は使う気がなくなるのも無理はありません」

う～ん、しかたない。商品の大量生産をするか。自分で蒔いた種は自分で刈らないとな。

「分かった。商品はすぐ用意する。今回は商品を直接、本店の倉庫に【転移】させるから、スペースを空けて準備しておいてくれ」

～山の館～

ここは久しぶりだな。おっユニコーンが近寄ってきた。まだいたのか。あれっ！　何か数が増えてるぞ。家族か友達でも連れてきたのか？　やはりひとりじゃ寂しいもんな。僕と同じみたいで親近感が湧く。ユニコーンたちの首筋を撫でてあげよう。ふふ、可愛い。さて満足したところで、作業に取り掛かろう。その前に収納内の素材を確認してと。あれれ、少ないな。島の開発に使ったからか。じゃあ、まずは素材集めだ。

その足で山の奥に行き、木から、石から、土から、金属から、片っ端に【収納】しまくった。生物素材のストックはまだあるから、魔物討伐しなくて済みそうだ。逆に前回、生きたまま【収納】した魔物を返しておくか。いつまでも時間停止状態じゃさすがに可哀相だ。いくら魔物とはいえね。

「【取出し】！　わっ！」

大量の魔物がドドドと一気に放出された。うん生きてるな。たはは。これで良かったのか？という感は多分にあるが、戻るとしよう。倒して再【収納】する手もあったが、今回は護衛のふたりを連れてきてないし、何より時間がないからな。

素材回収後「【加工】【複写】」スキルで鬼のように生産しまくる。【加工】でひとつ作ってしまえば、以前獲得した【複写】レベル3（大量複写）を使って大量生産ができる。ちなみに今回も【加工】レベル2（品質改善）で作成した。この水準でさえ売れ行き好調なのに、【加工】レベル3（最高品質）を使ったら世の中が混乱しかねない。

「よ～し、これで三年は大丈夫だろう」

量はこれでいいだろうが、製品の山積みを前にして、少し不安な点も出てきた。

「転移先のスペースの方は大丈夫だろうか？」

ふと、【転移】レベル２の千里眼スキルを思い出した。【転移】する前に転移先の状況確認ができるから使うか。早速、スペースを事前確認するが、メラルが倉庫内を整理してくれたようだ。これならいけそうだな。

「よし【転移】！」

これで物品は大丈夫だ。


～商会本館・会長室～

会長室にメラル、バーモの姉弟を呼んで今後の方針について打ち合わせする。

「会長、納品ありがとうございます。これで販売は大丈夫です」

「それで、各国の支店開設の件だが、立地条件、移動ルート、現地での需要などを吟味して、大丈夫そうなら、進めてもいい」

「分かりました」

「ただし政情不安定な国、好戦的な国、亜人差別のある国は避けてほしい」

すでに一か国、該当する国がある。

「それなら先に国内に出店した方がいいですね」

「うん、そうだね、国内にもう二店舗くらいあってもいいかもな」

「それなら現在王都本店を中心に西（山側）と東（海側）にありますから、南と北にも出店したら良いと思います」

東西南北か。

「なら国内二店舗を優先検討し、じっくり吟味して他国への出店をすればいい。それとメラル、君は本当によくやってくれてるので、店舗統括本部長に任命しよう」

「店舗統括本部長ですか？」

「君は現在、本店の店長だけど事実上、他の二店舗も統括してるし、適任だ」

「本店の店長はどうなるのでしょうか？」

「君が後任者を決めればいい。そして、今後は君が全店の店長を統括してほしい。勤務地は本店に隣接するここ本館だ」

「分かりました」

「それとバーモ、君も店長を離れ、副部長としてお姉さんの補佐をしてほしい」

「了解しました」

「それから物品はすべて統括本部（本館）に納め、そこから各支店に行くようにするから、統括本部、本店付近で大きな倉庫を確保してもらいたい」

「どのくらいの大きさですか？」

「今の十倍くらいは欲しいな。転移魔法で納めるから、外部から見えない構造がいい」

「今の十倍……王都内だと難しいかもしれませんね」

「一応、探してみて。難しそうなら僕が何とかする」

「分かりました」

これで商会も大丈夫だろう。久々に男爵邸に顔を出すか。

〜男爵邸・執務室〜

「この間、変わったことはあったかな？」

執事のバイアスに報告を求めたところ、爵位上げの話が王城で上がっていて、近く呼ばれるだろうとのこと。海賊退治について聞かれるだろうから考えておくか。スキルのことはあまり話したくない。

「その件に関係して手紙が来ております」

手紙を開封すると船で助けた貴族子女からのお礼だった。自分は名乗ったつもりはなかったけど、乗船名簿と顔から推測できたのだろうか。旅をする前に関係者に報告してるし、その直後の事案とあっては分かりやすいか。

「それと、男爵様が不思議な技をお使いになるとの噂が出ているようでございます」

あちゃ〜やってしまったか。混乱している場面だったけど、見ている人がいたか。

でも、この世界は魔法が存在するから、説明はできるんだけど、ただなぁ……。

「実はバイアス、内緒にしていたが、僕は魔法が使える。だけど、騒ぎを避けたいと思い、あまり口外してないんだ」

突然のカミングアウトだったが、バイアスはあまり驚いた様子はなかった。薄々、気が付いていたんだろう。ひょっとすると内心は驚いているかもしれないが、表面上、冷静沈着を保っているのは、さすがベテランだ。でもね、魔法は魔法でも僕のは普通の魔法じゃないみたいなんだよね。

◆

「いったい、どうなっているのだああ‼」

ここはロナンダル王国の北側隣にあるウラバダ王国。

ここ最近、異常事態が立て続けに発生しており、今日も国王の怒声が鳴り止まない。

「なんで隔離病棟が消えた！　なんで刑務所が消えた！　なんで鉱山の奴隷施設が消えた！　なんで戦闘奴隷の施設が消えるんだ‼」

それを受け、行政大臣ハネルは微かに舌打ちし、苦虫をかみ潰したような顔で答える。

「……原因はまったく不明です。何しろ施設ごと消えておりますので、痕跡も一切ございません」

「いったい、どういうことだ！」

「……何か大きな力が働いたとしか言えませんが、すべての施設に共通点がありました」

「なんだ！」

「それは亜人を隔離していたということです」

「何者かが亜人どもをさらったとでも言うのか？」

「……何とも言えませんが、結果的にはそう見えます」

「とにかく残っている亜人どもの管理をもっと徹底しろ！　分かったな！」

「……かしこまりました」

「はぁ……」

行政大臣ハネルは執務室へ戻ると深いため息を吐いた。ここには元々、亜人の国があったが、現在の野心的な王ゴランが武力で侵略したのだ。侵略後は徹底した亜人差別を行ってきたが、それにより亜人の流出が続いたため、最近になって隔離するようになった。

「今回の事態で隔離した亜人の大部分がいなくなってしまった……」

この国は亜人の労働力と兵力に依存してきた。労働予備分の囚人までいなくなったので、相当な痛手だ。またドワーフの高度な職人技が途絶え、エルフの知識面のサポートも消えた。

「大きく国力が低下するのは避けられないな……」

ウラバダ王国は軍事だけで成り上がった国である。その屋台骨が大きく揺らいでいる。武器を作るには原料の鉄鉱石が必要だが、鉱山奴隷がいなくなり、採掘が停止。剣を作るには職人が必要だが、ドワーフもいなくなった。おまけに一番危険な前線で戦うはずだった戦闘奴隷すらいない。武力国家で武器と兵士がなくなったら窮地に追い込まれる。

「至急、武器の調達先を確保しなければ！」

行政大臣ハネルは武器の調達先を探すことを急いだ。本来はもっと根本的な政策の見直しが必要なはずだろうが、日常的にゴラン王に怒鳴られ続け、先を見据えた判断ができなくなっていた。

行政大臣ハネルの憂鬱な日は続く。

「この苦しい状況がいつか終わる日は来るのだろうか……」

生気のない目でそう呟くのだった。

第五章　領主就任

ここは王城、謁見の間。本日、子爵位を頂くことになり、王の前で拝礼中、詳細について筆頭大臣が目録を読み上げている。

「ギルフォード卿《きょう》、貴殿は以下の功績をあげ――」

功績として、海賊退治、各国貴族子女の救済、そして商会による優秀な武器の提供が述べられた。

海賊退治の件と聞いていたけど、武器って、そこまで評価されていたのか。

「――以上の功績を称え、以下を授与する。一、子爵位への陞爵《しょうしゃく》、二、ギルフォード商会を王家御用達商会として指定、三、ギース領の領地授与、以上である」

王家御用達商会の指定は素直に嬉しい。ギース領は支店のある港町があるところか。王からお褒めの言葉も頂き、手続きのため、執務室へ移る。しかし今回は貴族のギャラリーがやけに多い。巷で海賊を退治した英雄の噂が広がっていて、興味本位で顔を見に来たのだろう。

式を終え、執務室に入ると、前回同様、メリッサ王女とザイス筆頭大臣がいた。

メリッサ王女が僕を見るなり親しげに歩み寄ってくる。

「ギルフォード子爵の海賊退治の噂が広がっていますよ」

にっこり微笑まれる。おお、笑顔が眩《まぶ》しい。

「恐縮です」

「どのように退治なさったのですか？」

早速来た。王女は素敵なお人だが、積極的なタイプみたいだな。

「はい、護衛ふたりと船旅に出たところ、たまたま海賊船に出くわしてしまい、魔……、いや、剣で応戦しました」

とっさに魔法の話を避けるため、剣と言ってしまった。

「まあ、剣がお得意なのですね」

王女の笑みが強まる。こりゃ、見透かされているな。やっぱり嘘は苦手だ。

「……私ではなく護衛のお陰です」

後方に立つテネシアとイレーネに視線を送ると、王女もふたりを柔らかな表情で見た。

「それと、海賊が船に乗ろうとしたところ、不意をついて落としました。運が良かったのでしょう」

「……噂ではギルフォード子爵が不思議な技を使ったとか」

情報が流れてるなぁ、それならしかたない。

「はい、あまり公にしたくないのですが、私は少しばかり魔法を使えまして……」

「まあ！　どんな魔法なのかしら、詳しく知りたいわ」

魔法という言葉に王女が興味を持たれた。どうしよう……。

「ゴホン」

ザイス筆頭大臣がわざとらしく咳払《せきばら》いをする。ナイスタイミングだ。

「メリッサ王女殿下、お気持ちは分かりますが、お手続きがございます」

「まあ、やだ、私ったら、後で聞かせて下さいまし」

子爵位への陞爵は前回同様、それを証明する金属製のアイテムを頂いた。王家御用達商会については商会の方に看板が持ち込まれるみたいだ。ギースは王国の東端にある領地、海に面する港湾都市で漁業、海運で経済がうまく回っているらしい。商会の支店もあるし、良さそうだ。何より海と船はいい。でも、こんないい場所を頂いて本当にいいのだろうか？　話がうま過ぎないか？

「実はギルフォード子爵、ギースには暗部もあります。海運で栄えているのはいいのですが、今までの領主が怠慢で悪い者がかなり出入りしているとの報告が上がっています。まだ全容は掴めていませんが、闇組織が暗躍しているようです」

闇組織か……前から思っていたが、この世界はあまり治安が良くないな。

「すると、この前の海賊による襲撃も？」

「現時点でははっきり言えませんが、港の誰かが海賊と繋がっている可能性も否定できないかと。そういうわけで、海賊を退治したギルフォード子爵へのギース住民の期待が高まっているのです」

「……なるほど分かりました。港町の浄化が急務ということですね」

「その通りです」

「……ひとつお伺いしたいのですが、悪党がいた場合、子爵の権限で罰して構わないでしょうか？」

「平民なら構いません。貴族の場合は王都で裁きますので、こちらへお引渡し下さい」

「ということは貴族でない、海賊、暴漢、闇組織を僕の判断で罰して構わないということですね？」

「その通りです」

おお、これはやりやすい。いろいろできる。

「この港町に冒険者ギルドはありますか？」

「ございます」

よし、ギースに行ったら冒険者ギルドに顔を出そう。海賊退治の仕事もあるといいな。

「それと王家御用達商会に指定されましたので、今後、武器などは直接王家に納めて頂きます。他国への武器の販売は禁止となりますので十分ご注意下さい」

他国への武器販売は禁止か……メラルに言わないとな。

「現在、他国から出店の要望が来ておりますが、武器以外なら大丈夫ですか？」

「武器以外なら大丈夫です。それと我が国は奴隷売買を禁止していますので、注意して下さい」

「分かりました。奴隷はもとより扱っておりません」

奴隷は亜人たちのいた国であったな。外国との取引は注意しなくては。手続きは順調に終わり、ザイス筆頭大臣が去った後、メリッサ王女に海賊退治のことをいろいろ聞かれたが、相手を無力化する魔法ということでぼかした。テレビや漫画もないし、こちらの世界の人はこういう武勇伝が好きなんだろう。しかし、メリッサ王女は何というか、真っ直ぐお人だ。お会いする度に印象が強くなる。

◆

本日、ギース子爵領、領主邸に到着した。領主邸の使用人の印象だが、全体的に見て、まあまあの対応に見えなくもなかったが、一部、まともに挨拶もできない者がいたため、すぐ人員の刷新《さっしん》をすることとした。一言で言えば、たるんでいた。

「バイアス、引き続き、子爵領、領主邸の管理を頼む」

「かしこまりました」

子爵邸（元王都男爵邸宅）の執事やメイドは優秀だったので、一定数連れてきた。あちらは不在にすることが多く、人員過剰だったため、こちらに移して丁度いいくらいだろう。子爵邸は返しても良かったが、王都に出向いた際に居宅があった方が便利そうなので宿泊用に残した。人数は五人となったが、ほとんど屋敷の管理だけだから大丈夫だろう。子爵邸（元王都男爵邸）の新しい執事は、バイアスの意見を聞いてビスタという若手にした。

「これで領主邸は良しと。それにしても前の領主はどうしたんだ？」

「何でも怠慢常習者で、引き継ぎも放棄したらしいです」

おいおい、そんな勝手をしていいのか？　まあ、そんな奴から引き継いでもロクなことはないだろうから、書類と実状を突き合わせていくしかないな。

「ミア、書類の確認と整理を頼む」

「はい、分かりました」

今回、島からミアを連れてきた。実は前にいた国で高い教育を受けていたこともあるミアを、臨時代官に指名することにしたのだ。この世界では読み書き計算ができるだけでも優秀。その代わり、ミアの薬草畑の管理等は島のスタッフに任せてきた。緊急時の回復薬の備蓄に目途がたったからね。

ちなみに回復薬の備蓄には【複写】スキルが活躍した。通常なら一本の回復薬を作成するのにも相当な時間を要するが、【複写】スキルなら一本が最大何と千本になる。このスキルを使用した時のミアの表情が忘れられなかった。一本作るのに数時間かかるのに、千本が一瞬だからね。でも、これは一時期だけ。生産体制が整ったら自重する。さて、テネシア、イレーネと領内を回ろう。

〜冒険者ギルド〜

ここがギースの冒険者ギルドか。ぱっと見は普通だな。まずは受付だ。

「ギルド長はいるかな？」

「ご用件は何でしょう？」

「ギース領主、ギルフォード子爵が来たと伝えてくれ」

「えっ！　は、はい！　少々お待ち下さい」

ふふ、分かりやすい反応、その後、ギルド長室へ通される。

「領主様、ご連絡頂ければ、こちらからお伺いいたしましたのに」

ここの視察が目的だから来られても困るんだよね。僕は現場を必ず見る主義だ。

「こちらのギルドは初めてですが、状況はどうですか？」

「港町なので、港湾関係の依頼が多いです」

「海賊討伐依頼も来てますか？」

「来ておりますが、なかなか達成されないです」

「港町に海賊への協力者はいそうですか？」

これがもっとも聞きたいこと。

「それは何とも言えないですね……」

この地のギルド長でも知らないのか。

「治安が良くないと聞きましたが」

「はい。もっと取り締まりを厳しくして頂きたいものです」

前の領主を意識して言ってるな。それはこちらも望むところ。

「分かりました。協力していきましょう」

「よろしくお願いします」


話した感じでは、ここのギルド長は新しい領主を少し警戒している感じだったが、まともなようだ。

ついでに依頼掲示板を見ておくか。

「あるじ、海賊の討伐依頼があるぞ」

「達成できてなくて報奨金が吊《つ》り上がってますよ」

「Aランク、地域災害級の案件か……」

そのうちやるか。三人で目を合わせ、ニッと笑みを浮かべる。


さて、町を回ろう。しばらく歩くと路上で数人の男が喧嘩をしている姿が飛び込んできた。

通行人もチラ見するだけで素通りする。こういうのが日常的な光景なんだろうな。

さて、始めるか。

「おい、何で喧嘩をしているんだ？」

「なんだ、テメー、うぎゃ！」

テネシアのケリが腹部に直撃、男がその場に倒れた。

「もう一度聞く、何してる？」

「だから、なんだ、貴様、うぎゃ！」

今度はイレーネの蹴りが男の脇腹に入る。

「領主だ、喧嘩してる理由を言え」

「えっ、領主⁉」

男たちが全員逃げようとしたので、一撃ずつ入れて無力化した。

後で衛兵に突きだすとしよう。いったん【収納】。


～衛兵の詰め所～

入った瞬間から酒の匂いがする。何だ、ここは？　本当に衛兵の詰め所か？

「今日から着任した領主だ」

「えっ、これは領主様⁉」

「どうでもいいが、昼間から酒か？」

「いいえ、これは……」

「とりあえず責任者を出せ」

バタバタを足音が近づく。

「これは領主様、いかがされましたか？　衛兵隊長のミットです」

ミットだと？　みっともないの間違いじゃないのか？

「ここは昼間から隊員が酒を飲んでるのか？」

先ほどの赤ら顔の衛兵を目の前に突きだす。

「……すみません」

「町の治安を守るため、ちゃんと仕事をしろ！」

「面目ありません」

「次回、見つけたら牢送りだからな！」

「……」

「それと先ほど町で喧嘩していた男たちを捕縛した。ここの牢に入れてくれ」

「了解しました」

いったん、外で男たちを【取出し】て、牢屋まで連れていく。

「牢屋が空っぽだな。ちゃんと仕事しろ」

「すみません」

この後、他の衛兵たちにもカツを入れてやった。彼らの改善を期待しよう。

「また来るからな。しっかり仕事しろよ」

その後、三人で船着き場、市場、商店街、路地を巡回したが、絡んでいる奴、喧嘩している奴がいたので、その度にボコって【収納】していった。夕方に再度衛兵所に寄ると衛兵隊長のミットがすっ飛んできた。ふふ、気合が入ったようだな。

「狼藉者《ろうぜき》がいたから、牢に入れろ」

今度はあらかじめ外で【取出し】ていたので、スムーズに回収された。

「また来るからな」

夜になるとますます治安が悪くなったが、悪い奴ほど行動が先鋭化するので判別しやすく、すぐ暴力をふるってくるので、躊躇なく反撃できた。結局、一晩中、ボコって【収納】しまくったが、百人以上は捕まえただろう。

「あるじ、面白かったな」

「魔物に比べたら、随分楽でした」

「ふたりとも、荷物（悪党）を衛兵所に渡して帰ろう」

翌朝、衛兵所に百人以上の暴漢たちを引き渡したら、牢屋が溢《あふ》れかえってしまった。衛兵隊長に牢屋の増設と町の巡回を命じたが、一晩で大量に捕縛した事実に驚愕《きょうがく》し、僕らに恐れを抱いたようだ。

「り、領主様は、お、お強いですねぇ。さ、さすがでございます」

なんて、衛兵隊長のミットに言われたが、本来これは君たちの仕事だからね。

しばらくは意識改革のために気合を入れてやる必要があるな。

◆

冒険者ギルドで依頼書《クエスト》を受け取り、いつもの三人で海賊を討伐することにした。先日、牢に百人以上ぶち込んだが、取り調べの結果、海賊の協力者がいることが判明した。何で判ったかというと、奴らのアジトで海賊関係の書類が見つかったからだ。衛兵も本気を出せばやれるんだな。もっとも衛兵たちに後ろから三人でプレッシャーをかけていたのはここだけの話。

あの時の様子を振り返るとしよう——

衛兵とアジトを探索中。衛兵が何かに気付いた。

「領主様、どこかの島の地図がありました」

「ん？（どこかで見たような……）あっ！」

そう、この島の形、僕らが開拓しているあの島だ。外周は確認したんだけど、見落としだな。

おそらく島の反対側だろう、あのあたりは入江が複雑な地形で見づらかったからな。

「領主様、こちらの地図には島に印がついています」

――という感じだった。


思ったとおり、島の反対側。衛兵相手なので、余計な話はしなかった。今回のアジト摘発で芋づる式に、他のアジトも潰した。密輸が多かったが、こんな連中がいたら、港町の治安が悪くなるのは当然だ。最終的な逮捕者は二百人以上にのぼりそうで、牢屋を増設中だ。彼らの利用法も検討せねば。

さて、本丸に行くか。


～島の反対側・海岸沿い～

地図に印のあった場所に三人で来ているが、ここは本当に海岸線が凸凹《でこぼこ》に入り組んでいる。

「あそこか、すっかり見落としてたな」

「あんな入り江の隙間じゃ、見つけにくいですよね」

「あるじ、どうする、乗り込むか？」

三人で岸壁から覗きこんでいるが、入江の隙間に大きな穴があり、怪しさが漂う。

「あそこなら遠方から死角になって見つからないし、隠れ家には絶好な場所だろう」

「じゃあ、すぐ行くか？」

テネシアはやる気満々だな。

「すぐ乗り込んでもいいが、ボスに逃げられたら面倒だ」

「どうしましょう？　アレス様」

う～ん、そうだな……。

「千里眼スキルで確認しよう」

洞穴に意識を集中すると、頭に映像が見えてきた。中に入るとずっと奥へ続いてる。

「おっ、中に海賊船が見えるぞ。やはりここが海賊のアジトだ」

もっと奥が見えるかな。おっ、松明が見えた。もっと先は……人がいる。その先は……。

穴倉のような場所で暗くて時間がかかったが、アジトの全容は掴めた。百人ほどが五か所に分かれて潜んでいる。そのうち、一番いい部屋があったので、そこがボス部屋だろう。雑魚を倒すのは簡単だが、ボスを逃がさないようにしないとな。とりあえずボス部屋をマーキングしとこう。

「あるじ、どうだった？」

「海賊は百人くらい、五か所に分かれて潜んでいる。ボス部屋は分かった。ただしボスの顔が不明だ」

「入口は海側だけか？」

「海側だけしか確認できなかったけど、陸側の入り口の存在も否定できないな」

「とりあえず入口が海側だけという前提で動きましょうか」

「……そうだな。よし、全員生け捕り、拘束技中心で行こう」

◆

「うわああ！　敵襲だああ！　うぎゃ！」

「うわっ！」

入口に転移後、門番の男ふたりをテネシアとイレーネが峰打ち、意識がなくなったころで、収納した。さあ、奥に入っていくぞ！

「誰だ、お前ら⁉　うっ！」

「何で、ここに人が⁉　ぐっ！」

ふたりが凄いスピードで海賊たちを倒していく。自分は後ろから【収納】しているだけだが、相変わらず、ふたりの動きは素早い。海賊は攻める時は勇ましく見えるかもしれないが、守りに入ると、てんで弱い。アジトが襲われるとは夢にも思わなかったんだろう。

「あるじ、この連中、本当に弱いな。訓練してないんじゃないか」

「まあ、海賊なんて不摂生な生活だろうからね」

「あちらのグループは酒を飲んで賭け事してましたよ」

「はは、いかにも海賊らしいね」

そうこうしてるうちに、奥のボス部屋に到着した。誰もいない。逃げたのか？

三人でボス部屋を徹底的に調べる。

「あれっ！」

壁の置物をずらすと逃避用と思われる穴が出てきた。もろ怪しい。

「行こう！」

頭が天井にぶつかりそうな狭い道を屈《かが》みながら走る。暗いのでテネシアが極小のファイヤーボールを前方に撃ちながら進んでくれた。こうすれば前がよく見えるし、罠避けにもなるだろう。しばらく進むと上り坂になり、地上の空気が感じ取れるようになった。

「あるじ、出口だ」

「……ちょっと待って」

嫌な予感がする。出口手前で止まり、千里眼を使う。

すると出口付近に剣を構えて待ち伏せしている男が見えた。

「出口で待ち伏せしている。敵の後方に【転移】して、返り討ちにしよう」

出口で待ち伏せしている男の真後ろに【転移】し、男が振り返る前に無力化だ。

「ぐげっ！」

テネシアの手刀が首筋に決まり、男は意識喪失で大の字。

「あるじ、この男がボスかな？」

「後で確認しよう、【収納】！」

「アレス様、この周りを調べますか？」

「……そうだな」

念のため、出口周辺を三人で調べたが人影はなかった。たぶんこの男がボスなんだろう。それとせっかく海賊のアジトを壊滅させたので、お宝を回収しておこう。お金はあって困るものではない。

「あるじ～船の中に人はいなかったぞ～」

調査のため停留中の船に乗ったテネシアが陸地にいる僕に向かって大声で答える。

船が五隻ある。結構いい船だ。これも頂くとしよう。

「【収納】！」

結局、今回は海賊全員の身柄を確保、お宝と船もゲットした。これは島の開発に相当役立つだろう。

ちなみに今回は誘拐された子女はいなかった。さて事後処理だ。

◆

山の館、地下二階の隔離部屋に来ている。

「お前が海賊のボスだな？」

「違う！」

最後に捕まえた男に尋問するが、中々口を割らない。しかし今回は別の隔離部屋でテネシアとイレーネが他の海賊たちにも尋問してるので、遅かれ早かれ裏が取れるだろう。百人全員が口裏合わせは難しいからな。しかし、この隔離部屋は本当に便利だ。いわゆる牢屋だが、捕らえた魔物や悪党を一時勾留することができる。島の館でも作ろうかな。その前にギースの子爵領地の牢屋増設が先か。

「アレス様、ちょっと……」

イレーネに呼ばれ、隔離部屋から出る。

「ボスを知ってるという男がいました」

「そうか、連れてきてくれ」

その男を連れ、部屋の外から確認させる。

「あれがボスか？」

「ボスだ！」

名前を聞いたら、お尋ね者と一致。すると男から懇願される。

「頼みがある」

「なんだ」

「俺は船乗りで、海賊に襲われ、操船の腕を買われ、無理やり海賊に協力させられてきた」

「他にも仲間はいるのか？」

「自分を含め、全部で十人だ。助けてほしい」

捜査に協力してくれたし、船乗りは貴重だ。島の開発に協力することを条件に目こぼししよう。


～ギースの冒険者ギルド～

海賊を退治し、ギルドに海賊たちを連れていったところ、ギルド長が腰を抜かしてしまった。過去十年以上、足取りも掴めず、報奨金だけが吊り上がる状態だった案件が、いきなり解決してしまったからだ。

「ひ、百人以上……全員……生け捕り……こんなことが……」

「ボスはこの男です」

「……確かに、この男ですね」

ギルド長が、ふぅっと一息つき、言葉を続ける。

「今回の件は地域災害級Aランクの案件で、国家的にも注目されています。私の一存で報酬を決めるのは荷が重いので、王都のギルドマスターに判断を委ねてもよろしいでしょうか？」

「いいですよ」

「ありがとうございます」

「それと、領地内の牢屋では収容しきれませんので、海賊たちは王都へ引き渡します」

その方がこちらも都合がいい。悪党共をたくさん捕まえて牢屋がいっぱいだからな。


～島の港～

「こんな港ができてたんですね……」

「ああ、これからはこの島の船乗りとして活躍してほしい」

「頑張ります！」

海賊討伐で船を五隻入手し、さらに船乗りを十人獲得した。彼らには当面、漁業をしてもらうが、将来的には海運もお願いしよう。早期にギースの港町と定期船の就航を実現させたいからね。島に船が来てその可能性がグンと広がった。


～ギースの港町・子爵邸～

子爵邸は王都とギース領の二か所になったが、現在は領主邸でもあるここがメイン。

そして領主である僕を補佐するのが臨時代官であるミア。

「ミア、書類の方はどうかな？」

「いろいろ不備はありましたけど、港湾関係で潤っていますので、財政状況は大丈夫です」

「怪しい部分はあったかな？」

「前の領主は不自然な支出が多かったですね。しかも特定の相手……」

「その相手は？」

「ナンダ・テメーラという人物です」

「ああ、これなら牢屋に入れたよ」

「さすがお仕事が早いですね」

「はは、君ほどじゃないよ」

　この後、ミアと話し合い、正式に子爵領の代官に任命することとした。ただし、島の健康回復担当も兼任してもらう。自分、テネシア、イレーネも【転移】で複数拠点の活動をこなしているので、ミアにも慣れてもらおう。日に一回か二回は【転移】で行き来しているので、支障はないだろう。

　最近はミアも要領が掴めたのか、代官の控え部屋に薬草類を持ち込んで、手が空いた時間に、回復薬の研究をしている。回復薬の効果もますます向上するだろう。この人材を放逐した国は本当にもったいないことをした。


～ギースの港町・商店街～

「あの方が領主様よ」

「海賊を全滅させたらしい」

「領主様、どうぞ、うちの店にお寄り下さい」

商店街をテネシア、イレーネと一緒に三人で巡回すると方々から声を掛けられるようになった。町の無法者と海賊を捕まえた話が広く拡散しているようだ。実際、町の治安は改善されており、絡まれることもなくなった。治安回復を実感する。


～ギースの港町・衛兵所～

以前、衛兵たちに発破をかけ、勤務態度が改善したが、責任者のミットが陳情してきた。

「囚人の数が多くて大変です。何とかならないでしょうか」

「……（以前、送り込んだ奴らだな）こちらで囚人の処遇について考えよう」

「よろしくお願いします」

囚人たちをどうするか、ひとまず山の館の隔離部屋かな。


～ギースの港町・商会支店～

「会長、お待ちしておりました」

「マーク店長、何かあったのか？」

「実はメラル本部長から……」

マークの話によると、海賊を拿捕《だほ》し、王都に引き渡した件で、王城とギルドマスターから僕宛に呼び出しがある模様とのこと。さて、どうなることやら。

数日後、地元ギースのギルド長が子爵邸に来訪してきた。

「領主様に王都への召喚要請が来ております」

ついに来たか。

「今回は海賊討伐の件が王城で高く評価されての召喚です」

「では王城からも連絡が来るんだね」

「はい、それと王都に行かれた際、ギルドマスターと面会してほしいとのことです」

「ギルドマスターか……海賊討伐の件だね？」

「おそらくそうだと思います」

王城か、また王女様に会えるといいな。


～王城・謁見の間～

前回のようにザイス筆頭大臣が目録を読み上げる。要約すると海賊討伐を高く評価。

よって伯爵位に陞爵。それと王からギルドマスターにAランク冒険者への昇格推薦をしたとのこと。

「――以上、ギルフォード卿に授ける」

「ははっ！　ありがたくお受けいたします」

その後、恒例の執務室、今回の手続きも簡単に終わる。ザイス筆頭大臣から後でギルドマスターに会いにいくよう伝えられた。そして手続き終了後……王女様に捕まる。いい意味でね。

「ギルフォード伯爵、立て続けの海賊討伐をされ、賞賛いたします」

「お褒め頂き、ありがとうございます」

「今回は百人以上を生け捕りとのこと、人間業ではありませんね」

王女様がいたずらっぽく笑みを浮かべる。やはりこの話になるよね。

「……ええと、護衛のふたりが強いのと、私の魔法でうまく戦ったと言いますか……」

「……何か隠していませんか？」

王女様がジッとこちらを見つめる。

「責めているわけではないのです。ただ、あまりに信じられない強さなので」

「そうですね。自分で言うのも何ですが、自分の強さは規格外なのでしょう」

「魔法……ですよね？」

「そう魔法です。僕の魔法は相手を無力化できるのです」

「無力化……」

「今はこれで勘弁して頂ければ幸いです」

この前より正直に言えた。王女様の関心がますます高くなっているのが伝わってくる。

あの眼差しは真剣なんだよな。思わず息を呑んでしまう。


〜王都・冒険者ギルド本部〜

「ギルフォード伯爵様、わざわざご足労頂きまして恐縮です」

ギルドマスターが僕に一礼する。この人が各冒険者ギルド（支部）を束ねるお人か。

支部長はギルド長、本部長はギルドマスターと呼ぶらしい。

「ここでは一冒険者、固い儀礼は結構です」

「ありがとうございます。実は王城からAランクへの推薦があり、ランク上げとなりました」

「それなら海賊は三人で倒しましたので、三人のランク上げでお願いします」

この成果は僕だけの力ではない。

「大丈夫です。三人とも推薦が出ておりますので、三人のランク上げをする予定です」

「それなら、お受けします」

ギルドマスターとの会談後、三人ともAランクとなった。同席していたテネシアとイレーネも嬉しそう。それと今回の報奨金は金貨五千枚となった。日本円に換算すると五億円だが、海賊どもはその百倍くらいの被害を与えていたから、全然高くないとのこと。賞金首の懸賞金が高い理由が頷ける。

帰りに王都の酒場で打ち上げパーティーをしよう。テネシアとイレーネを労《ねぎら》いたい。

◆

～王都・子爵邸改め伯爵邸～

昨晩は三人で遅くまで飲み明かした。こういう時、王都に自分の屋敷があるのは便利だ。嬉しかったのは執事のビスタが遅い時間にもかかわらず、きちんと出迎えてくれたことだ。さすがバイアスが選んだだけはある。暖かい布団で昼近くまでぐっすり眠れた。十人いた使用人はギースの子爵邸に五人移って、こちらは五人になったが、しっかり屋敷の管理をしているようだ。王都に来た時は必ず顔を出すようにしよう。

～王都・商会本部・会長室～

本店隣の商会本部（本館）が改装されて綺麗になっていた。ここはメラル統括本部長が全店舗を統括するための本部だ。王家御用達商会の看板も掲げてある。倉庫の件は何とかなったのかな。

「会長、伯爵位の陞爵、おめでとうございます」

「メラル本部長、ありがとう。本館が随分立派になったね」

「はい、会長の伯爵位の陞爵に合わせました」

嬉しいことを言ってくれる。

「ところで倉庫の件はどうだった？」

「本店の裏側に倉庫を確保しました」

「広さはどう？」

「以前よりだいぶ広くなっておりますが、余裕があるほどとは言えません」

「見にいこう」

本店のすぐ裏側の敷地に大型倉庫が建っていた。

「うん、立派な倉庫だね」

「恐れ入ります」

「だが、確かに容量が万全とは言えないな。今後、支店が増えたら厳しいかもな」

「……別の場所にも倉庫を確保しますか？」

「いや、機密漏洩を防ぐため、大元の保管と【転移】の場所はひとつにしたい」

「しかし、どうしたらいいでしょう？」

「大丈夫、今から、ここの容量を拡大するから」

「えっ、拡大ですか？」

さすがのメラルも驚くよな。

「今から魔法を使って地下へスペースを広げるから、少し外してほしい」

さて、早速、始めよう。


～一時間後～


「信じられません……こんなことが現実に起こるなんて……」

メラルが驚くのも無理はない。一時間ほどで、倉庫の地下にスペースが広がり、それが地下で八方に広がっているのだ。容積でいえば元の十倍以上だろう。新しく階段も設置した。

「商品が不足したら、ここに【転移】させるから、本部の人間は口の堅い人間に限定してほしい」

「かしこまりました」

「それと、聞いてると思うが、王家御用達商会になったことで、王家が商会から直接、武器を買うことになった」

「すでに何度か取引しております」

「それにより他国への武器販売は禁止となる」

多少痛いがしかたない。

「それも王城の担当者から聞いております」

「よし、では大丈夫だな」

「ただ、ウラバダ王国が再三、支店出店と武器販売を要請してきて難儀しています」

ウラバダ王国……例の国か。

「数年前に亜人の国を武力侵略して、以降、政情が不安定のようです」

「そことは絶対に取引してはダメだ。門前払いして構わないし、用心棒を増やしてもいい」

「かしこまりました」

「支店出店の状況は？」

「国内に二店舗出店が決まりました。国外は検討中です」

「王家御用達商会になったし、国外は慎重にな」

「かしこまりました」

メラルの報告にあった「ウラバダ王国」というのは島の亜人たちが脱出した国だ。

悪い話しか聞かないし、ここは要注意だな。

第六章　島の開発

本日は島の定例会議。出席者はいつものメンバーで、僕（代表）、テネシア（側近）、イレーネ（側近）、ミア（健康回復）、インカム（内政）、ビンテス（防衛）の六人だ。

「では、本日の議題について述べます」

内政担当インカムの司会で始まる。本日の議題は島の名称、メンバーの役職名、不可侵エリア、島の反対側、その他、である。

「まず、この島の名称ですが、いかがしましょう？」

即座にテネシアから「アレス島」「ギルフォード島」の提案がなされる。おいおい勘弁してくれよ。と思ったが、自分以外のメンバー全員がウンウン頷き、どちらかを僕が選ぶ流れになってしまった。

まぁ、しかたない。

「……じゃ、ギルフォード島かな」

「はい、決定しました」

みんな、笑顔で拍手、何か僕の誕生日みたいだね。はは。

「次に皆の役職名についてです。現状だといろんな呼び名が使用されて混乱が多少出ています。役職と役割はしっかり決めた方がいいでしょう」

インカムの言う通りだな。島の人口も増え、体制固めが必要だ。

「まずアレス様の役職ですが」

またもやテネシアから、「王様だ！」とのトンデモ発言が飛び出した。いやいや、いくら何でも勝手に王様を名乗ったら不味いでしょ。さすがに反論させてもらう。この場の雰囲気だと本当にそうなりかねない。

「待ってくれ、確かに代表は引き受けたが、王様というのはなぁ……それは絶対ダメだ」

下手したら本国から反逆行為と判断されかねないぞ。

「しかし、いつまでも『代表』だと混乱が生じます。『代表』だけだと島の代表、種族の代表、グループの代表などと被《かぶ》ります」

インカムの弁もごもっとも。

「何か。代表の意味合いがある呼び名はないかな？」

「あるじ！」

またもやテネシアが発言した。それ、君がいつも使ってる呼び名でしょ。

しかし他の参加者はまんざらでもない様子。おいおい、みんなから、あるじ呼びは嫌だぞ。

「あるじも何の主か不明瞭だ。家の主なら家主だし、もっと明確にこの土地の主ということで、領主はどうだろうか？」

最近、ギース領の領主になって、「領主様」と呼ばれることには慣れてきたのもあるんだよな。

全員が「異議なーーし！」と発言し、無難に決まった。次は……。

「テネシア、イレーネは後回しにして、インカム、ビンテス、ミアの順に役職名を決めよう」

決めやすそうな順にしてもらう。

「それでは、私、インカムですが、どうしましょう？」

「インカムは島の内政の取りまとめだから、『内政官』なんてどうだろ？」

僕から提案したら、インカムが「いいですね」とすんなり了承した。これも全員賛成。

「次にビンテスですが」

ビンテスは島の防衛、警備か。ただ『防衛官』だと変だな。

「ビンテスは島の防衛の長だから、『防衛隊長』はどうだろう？」

少し考えてからビンテスが了承した。考えるということは何か引っかかるのかな？

「ちなみに今はなんて呼ばれているの？」

「昔からの仲間が多いですが、人によって、隊長、軍曹、頭《かしら》、兄貴、ビンテスとかバラバラですね。『防衛隊長』はかっこいい呼び名ですが、少し恥ずかしい感じがします」

「まあ、こればかりはしょうがないよ。慣れていこう。それと不具合が出てきたら、名称は変えられるから」

「分かりました」

これも全員賛成。

「次にミア様ですが」

ミアがギース領の代官をしているのは、ここのメンバーには報告済み。また自分の転移魔法についても説明している。島では健康回復担当だが、どうしようか。住民から『聖女』のように思われているが、さすがにその称号は重過ぎるだろう。

「ミアは何か希望はあるの？」

「ミアのままでいいです」

ミアなら、そう言うと思ったが、それじゃな。さて、どうするか。

「みんなはどう？」

「……聖女様がいいですね」「そうですね」

亜人メンバーであるインカム、ビンテスから予想通りの提案がなされた。特にビンテスのいる防衛隊のメンバーは元戦争奴隷、元鉱山奴隷、元囚人とミアに治療してもらった者が多くて、相当世話になっている。ミアを慕い、敬うのも当然だろう。

「ミア、君は島のみんなを救ってきた。『聖女』は重い呼び名だろうけど、実際にそれだけのことをしてきたから、決して過分ではないと思うけど、どうだろう？」

「島の皆さんから『聖女』呼びされているのは承知してますが、やはり過分だと思います。もう少しソフトな名称でお願いします」

「う〜ん、それなら『薬師』はどうだろ？　これならぴったりだ。でもただの『薬師』だと普通すぎるので、『大薬師』がいいと思うんだけど」

ミアは『薬師』の呼び名に賛成したが、予想通り『大薬師』は『大』が過分なので、遠慮したいと言ってきた。しかし、これは譲れない。全員で何とか説得して『大薬師』で決まった。ミアがそのあたりの薬師と同じはずがないからな。大薬師ミア、うん、いいじゃないか。

「次にテネシア様、イレーネ様ですが」

このふたりは自分の側近兼護衛だし、一番信用できる存在でもある。補佐もしてくれるな……。

「ふたりは僕を補佐してくれてるから、『領主補佐』とか『補佐官』かな」

「『補佐官』がしっくりきますね」とインカムの推しが入り、そのまま、『補佐官』で全員賛成となった。これで全員の役職名が決定した。始めはこんなものだろう。

ビンテスの司会進行により、島の会議は続く。

「続きまして、島の不可侵エリアについてです。最近、森へ狩りや野草採取で立ち入る者が多くなっていますが、奥を目指す傾向にあるようです。注意喚起はしていますが、不可侵エリアへの侵入対策の検討をお願いします」

皆に釘を刺しておこう。

「不可侵エリアだけは絶対に入らないように」

万一、不心得者が不可侵エリアに侵入したら、どんな災害が発生するか分からない。

「以前から考えていたが、これを機会に僕のスキルで、侵入避けの壁を設置しよう」

「住民の協力はいかがいたしましょう？」

「大丈夫、僕ひとりでできる」

「おひとりでですか⁉」「えっ、おひとりで⁉」

インカム、ビンテスが驚くが、自分のスキルがあれば簡単だ。

それに多人数を森の奥に入れるのは難しいだろう。最終的に本件は僕一任されることとなった。

「続きまして、島の反対側についてです。以前、海賊のアジトを領主様が制圧されましたが、目の届きにくい場所なので、その対策の検討をお願いします」

海賊はいなくなったが、アジトはあのままなんだよな。あれを利用しない手はない。

「海賊のアジトを有効利用して、監視所にしたらどうだろう。島の反対側の防衛拠点にもなる」

「それは名案です。監視役は防衛隊から選任しましょう」とビンテスが賛成。

ただ、あの場所は島の反対側で、【転移】なしなら、船で移動するしかない。

「それなら船を一隻、防衛隊に組み入れて、島の外回りも巡視してもらおう。巡視船で監視役を交代させられる」

この案も全員賛成。島の反対側と言えば、海側だけでなく森の奥地側も未確認だ。壁を造る時に確認しておこう。

「以上で主要な議題は終了ですが、他にありますか？」

ここからは出席者が個別に提案、相談などができるが、すぐビンテスが手を挙げる。

「実は防衛隊のメンバーで、扱いに困っている者がおります」

防衛隊は元戦争奴隷、元鉱山奴隷、元囚人が多いし、種族も多種多様で、取りまとめも大変だろうし、いろいろあると思うが、何だろう？

「レッド、ブルーという鬼人の兄弟がいるのですが、以前の国で人間に酷い目に遭わされ、復讐心《ふくしゅう》が強いのです。それで常に仕返しに行こうとうるさくて困っております」

この地に来た亜人たちは大なり小なり、人間への不信、反抗心は残っているだろうが、大部分は島の平和な暮らしに満足していることだろう。そういう人物は放置できないな。

「よし、一度会ってみよう」

本件は僕一任で全員賛成となった。とりあえずそのふたりは防衛隊からは外す方向で行こう。

「他にありますか？」

「はい」

珍しくイレーネが手を挙げた。

「領主様や皆様のお陰で、島の暮らしも良くなってきてますが、まだ身の回りの物が不足気味で、生活必需品が気軽に手に入るお店があると便利だと思います」

島の開拓はチート全開で、住居、インフラ、食料など、基本になるものは揃えてきたが、細かい日用品、雑貨が不足している状況はあった。お店か、それなら……。

「自分の商会ルートを活用して、島にお店を出そう」

「ぜひお願いします」「そうして頂けるとありがたいです」

イレーネ、ミアが賛成した。ふたりとも女性だし、転移生活（二拠点生活）で本土と島の生活の差を実感していたのだろう。この提案も全員賛成となった。しかし物を買うにはお金が必要だよな。

「お店を開いても、物を買うにはお金が必要だ。そのため島に貨幣を導入する必要がある。幸い、自分は商人で財を成してるので、初期は協力できる」

「具体的にはどうなるんでしょうか？」

インカムの問いに答えよう。みんなも知りたいだろうし。

「物を買うにはお金が必要だが、お金を得るには何かしらの対価が必要だ。導入時のみ給付金を支給するが、その後は対価として、労働が必要だな。労働としては、農業、漁業、畜産業、林業、防衛隊、内政補助、事務とか。まあ、現状は島内の物々交換で自給自足可能だから、お金の使い道は島内で入手困難なものを買いたい場合に限られるだろう」

島の経済は物々交換を基本としつつ、一部、貨幣経済を試験的に導入することで決定した。

島民への給付金支給とお店の開店だな。

「他に何かありますでしょうか？」

「お店の開設が決まったが、そうなると物資運搬のため船が必要だ。これを機会にギースの港町との間で、定期船を運航しよう。ただし、島の防犯のため、例外を除き、現段階では、外部から島への渡航受け入れは避けたい。島に入れるのは商会の人だけにしよう」

と補足し、決を採ろうとしたら、インカムより手が挙がる。

「もし亜人が助けを求めてきたら、どうしますか？」

そうだ、この島は全員、移民の国だし、助けを求める人はなるべく救いたい。しかし、そのまま島に入れる訳にもいくまい。今後は身元確認が絶対に必要だ。

「もし希望者がいたら、ギースの領主邸で身元確認をしよう。ミア、それでいいかな？」

「結構です」

この提案も全員賛成となった。これで会議は終了。いろいろ決まった。

◆

前回の会議で決まった自分の宿題は、不可侵エリアの壁設置（森の未確認エリア視察）、鬼人兄弟の面談と処遇検討、店舗開設、給付金支給、船員への指示（巡視船・物資運搬）、ミアと打ち合わせ（島渡航希望者の身元確認）だ。さて、どんどんやりますよ。

～森の奥地～

「【収納】【加工】【複写】！」

スキルを繰り返す。森の木々が【収納】され、地面が整地された上に、壁が積み上がっていく。今回の壁は石造りで乗り越え不可能な高さにした。木製だと朽ちてしまうし、金属製だと錆《さ》びてしまう。山の館の壁造りの経験から石製とした。【収納】【加工】【複写】のスキルはレベル3にまで達しているが、レベル3が最高なのだろうか？　もしレベル3が最高なら、【転移】スキルもレベル3に上がる余地があるな。そうこうしているうちに不可侵エリアを囲んだ壁が完了した。

テレパシーができるか分からないが試しに報告してみよう。森の奥の主さんへ。

（不可侵エリアに入らないよう、壁を設置しました）

（分かった）

えっ⁉　何とテレパシーで返事をしてきた。近くだと可能なのか。どんな姿なんだろう。

（姿は見せんぞ）

わっ⁉　まただ、やましい心を読まれてもあれだから退散しよう。今回、森の未確認エリアをざっと視察したが、おかしなものはなかった。これで島の全様が確認できたので一安心。

～島の港・船着き場～

船員（操縦人）を全員集めて、防衛隊の巡視船、ギース港との運搬船で、協力するよう指示した。現在、船が五隻あるので、これを、漁船三隻、巡視船一隻、運搬船一隻の配分とした。将来は増やす必要がありそうだな。

～ギース子爵邸・代官室～

　代官のミアと打ち合わせ。

「先日の会議の通り、島への渡航希望者がいたら、身元確認を頼む」

「何か身元を証明できればいいですが、口頭確認だけだと不安ですね」

「それなら、島民からの保証が取れる人に絞るか？」

「それはいいですね」

「それと衛兵所で犯罪歴も確認しよう。毎日、ここ（領主邸）に衛兵を巡回させるから、その時に照会依頼してね」

「了解しました」

「島民の保証と犯罪歴の確認が取れるまではどうしましょうか？」

「基本は港の宿屋で待機だろうけど、例外として領主邸預かりもありかな」

「例外ですか？」

「うん、もしウラバダ王国から着の身着のままで脱出してきたら、宿に泊まれるお金がないかもしれないし、怪我《けが》をしてるかもしれないしな」

「怪我なら回復魔法を使わせて頂きます」

「うん、それがいいな。それと漏れがないよう、島の船が到着した際は、船長に言って、ここに顔を出させよう」

　よし、ここはこれでいい。ミアに任せよう。

～王都・商会本館・会長室～

店舗統括本部長メラルと打ち合わせをする。

「ギルフォード島でお店を開設してもらいたい」

「ギルフォード島ですか？」

僕の中では当たり前の存在になっていたが、商会には詳細を伝えていなかったな。

「まだ公表してないが、僕が開発した島で現在三千人以上が居住している。そこで手頃な生活必需品を販売したい」

「……会長にはいつも驚かされます」

一瞬、間を置くが、それでも冷静なのはメラルらしい。僕相手で慣れたかな。

「店の開設、ギース港との運搬船手配は僕がやっておくので、メラルには店長の手配、商品の手配をお願いしたい。メラルがギースに来るのは大変だから、ギースのマーク支店長に振って構わない。店長以外のスタッフは島で募集する」

メラルは管理職、人を動かすのが仕事。

「商品は他の店と異なるわけですね」

「実はほとんどの住民が亜人で、物々交換で生活してる。だから島で手に入りにくい生活関連物資が喜ばれるんだ。今回の店は島の実情に合わせて、格安志向にしたい。他の商会から取り寄せてもいい」

「了解しました。ギースのマーク支店長に指示します」

「ああ、頼むよ」

「しかし会長は律儀《りちぎ》ですね。直接、マークに指示されても良かったのですが」

「それはしない。店舗統括責任者は君だからな。指示系統は重要だ」

この後、【転移】でギースのマーク支店長に会い、同じことを話した。

しかし、ギース支店は島の店の大きさとして丁度いいな。【複写】して【収納】しておこう。

続いて島に【転移】、そして適当な場所に【取出し】、ありゃ店だけでなく、商品まで【複写】されてるわ。店全体をイメージしたから、商品も入ってしまったか……はは、まあいいか。店舗スタッフはインカム内政官に募集をお願いしよう。

島民への給付金支給は自分のポケットマネーで十分だけど、ひとり、金貨一枚（日本円で十万円）くらいかな。島民三千人なら、金貨三千枚（三億円）だ。現時点で給付金を支給しても、あまり意味がないから、お店が開業してからにしよう。これでほとんどの宿題が終わった。残りは鬼人兄弟の面談と処遇検討だ。

◆

人間への復讐心が強い鬼人の兄弟がいて、防衛隊で扱いに苦慮していると、前回の会議でビンテスから報告がされたが、本日、面談をすることにした。長身でいかつく、見た目通り、まさに鬼だ。

「君たちは鬼人の兄弟でレッド、ブルーで良かったね？」

本当に赤鬼、青鬼だな。

「……」「……」

ん？　ふたりとも黙りこくっているな。

「ビンテスから、人間への復讐心が強くて、困っていると報告があった。間違いないかな？」

まずは事実確認を、ん？

「……」「……」

おいおい、何なんだ。ふたりともずっとムスッとしたままだな。

「何も話さないと先に進まないだろ。とりあえず君たちの気持ちを教えてよ」

「……あんた、人間だろ？」

レッドが口を開いたが、語気が強いなぁ。しかもジロリと睨んできた。

「人間だけど、亜人のみんなは大切な仲間だと思っているよ」

「……人間は信じられない」

今度はブルーが口を開いた。う～ん、聞いてはいたが、こりゃ重症だな。

「どうしたいんだ？」

「人間に復讐したい」

「やられたから、やり返したい」

言ってる内容はアレだけど、この兄弟、仲は良さそうだな。

「具体的にはどうしたい？」

「人間を痛めつけたい」

「人間をいじめたい」

う～ん、徹底しているな。痛めつけたいか。一般の人を痛めつけるのは絶対ダメだし、何かいい方法はあるかな。痛めつけていい人間なんているわけないし……んっ、待てよ……。

「もし、人間を痛めつけられたら、満足か？」

「ああ、満足だ」

「痛めつけたい」

ふふふ、いい方法を思いついた。


～ギース領・衛兵所～

「領主様、本当にいいんですか？」

「囚人で牢屋が溢れているなら。重罪犯はこちらで預かろう」

「助かります」

二百人の囚人に手枷、足枷をした上、数珠《じゅず》繋ぎで領主邸の地下室まで連れてきた。道中、衛兵隊、テネシア、イレーネが睨みを利かしていたので、表立った反抗はなかったが、態度から反抗心は消えていないだろう。この連中をこのまま社会に出すわけにはいかない。

地下室で全員に目隠しをした。よし【転移】だ。


～山の館・地下二階・隔離部屋（牢屋）～

二百人の囚人を十人ずつ、二十の牢屋に入れた。隔離部屋は牢屋仕様にし、拡張済みだ。

目隠しを外すと、囚人たちが驚く。さて、やるか。

「ここは地獄だ！　罪を反省するまで、いてもらうぞ！」

わざと薄暗くして恐怖心を煽《あお》ったが、出だしは上々。

「心の底から反省するまで、出ることはできない！」

このタイミングで鬼人兄弟に登場してもらう。

「人間が憎い！」

「人間をいじめたい！」

廊下から大声が響く。強面《こわもて》の囚人も鬼人の登場に不安と恐怖の表情が隠せない。ふふ、いい感じだ。

「やめてくれ！」

「助けてくれ！」

「食べないでくれ！」

囚人たちが悲鳴をあげる中、鬼人たちが牢屋に入る。死んだら不味いので、素手で殴る蹴る程度にさせたが、次々に囚人がボコボコになっていく。まあ十対一なのでハンデはつけているが、それでも鬼人の力にはかなわない。たまに人間の冒険者が鬼人を倒したりするが、あれは剣と魔法があるからで、素手なら勝負にならない。しばらく牢屋から囚人の叫び声が響いたが、やがて静かになった。

「さて、やるか、エリアヒール！」

囚人たちが回復した。そしてまた鬼人兄弟が別の牢屋を回る。これを数回繰り返すと、ほとんどの囚人たちの反抗心が折れた。面白かったのは鬼人兄弟。はじめは力強く人間を殴っていたが、途中から満足したのか、かなり手加減しだした。一応、鬼人兄弟には人間をたくさん殴れる代わりに、殺すのは禁止したが約束を守ってくれたようだ。よく見たら急所は避けていた。万一、鬼人兄弟が暴走したら、僕が【収納】して防いだけどね。

さて、大人しくなった囚人たちをどうするか？　せっかく更生しても職が無ければ、悪事に走るのは世の常だ。就職候補先としては、衛兵、町の清掃、町の土木工事、船の荷下ろしかな。本人の適性を見て、放り込んでいこう。それと、ギース領は衛兵がいるが軍隊がない。衛兵は軍隊と言うより、警察官、警備員に近い存在。通常、軍隊は国が保有しているが、地方領主でも領主軍（私軍）を持つケースはあるようだ。試しにこの囚人で百人程度の小規模な軍隊を作ってみよう。

◆

「もっと素早く剣を振れ――」

「よそ見をするな――」

テネシアの声が響く中、山の館の訓練場で男たちが剣を振っている。囚人たちと面談し、腕っぷしが強そうな人間を選んで、領主軍（私軍）を新たに編成することにした。軍と言っても百人程度の小規模なもので、領主と領内の安全を守ることを任務とする。衛兵と被りそうだが、災害対応、復旧、土木作業、力仕事、何でもやらせたい。

「領主様、最初はどうなるかと思いましたけど、男たちは意外に頑張りますね」

「もう後戻りできないから、みんな必死なんだろう」

もうひとりの教官であるイレーネが感心する。そう言えばイレーネは会議で役職名の決定をしてから公の場では僕を「領主様」と立てて呼ぶようになった。（二人の時は「アレス様」だけどね）。

「軍ができたら隊長はテネシアかイレーネにしたいと思ってるんだけど」

「それならテネシアさんがいいと思います。気性の荒い連中ですから、統率するなら男勝りなテネシアさんがぴったりです」

「じゃイレーネは副隊長をお願いするね」

「了解しました。でも領主様の側近護衛は続けますよ」

「ああ、もちろんだとも」


〜ギースの伯爵邸・代官室〜


代官のミアと話す。

「領主軍の経費は何とか捻出できそうかな？」

「領主様の改革で無駄な経費が大幅に削減できましたので、大丈夫です」

「それは良かった」

ミアからも領主呼びされるが、こちらはイレーネと違い、ふたりの時もそう呼んでくる。ずっと「あるじ」のテネシア、「領主様」と「アレス様」を使い分けるイレーネと、三者三様だな。経費削減は、目についた着服、横領などの悪事をバンバン取り締まったのもあるだろう。害虫、寄生虫を駆除できれば、無駄なお金を使わないですむ。

「場所と建物はどうされますか？」

「場所は町外れに広い土地があったから、そこを使おう。建物は夜中に僕が作っておく」

あえて口にしないが、生産系スキルでね。僕が作る＝生産系スキルだ。

「……一晩で建物ができたら驚かれますよね」

「人が少ない場所だし、少し高台で周りに林があって目立たないから大丈夫だと思う」

「武器や装備はどうされますか？」

「それも僕が作るよ」

言うまでもなく、これも生産系スキルでね。

「……領主様のお陰で経費と仕事が省けて非常に助かります」

生産系スキルは経費削減になる。商会もそうだった。考えたら原価ゼロだもんな。どんどん売り上げが伸び、利益率がありえないほど高くなる。そして、得たお金で新たに店を出し、人を増やせる。

◆

「本日、領主軍の発足を行う！」

テネシアの勇ましい掛け声に反応し、兵士たちの背筋がピンと伸びる。今日から領主軍が始動する。

隊長はテネシア、副隊長はイレーネだ。百人程度の規模で、かつ即席ではあるが、山の館での集中訓練を通して面構えも変わってきた。武器は剣、槍、弓をひと通り、実践経験はほとんどないが、これから少しずつ鍛えていけばいいだろう。領主軍と言っても、事実上の私軍（僕の軍隊）なので、領主である僕が好きなように使える。軍隊だから、外敵との戦争が本業ではあるが、今のところ戦争の危険性はなさそう。だから戦争以外の仕事をメインにこなしてもらう。災害救助、復興活動、救援、土木作業などね。これらは軍の訓練にもなる。ゴミ拾いなど、領内の美化活動もいい。

領主軍は衛兵隊への牽制《けんせい》にもなるだろう。たるんでいたら、いつでも取って代わる。どうも衛兵隊は全面的には信用できないからな。治安が悪いのは彼らにも責任がある。

囚人たちを更生させた鬼人兄弟だが、人間を殴り続けて、すっかり復讐心が収まったようだ。むしろ触れ合いを通じて人間に親近感を持ったよう。今では領主軍の鬼軍曹として素手格闘の練習相手を熱心に務めている。適材適所だな。

◆

以前、島の森の探索をした際、温泉を発見していたが、ずっと気になっていた。これから開発する。

「【収納】【加工】【複写】！」

スキル発動で、どんどん土地が整備され、その上に建物と設備ができあがる。緑に囲まれた和風の天然温泉施設だ。広大な土地だし、せっかくなので、男湯、女湯、各十湯くらい、さらに、打たせ湯、露天風呂など、バリエーションも持たせる。入浴したら横になりたいだろうし、宿泊できるようにしよう。それと防犯のため、石造りの壁で囲む。これで獣の心配もない。ちょっと張り切り過ぎたかな。

立派な温泉施設が完成したが、森の中で道がない。道も造るとしよう。スキルを使いながら、島の中心部まで通じる道を造っていく。亜人たちが温泉に入る習慣があるか不明だが、試してもらおう。


「領主様、これが温泉ですか？　中々いいものですね」

「皆で入るなんて変な感じですが、これは気持ちいいです」

「ほんと、疲れが取れそうです」

今日は、ビンテスら防衛隊の隊員たちを温泉に連れてきた。気に入ってもらえたようで、何より。これから島民に呼び掛けて、皆にも入ってもらうようにしよう。施設の管理スタッフはインカム内政官に募集してもらう。この温泉は居住中心部から遠いのが難だけど、自然豊かな環境で、旅行気分が味わえる。気分転換を図るなら最高のスポットだろう。島のみんなの憩いの場になればいいな。

◆

「領主様、漂流船です！」

島の領主邸でくつろいでいたら、防衛隊長のビンテスから緊急報告が来た。島の周囲を回る巡視船が漂流船を発見の上、乗船者を救出し、港に到着したと言う。急ごう。

船着き場に着くと、二十人ほどがぐったりしている。緊急だ。

「エリアヒール！」

島の館に運ぼう。幸い命に別状はないようだが、まだ体が重いようだ。エリアヒールを繰り返すと、皆が意識を取り戻したので、ミア特製の薬草のおかゆを食べてもらう。ミア特製と言ったがミアがレシピを公開し、材料を館に備蓄しているので、ミア不在でも簡単に作れる。

ん？　ひとりの女性がこちらを見てるぞ。

「どうされましたか？」

「船が海賊に襲われ、逃げたのですが、混乱の中で進路が不明になり、漂流していたのです」

「それは大変でしたね」

「ここはどこですか?」

「……最近開拓された島で、ギルフォード島と言います」

「ギルフォード島? 新しい島ですか?」

「はい、ギースの港町なら送れますが、どうされますか?」

「……ちょっと失礼します」

えっ、なんだ?

「鑑定!……えっ、えええええ!」

女性の声が部屋中に響く。どうやら僕のことを鑑定スキルで見たようだ。たぶん、僕のスキルを見て驚いたんだろう。でも無断で見るのはマナー違反だな。意趣返しに【複写】したら【鑑定】スキルを【複写】できてしまった。魔力の余韻のあるうちなら間に合うみたい。では、こちらもお返しに、

「【鑑定】!」

やはり鑑定スキル持ちだ。種族は人間、名前はリミアか。とりあえず数日休んでもらおう。


数日経過して、漂流者たちが元気になったので、ギースの港に船で送ることになったが、リミアは僕に興味を持ったようで、ずっと目で追ってくる。鑑定スキル所持者は希少なので、近くにいてもらったら助かるな。ダメもとで聞いてみるか。

「リミア、ちょっといいかい」

「はい、何でしょうか?」

「君は読み書き計算はできるかい?」

「親が商人でしたので教育を受けています」

おお、いいね。

「君は親の商売を継ぐのかい？」

「兄が継ぐ予定です」

なおさらいいじゃないか。

「将来のことは決めてるの？」

「……それを探すため旅をしてました」

「僕は領主で、商人だ。常に優秀な人材を求めている。君さえ良ければ一緒に働かないか？」

「それは私が鑑定スキル持ちだからですか？」

「そのスキルは希少だからね、それと数日間、人柄も見させてもらった」

どんなに能力があっても、人柄に難があったら声をかけない。

「でも領主様のスキルはもっと凄いですよね」

やはり鑑定で僕のスキルを見たんだな。まぁ、それはいい。お互い様だ。

「領地運営も商会経営もひとりではできない。だから、仲間を求めている」

「どんな仕事を任せてもらえるのですか？」

「実はギースの港町も僕の領地なんだけど、そこにミアという代官がいてね。彼女を補佐してもらえるとありがたい」

「ミアさんはどんな方ですか？」

「薬師で回復魔法の専門家、島のみんなから慕われている」

「島ですか？　ミアさんはギースの代官なんですよね」

「鑑定スキルで知ってると思うけど、僕は転移魔法が使える。それで僕とミアはギースと島の二拠点で仕事をしているのさ」

「そういうことでしたか、それは大変そうですね」

「だから僕とミアを手伝ってほしいんだ」

「……一度、ミアさんと会ってから決めたいと思います」

慎重だな、でも、そういうタイプは嫌いじゃない。いきなり鑑定も慎重さ故だろう。

「じゃ、今からギースにいるミアに会いに行くかい？」

「転移魔法ですね……伝説の……分かりました」


後日、リミアがギース領の代官補佐に正式に就任した。初対面でミアを鑑定スキルで見て驚いていたが、ミアも鑑定スキルを高く評価した。領主邸には日々、様々な人が来るので真贋《しんがん》を見極めるのが大変だったが、リミアは対人折衝《せっしょう》の助けになるだろう。それと、ミアの薬草採取、回復薬作りでも素材の品質見極めの助けになるだろう。

島の会議は僕もミアも出席する必要があるため、この時だけ、ギース領にふたりともいないという体制の不備があった。今回の代官補佐就任により、その不備が解消された。少し話すと、リミアには優秀な友人が多いようだ。彼らも将来、仲間に加わってくれるとありがたい。

◆

本日はいよいよ待ちに待った島の店の開業日だ。

「いらっしゃい、いろんな種類の服がありますよ、下着はいかがですか」

「雨傘、歯ブラシ、虫除《よ》け剤、防虫ネット、生活雑貨、いろいろ揃えています」

「ボール、蹴って遊べますよ」

島の住民は亜人がほとんどで、正直どれくらい需要があるか分からないし、売れ筋も不明なため、とりあえずいろいろ並べて反応を見ることにした。格安な商品を中心に集め、島の中心部に十店舗開業。この日までに商会からライサという女性店長を派遣してもらい、入念に島のスタッフを教育してもらっていたのだ。

「会長、お店やスタッフ、運搬船の手配まで、ありがとうございます」

「ここの島民は物々交換が主流だけど、島で手に入らない生活用品に潜在的需要があると思う。採算は気にしなくていいから、気長にやろう」

ライサ店長だが、女性特有の気配りで、亜人スタッフともすぐ馴染《なじ》んだ。お客さんとのコミュニケーションも円滑だし、メラル店舗統括本部長はいい人選をしてくれた。最初は一店舗から始めて、様子を見る手もあったが、十店舗作って、商店街みたいにした方が島民も興味本位で来そうと考えた。土地も建物も無料だし、格安商品ばかりだから、リスクはほとんどない。それにしても、結構、人が来てるな。事前に準備しといて良かった。


～一か月ほど遡る～

島の館でこれから会議。普段はビンテスに司会進行を任せるが、今回は内容が商会関係なので、僕が務める。今日の会議はライサ店長にも来てもらった。よし始めるとしよう。

「来月、島のお店が開くので準備をしたい。オブザーバーとしてライサ店長を呼んだ」

「皆様よろしくお願いします」

ここで小さく拍手が起こる。歓迎ムードはいいものだ。

「以前、打ち合わせした通り、住民全員に給付金として金貨一枚（十万円）を配る」

「それで皆さん、買い物ができるようになるわけですね」

ライサが合いの手を入れてくる。いい反応だ。

「うむ、ライサ店長、銀貨、銅貨のおつりの準備を頼む」

「了解しました」

「今回は告知、宣伝のためチラシも用意した。給付金と一緒に全島民に配布してほしい」

「「分かりました！」」

皆が返事をしてくれる。いつも思うが本当にいい雰囲気だ。

「現在、物々交換がほとんどだけど、貨幣制度が少し入れば、選択肢が増えて生活がより便利で豊かになると思う。当然、物々交換のままでいい人はそのままで構わない。住民にうまく説明してくれたらありがたい。インカム内政官、店舗スタッフは集まったかい？」

「はい希望者が五十人ほど集まりました。この後、ライサ店長に面談してもらう予定です」

おお、しっかり進んでいるな。それにしても人数が多い。

「五十人か、ライサ店長、僕も面談を手伝うよ」

「会長、ありがとうございます」

「インカム内政官、店舗スタッフ面談で不採用になった人も、温泉施設などでうまく活用しよう」

「そうですね、うまく人材を活用したいです」

　こうして島民の関心が高まる中、島でお店が開いたのだ。

◆

　先日、島でお店を開き、貨幣経済を導入したことで、住民から問い合わせが増えてきており、丁度いい機会だから、種族と地域の代表者に集まってもらい会議をすることとなった。いつも六人の代表だけで会議をしていたが、もっと他の人の意見を聞きたかったからね。

　種族は主に、人、エルフ、ドワーフ、獣人、竜人、鬼人だが、それぞれの代表はアレス（人間）、イレーネ（エルフ）、インカム（ドワーフ）、ビンテス（獣人）、テネシア（竜人）、レッド（鬼人）となった。各々象徴的な意味合いが大きく、位置づけとしては相談役・ご意見番と言ったところだろう。

　内政上、実際に機能するのは地域代表だ。地域は住民が居住するエリアをブロックごとに分け、そこから一名となっている。実際は種族と地域の代表が重なることもあるが、重ならない場合や希少《きしょう》種族も含まれるので、取りこぼしのない地域代表の方が実際の現場では機能している。

　補足すると、重役六人のうち、地域代表も兼任しているのはインカム、ビンテスだ。テネシア、イレーネ、レッドは種族代表に難色を示していたが、象徴的存在という名目上の肩書であると説明して引き受けてもらった。レッドは防衛隊から僕が預かって以降、性格改善したのが評価された。

人口比率で見ると、獣人が一番多く、その後に、エルフ、ドワーフ、竜人、鬼人、人間と続く。最大人口の獣人は、さらに、猫獣人、犬獣人、狼獣人、狐《きつね》獣人、うさぎ獣人など多彩だ。その中でもレアなのは蛇人（ラミア）だろう。厳密に言うと獣人区分かは微妙だが、少数のため獣人枠に入れている。彼らは下半身が蛇で、野生色が強く、森の近くで居住している。

少数と言えば、この島では人間が一番少なく、僕、ミア、リミア、ライサの四人しかいない。しかも四人ともギースと島の二拠点生活者なので島にいないことも多い。本音で言えばもっと人間に増えてほしい。現状だと少な過ぎる。

「先日、金貨を頂きましたが、使わないといけないのですか？」

猫獣人の女性から質問が来た。これが一番多い問い合わせだ。議長を務めている自分が答えよう。

「無理に使わなくて結構。その場合は大切に貯金して下さい。必要な時に役に立ちます」

「現在、自給自足で足りてます。必要な時って何ですか？」

今度は犬獣人の男性から質問が来た。

「基本的な衣食住は島内で不自由ないと思うが、お店では島で入手できない物を集めているので、それらが欲しくなった時だね。それと将来、島から出る場合かな」

「お店で買わない人、島から出ない人はお金を使う機会がなさそうですね」

今度はエルフの女性から質問だ。

「いい質問だ。現在、島の経済は物々交換が基本だよね。海、山、畑で取った肉、野菜などの余剰分を交換しているし、狩りや畑仕事をしない方は衣服、雑貨、小物を作って食べ物と交換している。物と物でもいいいんだけど、食べ物は腐るし重い。貨幣が浸透すれば楽に買い物できるようになるだろう」

「お金の優位性について詳しくお願いします」

今度はドワーフの男性から質問だ。ってインカム内政官かい！　君にも説明しただろ。

「食べ物は腐るが、お金は腐らない。いつでも好きな時に使える。それと、物はかさばり、重いが、お金は小さく軽いから、持ち運びに便利。それとお店の珍しい物が買える」

「将来は物々交換から貨幣経済に完全に移行するんですか？」

今度はビンテスだ。君ら調子に乗ってるね。

「いや、基本、今の物々交換で馴染んでるし、無理に移行するつもりはない。ただ完全に物々交換だけだと、生活が限定されてしまうし、多少、貨幣制度を入れれば、選択肢が増えて、生活に広がりが出るだろう。まあ、将来的には物々交換八割、貨幣経済二割くらいでイメージしている。皆さんが貨幣は便利だと思えば取引は増えるだろうし、そうでなければ減るだろう」

とまあ、こんな感じで、住民と話し合ったが、率直な意見が聞けて良かった。

せっかくみんな揃っているから、例の件を話すか。

「現在、島の人口は三千人余りだが、ギースの港町で島への渡航、島への移住を希望する人が出ている。逐一、島民による身元保証を確認していたが、あまりにも業務が煩雑だし、せっかく、貴重な人材でも島民の保証が取れないと門前払いというのも気の毒だ。島にはまだまだ土地はいっぱいあるし、もう少し門戸を広げて移住を積極的に受け入れてみたいが、どうだろう」

とにかく移住を増やして島を活性化させないとな。

「元々私たちは移住してきたんだし、いい人なら来てもらっても問題ないんじゃないかな」

おっ、テネシアが援護射撃だ。いいね。

「確かにまだまだ人材は不足してますよね」

内政官インカムも援護射撃。まあここまでは身内だからな。他の人はどうだろ？

「以前の環境からすれば、この島の生活は本当に楽だし、このままでもいいですが、おかしな人が来るのだけは困りますね」

鬼人の男性から慎重な意見が上がった。

「確かに犯罪者や問題を起こしそうな人は嫌だな。幸い、ここは島なので、外から入りにくいし、島への玄関口がギースで一本化されてるので、そこで審査を厳重にすればリスクを抑えることが可能だ」

「どんなチェックをしてるの？」

うさぎ獣人の女性から質問が来た。

「現在は犯罪歴と島民の保証のふたつだが、島民の保証がネックになっている。なのでこれを外す代わりに、面談を強化し、職歴、性格など、本人重視で見極めるようにしたい」

「島民の保証を外す理由は？」

エルフの男性から質問が来た。

「まず確認に時間と手間がかかり過ぎること。その間、渡航希望者はギースで待たされることになる。またウラバダ王国から命からがら逃げてきた人が、たまたま知り合いがいないだけで渡航できないのは可哀想だし不合理だ。それに、せっかくいい人材が来ても島に知り合いがいないだけで門前払いなのはもったいないし、島民の保証が取れたからといって、問題ないとは限らないからな。あと付け加えると、皆さんが一番心配されてるウラバダ王国の人間は当面は入島禁止にし、人間は他の種族と仲良くできる方だけにしたい」

この説明をすると全体の雰囲気が和んだ。やはりウラバダ王国は避けたいよね。

でも、すべての人間が差別する訳でないので補足しとくか。

「一番大切なことだけど、この島はいろいろな種族が集まっていて、みんなが仲良く暮らしている。だから他種族への差別意識の強い者は人間に限らず、どの種族であってもお断りする。入島審査ではそこを一番確認したい。この国は他種族の融和が基本だ」

最後はいい雰囲気で会議が終わった。移住の拡大と入島審査の厳正化は両立が難しいが、何とか実現させたい。ここまで自信も持って言えたのは鑑定スキル持ちのリミアの加入が非常に大きい。自分も【鑑定】スキル持ちになったので、真贋を見極めやすくなった。

◆

「はい、次の方どうぞ～」

ここはギース領主邸の代官室、リミアが入島審査を行っているところだ。名前、種族、年齢、性別、保有スキル、職歴、出身国、家族構成、入島目的、犯罪歴、他の種族と融和できるかなど、細かく訊く。ウラバダ王国の人間は一発ＮＧ。犯罪歴有りも基本避けたいだが、軽犯罪や冤罪《えんざい》の場合もあるので、見極めが必要だ。きちんと罪を償い、反省してるなら、いいんじゃないかな。

今までは衛兵所、ギルドでの犯罪歴照会くらいでしか裏取りができなかったが、鑑定スキルで真贋が判るので、劇的に改善された。「真贋鑑定」という上級スキルだが、リミアが持っていた。僕が最初に【複写】したのは「属性鑑定」だったので、後からリミアの真贋鑑定を【複写】し、僕も使えるようになった。このスキルの凄いところは相手が言ったことが事実か否か一発で見抜けることだ。

「今まで貴方の言ったことに間違いはないですね？」

リミアが最終確認する。

「間違いありません」

「分かりました。真贋鑑定！　ふむ、問題ないですね」

どうやら、この人は大丈夫だったようだ。順当に入島手続きが進む。

「はい、次の方〜」

「何だよ！　いつまでも待たせるな！　俺を誰だと思ってる！」

あらあら、変なのが来たよ。

しかしリミアは一切表情を崩さず、淡々と質問していく。この男、質問をはぐらかそうとするし、勝手にイライラしてきた。こりゃ鑑定するまでもないなと思ったら、ついに男が切れた。

「変なことばかり聞くな！　さっさと島に入れろ！」

「質問に答えない場合、入島は認められません。お引き取りを」

「何だと！」

男が立ち上がり、拳を振り上げた瞬間、後方にいた衛兵が拘束した。いろいろ騒いでいたが、そのまま衛兵所へドナドナされていった。

「はい、次の方〜」

今度は、見るからに汚れた服装、虎獣人の親子四人だ。部屋に入るなり奥さんが倒れた！

これはいけない。僕が対応しよう。

「ヒール！」

別室のベッドに寝かせヒールをかける。次第に奥さんの意識が回復し、重い口を開く。

「すみません……。遠方からの移動で疲れが出たようです」

「ひょっとして、ウラバダ王国からですか？」

「そうです。必死に逃げてきました」

すると旦那さんが牙をむき出して、悔しそうに語る。

「あの国は国王が暴君で亜人差別がますます酷くなっているんです」

島民に聞いていた評判と符合する。やはりあの国はどうしようもないな。

「どうして島のことを知ったんですか？」

「脱出した際は無我夢中でしたが、ロナンダル王国が亜人差別のない国と知り、港町ギースまで来たところ、ギルフォード島の存在を知りました」

「参考までに島に知り合いはいますか？」

「たぶんいません。誰が島にいるかも知りませんし」

そうだよな、やはり島民の保証条件は撤廃して良かった。こういう人こそ島に来てもらいたい。

「とりあえずゆっくり休んで下さい。船が来るまで、こちらで滞在されて構いません」

「助かります！　ありがとうございます！」

最近になって、入島希望者が増えた。一番多いのは、ウラバダ王国↓ロナンダル王国↓ギルフォード島というルートのウラバダ王国からの亜人だ。最近は島の生活に憧れて人間の入島希望者も増えてきたが、人間の場合はギースはじめ、ロナンダル王国内からがほとんどだ。

ちなみにギースでは衛兵隊の規律が徹底され、人の多い中心部、港湾の巡回が強化されたので、テネシア、イレーネの負担が劇的に軽減した。そして人の少ない郊外、領地境界付近は領主軍に巡回させている。領主軍はテネシア（隊長）、イレーネ（副隊長）、レッド（軍曹）、ブルー（軍曹）の幹部四人が交代で見ているが、隊員たちが自主的に訓練や巡回をするようになっており、こちらでも幹部の負担が軽減してきた。

島とギースの二拠点生活者は僕、テネシア、イレーネ、ミア、リミア、レッド、ブルーだが、転移魔法は僕しかできないので、実は僕の負担が増えてきている。何とかならないかな。

二拠点生活者と言えば島のライサ店長もそうだ。主にギースで商品を集めている。彼女も僕のスキルのことは知っていると思うが、気を使って船で移動している。早期に改善したい。

第七章　動き

二拠点生活者が増え、自分の転移負担を軽減できないかと感じていたところ、脳内に新スキルのイメージが浮かんできた。何と【創造】だ。今まで獲得した生産系スキル【収納】【加工】【複写】だけでも自分には過分なチートスキルであり、十分満足していたが、今までの生産系スキルはこの世界で一般的に存在する物、その改良品がメインだった。

だが、【創造】スキルがイメージされた時、この世界で一般的に存在しない物を創造できるのではないかと思いついた。そして次に浮かんだのは「必要は創造の母」という言葉だ。

必要なら【創造】できるのかな？　今、必要なのは、僕がいなくても他の人が【転移】できること。それなら【転移】できる道具《アイテム》を作ればいいんじゃないか？　しかし転移魔法の使用は信用できる一部の人に限定したい。そうか道具を作る際、特定の人しか使えない制限をかければいいんだ。

さて、次は道具選びだけど、小さくて持ち運びに便利なものがいいだろう。しかも失くさず常に身に着けていられるもの……、とりあえず指輪にするか。

まず『指輪』をイメージ、それに『テネシアが転移魔法レベル1使用可能』を指輪に付与。

「よし！　【創造】！」

銀製の指輪が目の前に現れた。イメージ通り。後はこの繰り返しだ。

転移指輪は全員分作っても良かったが、今回渡すのはテネシア、イレーネ、ミアに留めよう。レッド、ブルーは不安だし、リミアはミアと一緒だから大丈夫だよね。特にミアに渡せるのは大きい。こ

れにより、島で急に体調悪化の人が出た場合でも対応しやすくなる。

レッド、ブルーは島よりギースの滞在が多くなってきてるし、島に戻りたければ、テネシア、イレーネに頼めるから不自由ないだろう。鑑定スキル持ちのリミアは入島審査でギース滞在が多くなっているから、こちらも問題ないな。


～島の領主邸・執務室～

転移指輪を渡すため、テネシア、イレーネ、ミアの三人を呼ぶ。

「みんな忙しいところ悪いね」

「あるじが呼んだら行くのは当然だろ」

「そうです。水臭いですよ」

「今回は領主邸の方ですか、何でしょう」

テネシア、イレーネ、ミアが集まった。そう、普段は島の館で話をするが、今日は人の少ない領主邸に来てもらった。ここは基本、僕しかいないから、今回は都合がいい。

「みんなは僕が転移魔法を使えるのを知っているよね？」

周知のことを言われ、みんなキョトンとしている。

「実は新スキルで、魔法の指輪を作ったんだ」

指輪を見せると、みんなしげしげとのぞき込む。

「実はこの指輪をはめると転移魔法が使えるようになるんだ。もちろん君達もね」

「「「ええええ!?」」」

皆が驚く。転移魔法は僕の専売特許みたいなものだもんな。

「注意点を説明するけど、この指輪は特定の人しか使えない。テネシアに渡した指輪ならテネシアだけが使える。転移先は過去に視界に入った場所だけだ。それと、この世界で転移魔法は珍しいので人目に触れないこと。転移先は密室みたいな所が無難だろうな。絶対に口外しないこと」

「リミアには話していいんですか？」

ミアから質問が来た。リミアはミアの補佐役だもんな。

「使用できるのは本人だけと言ったけど、手をつなげば他人も一緒に【転移】できる。リミアに話して一緒に行き来して構わない。ただし、リミアの口留めも頼むよ」

「レッド、ブルーはどうですか？」

イレーネから質問が来た。

「リミアと同じケースなので構わない。二人の口留めを頼むね」

その後、三人に指輪を渡し、室内で転移の練習をしてもらう。

「うわっ！　本当に移動した！」

「アレス様のスキルを使えるなんて感動です！」

「本当にこのような物を頂いていいのでしょうか……」

テネシア、イレーネは興奮気味で、ミアは恐縮しているな。とにかく練習して慣れてもらおう。

◆

その後、【創造】スキルでいろいろ試したが、なぜかうまくいかなかった。強いイメージ集中が必要で、おそらく心の底から必要と感じないと【創造】できないのだろう。軽い気持ちではダメなようだ。これは究極スキルなのだろうか？　その分、ハードルが高いのかもしれない。

【創造】スキルを手に入れてから、本当に必要な物について思案していたが、遠方の人とすぐ連絡が取りたいことに気づいた。あちこちに拠点があるから当然だが、【転移】でカバーできていたため、少し盲点だった。気づいたきっかけは森の温泉に行った時だ。そう言えば、森の奥地の主はテレパシーを使うなぁと。テレパシーだから、耳の近く、耳飾りがいいかな？　穴をあけたくないからイヤーカフ。小さい金製にしよう。よし、やるか。

「金製のイヤーカフ、十個、所持してる者同士で、テレパシーで会話できる。会話する際は最初に相手を特定する。必要な場合、自分の姿もしくは視覚情報も送れる」

思いを集中してからの――

「【創造】！」

金製の十個のイヤーカフが現れた。よし！

その後、前回同様、島の領主邸にテネシア、イレーネ、ミアを呼んで、取扱い説明の上、渡した。この念話グッズは後でリミアにも渡そう。必要に応じ、映像も送れるようにした。さて、他にも渡さないといけない人がいた。

～王都・商会本館・会長室～

商会のメラル統括本部長と会合する。

「メラル君のお陰で島のお店がうまくいってるよ」

いつもメラルには助けられている。

「ありがとうございます」

「ライサ支店長はよくやってくれてるね。いい人選だ」

メラルに任せて大正解だった。

「お褒め頂き、ありがとうございます」

さて、前置きはこれくらいにしよう。

「ところで、今日は君に渡したいものがあるんだ」

「何でしょうか?」

金製のイヤーカフを見せる。

「これはイヤーカフでしょうか?」

「うん、だが、ただのイヤーカフではない。魔法アイテムなんだ」

「どんなものでしょう?」

おっ、冷静なまま、耐性がついてきたな。はは。

「これを耳にはめると遠方の人とテレパシーで話せるんだ。試しにつけてごらん」

「はい、これでいいでしょうか」

「少し離れて。テレパシーを送るね」

「わっ!?　頭に直接、会長の声が聞こえました」

「こういうこともできるよ」

「えっ、頭の中に、私の姿が⁉」

「それは僕の視覚情報、今度はどう？」

「今度は会長のお姿が映っています！」

「心の声だけでなく、必要な場合、視覚情報か自分の姿も送れるんだ」

「……これは凄いですね」

「これがあれば、遠距離でも瞬時に連絡が取れる。何かあったら、いつでも連絡を頂戴」

「あの……万一、これを販売したら凄いことになるでしょうね……」

「この世界には一般的にありえない物だから非売品とする。他言無用で頼むよ」

「了解しました」

この後、メラルと【念話】の練習をしてから、王都の伯爵邸で一晩明かした。


翌朝、朝食を取り、島に帰ろうとしたところ。突然、頭の中で声が響く。

（会長、今、大丈夫でしょうか？）

何と早速メラルから【念話】が来た。でも、この感じ、練習とかじゃないな。

（大丈夫だ、どうした？）

（実はウラバダ王国の関係者が武器を売れと、朝早くから押しかけています）

（何だと、護衛はいるのか？）

（それが二十人くらいで押しかけてきて、手に負えません）

（場所は？）

（本店正面で店員ともみ合っています）

（分かった、すぐ行く）


「何で商品を売ってくれないんだ！」

「いつまでも大人しくしていないぞ！」

「店を荒らしてもいいのか！」

会長室に転移し、急いで本店前に来たが、明らかに素行の悪そうな連中だな。

しかもこんな大人数で嫌がらせか？　さて、どう懲らしめてやるか。まずは冷静に。

「皆様、落ち着いて下さい。私が店の代表です。どうされたのでしょうか？」

「あんたが代表か？　この店は客に商品を売らないが、どうなってるんだ？」

言い方からして輩だな。とりあえず冷静に情報収集しよう。

「それは失礼しました。何がご希望でしょうか？」

「武器だ」

「それなら、丁度、良い商品がございます。ご迷惑をおかけしたお詫《わ》びに倉庫にある一級品をご案内します。ささ、こちらへどうぞ」

虫どもは甘い匂いで誘えばいい。商会本店の倉庫の中へ案内する。ここなら人目がない。

「全員を【収納】！」

はい、終わり。その後、メラルら店員たちに労いの言葉をかけたが、まさか、王都の本店に朝一に多人数で押しかけてくるとは想定外だったとのこと。それだけウラバダ王国は余裕がないってことだな。今回は王都で王家御用達商会の襲撃だし、一応、王城に報告しとくか。

事前約束はなかったけど、緊急報告と言ったら、ザイス筆頭大臣が面会してくれることになった。


～王城・執務室～


やはり王家御用達商会、伯爵の称号は伊達じゃない。

「商会が外国勢力に襲撃されたと？」

「はい、ウラバダ王国の関係者が多人数で、武器を売れと押しかけてきました」

「人数は？」

「二十人ほどです」

「それは看過できないですな。賊はどうされましたか？」

「全員、生け捕りにしていますが、外国勢力ですし、厳しく尋問されるのがよろしいかと」

「どこにいるのかな？」

「……商会の倉庫です」

僕の【収納】の中とは言えないよな。

「今すぐ衛兵を送ろう」

えっ、ちょっと、それは！

「すみません。重要物資の倉庫のため、僕しか入れないのです」

苦しい言い訳だな。

「それなら、どうしたら？」

「僕が今から商会に戻り、引き渡しの準備をしますから、衛兵は商会本店前でお願いします」

僕が先に行き、引き渡せる状態にしておこう。


～商会・本店倉庫～

このまま奴らを出したら、暴れそうだな。相手が眠っていてくれれば……。

そうだ！　眠らせるスキルを【創造】しよう。

「相手を眠らせるスキル、スリープを【創造】！」

よし、できた。やるか。「【取出し】！【スリープ】！」


本店の前に衛兵が三十人も来ていたが、何食わぬ顔で倉庫に案内する。

「衛兵の皆さん、賊はこちらです」

「……全員、気を失ってますね」

「はは、少々体術の心得がありまして……」

またもや苦しい言い訳。だが何とかやり過ごし、賊が全員、運ばれていく。しかし【創造】はスキルまで【創造】できてしまうんだな。とっさのことだったが、とんでもないスキルだ。

何度か【創造】を試して分かったのは、本当に必要なものしか【創造】できないこと。物の場合は大きさに制限があるようだ。スキルも【創造】できる。ただし、具体的に想像できるものでないとダメ。それと生き物もダメ。たぶん自分の中で制限がかかっているのだろう。このスキルは集中力や強いイメージが必要で、後からどっと疲労が出る。連発は無理だな。

◆

私は行政大臣ハネル、今日も憂鬱な時間が続いている。

「亜人共をもっと厳しく取り締まれ！」

「武器の調達先はどうなった！」

ゴラン王が吠《ほ》えまくる。国の労働や技術を支えていた亜人がどんどん逃げ出し、各方面に支障が生じている。亜人を虐げ、迫害し、囚人、奴隷に追いやって、酷い扱いをしたことのツケがいっぺんに出ている。さすがにあれはやり過ぎだ。しかも亜人がいなくなったせいで、武器の生産にも致命的な支障が出ている。鉱山奴隷がいなくなって、鉄鉱石の供給が遅れ、剣を作るドワーフ職人もいない。おまけに前線で戦う戦争奴隷までいなくなった。それで国外に調達先を求め、ロナンダル王国のギルフォード商会の武器が一級品であることを突き止め、再三、取引を要請しているが、まったく話が進まない。業を煮やして強面の連中に依頼したが、まだ連絡が来ていない。

「陛下、亜人どもは取り締まりを強めれば、かえって国外に流出します。武器は現在、交渉中です」

最近、こんな不毛なやり取りばかりだ。

「だから、亜人は逃げないよう取り締まれ！　交渉中とはなんだ！　本当に交渉してるのか！　話は進んでいるのか！」

そんなに怒鳴っても、どうしようもないだろうに、まったく。

「ですので、取り締まりを強化するから、逃げるのです！　交渉は相手のある話で、希望通りいかない時もあります！」

王が怒鳴り口調で話すので、私もきつく返してしまう。

「お前は屁理屈《へりくつ》ばかりだ。黙って我の命に従え！　我はこの国の王ぞ！」

不味いな、血管が切れそうになっている。少し頭を下げとくか。

「力が及ばず申し訳ございません」

「その通りだ！　事態が悪くなったのはすべてお前のせいだ！　それだから、いつもお前は――」

ああ、いつまでこんな日が続くんだ……。

◆

ここはロナンダル王国、国境付近、獣人親子が疲労困憊《こんぱい》の状態で国境付近を歩いている。

「お母さん、もう疲れた」

「もう少しだから頑張ってね」

「お前たち、早く行くぞ、目指す国は差別がないらしいからな」

それを遠くから見ながら国境の衛兵がぼやく。

「またウラバダ王国からだな」

「どうする？」

「親子連れか……ここは辺境だし誰も見てないし……」

獣人親子が国境を通過した。

「でも中心部は警備が厳重で無理だからな……」

「あの親子が助かればいいよな……」

　こんな光景がもうしばらく続いている。ウラバダ王国の苛烈《かれつ》な差別から逃れるため、多くの亜人が隣国であるロナンダル王国へ渡るが、ロナンダル王国はそれを警戒し、もっとも栄えている王都とその近郊エリアにおいて移民制限の強化を始めたのだ。


～ロナンダル王国、ギース領（ギルフォード伯爵領）の領境付近～

　領主軍が領境に睨みを利かせていると、それは視界に飛び込んできた。

「あっ、こっちに避難民たちが来るぞ！」

「あれはいつもの奴だな」

「亜人か……ウラバダ王国からだな」

「領主様から避難民救助の命令が出ている。行くぞ！」

　領主軍が避難民を救助し、兵舎で休ませてから、馬車で伯爵邸まで運ぶのが日課になっている。

　ただ最近は伯爵邸もいっぱいで、兵舎で避難民を一時待機させるケースが多い。

◆

「最近、入島希望者が激増してるな」

　元々入島希望者が増えていたが、最近の増加は半端ではない。ほとんどがウラバダ王国から避難してきた亜人たちだ。

「【鑑定】スキルでどんどん処理していきますよ！」

こんな時だからだろう。ミアが努めて明るい声を出す。僕とリミアのふたりでは追い付かないので、ミアにも【鑑定】スキルを使用してもらっている。僕の【創造】スキルで、【鑑定】スキルを持てる眼鏡を作ったのだ。こんなレアなスキルまで【創造】できるのはありがたい。前回もそうだが、切羽詰まった状況の方が、必要性が高まり、かえって創造しやすくなるのだろう。

ミアは魔法グッズのお陰で、【転移】、【念話】、【鑑定】のスキル使用が可能となった。

逆に僕はミアから、ヒール、ハイヒール、エリアヒールを【複写】させてもらったのでお互い様。

「しかし【鑑定】スキルは凄いですね。短時間で確認できます」

ミアはスキルなしでずっと審査していたから、その差がより実感できるのだろう。通常ならひとり数時間、下手すると半日かかったりしたが、今なら三十分以内に終わる。ただそれでも入島希望者の増加が著しいので大変だ。領主邸の収容限界もあるから、領地境界から来た人は一時、領主軍の兵舎に待機してもらう。向こうには水と食料、ミア特製の回復薬と薬草のおかゆがあるからカバーできるだろう。

おっ、テネシアから【念話】が来た。

（あるじ、兵舎の避難民が倒れた）

（分かった。すぐ行く）

〜領主軍・兵舎〜

「倒れてるのは十人くらいか……」

早速やろう。

「エリアヒール！」

「ひとり、回復しないな」

それならこれで、

「ハイヒール！」

よし、これで大丈夫だ。

「テネシア、兵士たちに避難民を大切に扱うよう言ってくれな」

「分かった」

横目で見たら、レッドとブルーが兵士たちと一緒になって避難民の対応にあたっていた。

人間が亜人を助ける姿を見て、感じ入るものがあったのかもしれないな。

一段落したタイミングで、王都の商会本館のメラルより【念話】が来た。

（今、大丈夫でしょうか？）

（大丈夫だ）

（王都の伯爵邸の執事からで、会長に至急、王城へ来るよう連絡があったとのことです）

（至急？）

（今回はいつもの様子ではなかったみたいです）

（……例の商会襲撃の件かな？）

（用件は言いませんでしたが、何かあると思います）

（ありがとう。すぐ行くよ）

〜王城・執務室〜


執務室に行くと、いつものザイス筆頭大臣の他に、ガロル王がいたので少し焦った。

悪いことはしてないはずだけどな。

「ギルフォード伯、早い到着で何より」

何と王様が直接話しかけてきた。ギルフォード伯って、僕（伯爵）のことか。

「ははっ！　ありがたきお言葉を頂き、恐縮です」

とりあえず王様の挨拶に深く拝礼する。緊張するなぁ。

「そうかしこまらんでもいい。そなたに聞きたいことがあったのだ」

応接間に通され、ふたりと向き合って座ると、王様が口を開く。

「最近、隣国のウラバダ王国より、多くの避難民が国境を越えて我が国に来ているとの報告があった。中心部に入れなかった避難民は辺境を歩き、どうやらギース領に向かっているらしいが、真か？」

そのうち知られると思ったが、ついに来たか。

「はい、避難民はウラバダ王国の圧政に苦しみ、移住を希望しておりましたので、引き受けています」

「かの国の圧政は我が耳に届いておる。だがギース領内だけでは負担が大きいだろう」

当然、そういう話になるよな。ここは正直に行こう。

「はい、実はそのために領土を開拓して参りました」

「領土とな？　あの土地でそこまで許容できたか？」

ここからが本番だ。

「王様、実は偶然ですが、無人島を見つけ、そこの土地を利用しております」

「何と申した⁉」

「実は以前、人が住んでいない島を見つけていたのです」

「何？　すると、その島に避難民を住まわせてると？」

「はい、まだまだ土地はありますので、十分受け入れられます」

「……念のため聞くが、貴殿は我が国の貴族だよな？」

「はい、当然です」

「ということは貴殿が治めるその島も我が国の領地で構わぬな？」

「自分の認識では、島はギースの延長で、当然、ロナンダル王国の一部です」

「そうすると、徴税の必要が生じるな」

税について僕なりに調べた。堂々と反論しよう。

「住民のほとんどが避難民で、救済のため、領主の私が費用を支出している状態です。開拓の費用もすべて負担しています。しかも、ほとんどの住民が物々交換で生活していますので、徴税は無理だと思います」

「……なるほどな」

「現状は住民から徴税どころか、開拓から衣食住まで私が負担しております。国の直轄にしても構いませんが、間違いなく大赤字になるはずです」

生産系スキルなしでは絶対に無理だろう。

「なぜ、赤字なのに島の開拓をしているのだ？」

「自分は元々商人ですし、今もそうです。しかし商売だけが人生と思っておりません。損得抜きに純粋に皆の喜ぶ姿を見たくて、ここまできました」

これが僕の偽らざる本当の気持ちだ。

「ザイス筆頭大臣、意見はあるか？」

「我が国に来た避難民は最初に中心部に来ましたが、入れさせませんでした。それでギース領に向かったと聞いておりますので、言い方は悪いですが、ギルフォード伯爵が泥を被った形になります。我が国としても民が増え、領地が増えるのは悪い話ではありません。それとギルフォード伯爵は先日、ウラバダ王国の関係者から商会本店の襲撃を受けておりますが、見事に撃退されております。身の危険と引き換えにしても、外国への武器販売を断り続けたのは評価すべきでしょう」

王様の側近である筆頭大臣が強力に援護してくれた。ありがたい。

「なるほど、ギルフォード伯、島の運営は貴殿に任せることとし、島の徴税は免除しよう」

よし！　お墨付きを頂いた。

「お心遣い、ありがたく存じます」

「よし、用件は終わりじゃ。メリッサが待っておる。行ってやれ」

「はは！　これにて失礼いたします」

いやはや疲れた〜でも、ガロル王とザイス筆頭大臣が話の分かる方で良かった。

さて、次は王女様だ。

「アレス様、またまたご活躍ですね」

「いえ、それほどでも……」

「多人数を素手でバッタバッタと聞いてますよ」

「はは……そうですか」

やはり情報が回っている。盛り気味でね。

「しかも、傷ひとつ付けず、全員、眠っているような状態にしたと」

そこまで回っているのか。これは正直に言った方がいいな。

「王女様だけに告白しますが、少し魔法を使ったんです」

「やはりそうでしたか。そうじゃないかと思っていました」

「くれぐれもご内密に願います」

「ふふ、分かりました。ふたりだけの秘密ですね」

ふたりだけか……もったいないお言葉だ。王女様とのひと時の語らい。最初は緊張したが、今はそうでもなく、次第に距離が近くなってゆくのを感じる。身分差はあるものの、この流れを好ましく思う自分がいるんだよな。

今回、王女様に、商会襲撃者の撃退について聞かれたが、「二十人もの男たちを素手で生け捕りにした」「眠ったように全員、気を失っていた」「もの凄い体術を使った」などの話が衛兵から上がっているらしい。王女様が知っているということは、間違いなく、王や筆頭大臣も知っているだろう。それどころか島のことも実は前から知ってたりして。いや、あの驚き方は本当に知らなかった感じだった気はするが……どうだろうね。まあ、自分は自分のやるべきことをやろう。それと、あの島の所属がロナンダル王国になったから、島民にもアナウンスしないとな。

◆

「どうだい、イレーネ？」

「この眼鏡、凄いです！」

避難民の入島審査を加速させるため、イレーネにも【鑑定】スキルが使える眼鏡を与えた。これで審査員は、アレス、ミア、リミア、イレーネの四人となった。本当はテネシアにも来てもらいたいが、避難民が一時待機している兵舎の対応を疎《おろそ》かにすることはできない。彼女は領主軍の隊長だ。

鑑定スキルに慣れてきて、問題なければ最短でひとりあたり一分で終わるようになった。どうするかというと、待ち時間に質問事項をすべて紙に記入してもらい、「この内容で間違いありませんか？【鑑定】！」で終わる。ただし字が書けなければ、急いでも二十分くらいかかってしまう。それでも通常と比べれば驚異的なスピードだ。本当に鑑定スキル様様。このペースで行くと三か月から半年くらいのスパンで処理能力的に二千人くらいはいける感じ？　休みなども加味して。島の入居受入れ準備はインカム内政官に一任しているし、運搬船は【複写】により、元の五隻から十隻に増やした。そのうち五隻が島と往復ピストンフル稼働中だ。

「えっ！　公開処刑ですか‼」

イレーネが大声を出す。先ほど審査を終えた入島希望者によると、ウラバダ王国で不穏な動きがあり、国外逃亡を図った亜人を一か所に集めていて、見せしめとして公開処刑するのだという。普通はこんな話が出るのはおかしいが、亜人へ恐怖を煽るため、衛兵たちが意図的に情報を流しているとのこと。先日、行政大臣が亜人対応の責任を取って処刑され、この話が現実味を帯びたらしい。

「不味い状況だなぁ……」

島に戻り、内政官のインカムに公開処刑の件を相談する。

「今までと様子が違いますね……」

インカムが神妙な顔つきになる。

「これまで亜人をどんなに迫害し、傷つけても、殺すことまではしませんでした。それは貴重な労働力を失うからです」

確かにその通り。ぐうの音も出ない正論だ。

「王が冷静さを失ってると？」

「何かタガが外れたのかもしれません……」

有り体に言えば、狂ったのかもしれないな。

「……何とか救ってあげたいな」

「どうされますか？」

「向こうの国に行って、施設ごと【転移】できればいいんだけどな」

前回と同じやり方で。

「いくつか場所の心当たりはあります。前回ほどはっきりとした物ではありませんが」

「数日中に避難民からも施設の場所の心当たりを聞いておいてくれないか？」

「分かりました」

「悪いけど、向こうに行く時はまた一緒に来てほしい」

「承知しました」

いくら遠方に【転移】できる力があっても、転移先の位置情報がないと話にならないからな。


～ギースの領主邸・執務室～

夜、ひとりで救出策を思案中。施設の場所さえ分かれば簡単なんだけどな。新設された場所だと厄介だ。もし場所が不明なら、あちこち探さないといけない。そうなると衛兵に見つかってしまう。どうしたら見つからないで探せるか……。そうだ！　透明になればいいんだよ。透明になって隠蔽するから、隠蔽でいいかな？　透明だと視覚だけだから、その他の情報が隠れない。臭い、足音、息、気配などの全情報を隠蔽したい。よし、隠蔽に決めた。

「すべての情報を回りから隠蔽するスキル、隠蔽を【創造】！」

よし、できた。これで自分は【隠蔽】スキルを手に入れた。あとは同行するインカム用にアイテムを【創造】しよう。手軽な指輪でいいな。

◆

転移スキルでウラバダ王国の中心街にある衛兵所の近くに来た。人通りが多いが、【隠蔽】スキルにより、周囲にまったく気づかれない。隣にはインカムも来ている。結局、施設の明確な場所が分からなかったため、情報源であろう衛兵所に来た。インカムには【隠蔽】と【念話】ができるアイテムを渡している。

(領主様、中に入りましょう)

衛兵所の中に入っていくと、詰め所で複数の衛兵が立ち話をしている。

「亜人どもが随分増えてきたな」

「そろそろ施設がいっぱいになるそうだ」

「本当に処刑するのか？　女子供もいるぞ」

おいおい、穏やかじゃない話をしてるじゃないか。

「王の意向だからな」

「本当に公開で処刑するのか？」

「だから中心街に集めてるらしい」

「潰れた商館の倉庫の中か……」

その瞬間、インカムが反応する。

(領主様、分かりました。潰れた商館の倉庫は、心当たりがあります)

よし、そこに行こう。


～廃業した商会の倉庫～

(ここか？)

(衛兵が多いですね)

（千里眼スキルで中の様子を見てみる）

（そんなこともできるのですか？）

（ふむ、中も人が多い。おそらくここだろうな。中に入ってみよう）

【転移】で施設の中に入ると、たくさんの亜人が収監されていた。ターゲットはここで確定。

（ここは人通りが多いから、【転移】するなら夜の方がいいな）

（それでは夜に決行するとして、その間、情報を集めましょう）

施設内で情報を収集したところ、施設がいっぱいで、いつ処刑が実施されてもおかしくないようだ。

しかし、こんな非道なことがよくできる。そう思っていたら、衛兵が駆け込んできた。

「所長、城より、明日の昼、広場で処刑するよう命令が下りました。見せしめのため、今から広場で晒《さら》し者にしろとのことです」

「じゃ、これからこいつらを外に出すか、お前ら亜人どもを広場に引っ立てるぞ！」

（領主様、外に出されたら不味いです）

（やむを得ない、日中で目立つけど、今やるしかないな、【転移】！）


～ギルフォード島の空き地～

（倉庫ごと転移成功だな）

（ただ、衛兵が何人かいますね）

（衛兵を全部排除するから、外で待っててくれ）

（了解しました）

さて、衛兵をどんどん【収納】して行こう。

「おい、亜人ども！　外に出ろ！」

衛兵が亜人を無理やり外に出そうとする。

「うわ、やめて下さい。あれ、消えた！」

亜人を捕まえようとする衛兵を次々【収納】、ハイ、終わり。【隠蔽】を解除して。

「皆さん、助けにきました。もう大丈夫です」

亜人たちを外に出し、インカムに引き継ぐ。よし、もうひと仕事。


～転移前の場所～

「うわー建物が突然消えたぞ！」

「何が起こったんだ！」

「そんな、ありえない！」

元の場所に戻ったら、大騒ぎになっていた。人通りが多い場所で建物ごと突然消えたら、そりゃ驚くよな。野次馬と衛兵が入り乱れてカオス状態だ。ここはもういいな。先ほど【収納】した衛兵は辺境あたりで【取出し】して捨てていくとしよう。

この後、ほどなくして、ギルフォード島の人口は五千人に膨れ上がった。でも最初のインフラ建設で一万人程度の住居は作っているし、土地もまだまだたくさんある。ポケットマネーで食料を準備しておこう。これこそまさに生き金だ。

◆

島の人口が五千人に増えたので、組織を再編することとした。まず役員会議のメンバーだが、従来の僕（人間）、テネシア（竜人）、イレーネ（エルフ）、ミア（人）、インカム（ドワーフ）、ビンテス（狼獣人）に対し、新規にミャオ（猫獣人）、ボルグ（犬獣人）、ガイン（鬼人）の三名を加えることになった。これで役員は合計九名。役員会議は島の最高意思決定機関となる。今回、代表会議から役員会議へと名称変更した。

種族代表は僕（人間）、エルフ（イレーネ）、ドワーフ（インカム）、ビンテス（獣人）、テネシア（竜人）がそのままで、鬼人はレッドからガインへ変更した。人数は六名のまま。種族代表は象徴的存在であり、各種族の相談役だな。だんだん形骸化してる感じ。

地域代表は地域の区画ごとに代表を決めているが、今回、居住者が増えたため、代表者が増加した。地域代表は自治会の代表のようなもので持ち回り。役員会議の指示に従い、地区の要望を上げる。地域代表は十分に機能している。種族の偏りもないし、漏れもない。

概ね、このようにまとまり、今後の方針を決めることとなった。今回は僕が議長だ。

「住民が増えたが、初期にインフラを整備して一万人分程度の住居はあるし、土地もまだまだあるので、十分カバーできる。しばらくは土地を開墾して、畑を増やしてもらうが、一時的に食料が不足するので、僕の方で食料を用意した」

「「「領主様、ありがとうございます！」」」

一同からお礼を言われる。こういうのは素直に嬉しい。お礼は練習したな。

「インカム内政官は住居の割り振り、畑の割り振りを引き続き頼む」

「了解しました」

「あと船が五隻から十隻に増えたので、漁業も頑張ってもらおう。新しい住民は、魚は大丈夫かな」

「魚は大好きだにゃ」

新役員のミャオ（猫獣人）がお茶目に答える。いいムードメーカーになりそうだな。

「必要物資はどこで手に入るんですか？」

ボルグ（犬獣人）から質問が来た。

「食料は今いる島の館の倉庫に備蓄してるので、ここでも随時配布もするけど、配分があるから地域代表の割り振りに従って取りに来てほしい。あと畑も割り振る。それ以外だと海と山で食料は取れる。配布も採取も決まった時間に集まってるので、詳細は地域代表に確認してほしい。砂浜で貝を採るのもいいな。毎日、広場で物々交換してるから参加したらいい」

今回、猫獣人と犬獣人のふたりに加わってもらったのは良かった。獣人の中でも最大種族だし、これでバランスが取れる。

「森で狩りをしてもいいんですか？」

ガイン（鬼人）から質問が来た。

「森での狩りや野草採取は構わないが、奥に行くと魔物が出るので、自己責任で頼む。さらに奥にいくと不可侵エリアがあるのでそこは絶対に立入禁止。森の奥は避けた方がいい」

今回、ガインが鬼人の種族代表になったんだな。レッドはギース領主軍の軍曹に集中か。

「今回、重要な報告がある。今までこの島はどこの国の領土か明確でなかったが、自分が領主をしているギース領と同じロナンダル王国の領土として認められることとなった」

「ここもロナンダル王国の一部になったのですね」

インカム内政官が続く。彼にはすでに説明済み。

「そうだ。元々、自分がロナンダル王国のギース領主で、島に領土を広げた形になる。ただし、あくまでロナンダル王国が認めただけなので、他国や海賊がちょっかいを入れてくるかもしれない。だから、注意しておいてほしい。一定の防衛は必要だろう」

正式な国であっても侵略される時は侵略される。

「住民にはどう伝えましょうか？」

インカムの問いに答えよう。

「事実だけだな。ロナンダル王国がこの島を領土として認めた。今はそれでいい」

「了解しました」

この件は伝え方次第で、明るくも暗くもなるが、現状を鑑《かんが》みて中立的な表現がいいだろう。妙に明るくしても変になる。実際、ロナンダル王国（本国）は彼らに中立的だ。特に厳しくないが、さりとて優しいわけでもない。まぁ、どっと大量の避難民が押し寄せたら、どこの国でもそうなるよな。

「新しい役員の三人にも役職をお願いしたい。住民が増えて内政の仕事が激増してるので、ミヤオとボルグはインカムについて内政官補佐、ガインはビンテスについて防衛隊副隊長をお願いしたい」

これに三人とも快く引き受けてくれた。

会議終了後、インカムとウラバダ王国への対応について意見交換したが、あの国は王が暴走しており、今後も亜人迫害を続けるだろうという認識で一致した。いざという時に備えておこう。

◆

「やっぱりな……」

午後の昼下がり、人目を避け、試しに金貨を【創造】しようとしたが、ダメだった。やる前から分かっていたが、罪悪感が大きい。このスキルはチートだが、本人が心の底から嘘偽りぬきに必要と感じているものでないと発動しない。

「でも、これで良かったかもしれないな……」

そう言えば、ずっと前にお金を【複写】した時は品質が良くなかった。忘れていたが、今ならレベルが上がって、うまくできるかもしれない。

「【複写】！」

チャリン！

「えっ!?」

何と本物と変わらぬ状態の金貨がテーブル上に出てきた。しかし、これはな……。

出てきた金貨をすぐ【収納】して、元の素材に戻した。罪悪感が半端ではない。これは禁忌だな。

さて、島の人口が五千人に膨れ上がり、これからもますます増えていくだろうが、この島の経済は自分のポケットマネーで補填している。まだ資金に余剰はあるが、使ってばかりだと、いずれ底を尽いてしまうだろう。それなら、しっかり稼がないとな。

～島の店舗～

ここはいつも品揃いがいい。安くて生活に必要なものをよく集めている。

「あっ、会長、お疲れ様です」

「やあ、ライサ店長、島民目線で必要な品が揃っているね。これだけたくさんの種類を集めるのはさぞかし大変だっただろう」

「確かに大変ですが、面白くてやりがいがあります」

表情が生き生きしているな。実にいい。

「この島は物々交換が主流だから、君の商品を集める能力が十分生かし切れなくて申し訳ない」

「もったいないお言葉です」

「どうだろう、君にもっと活躍する場を与えたいんだ」

～ギルフォード商会・本館・会長室～

これから、メラル店舗統括本部長、バーモ副部長、ライサ支店長と会議をする。

「現在、国内で本店を中心に東西南北に四か所の支店、島の支店を開設しているが、販路を本格的に拡大することとした。これまでメラル君に支店拡大の準備をしてもらってると思うが」

「はい。こちらの地図をご覧下さい。印のついている箇所が支店開設予定の場所となります」

「国内に十か所か、もう土地は押さえたのかい？」

「土地だけは押さえました」

うん、いいね。

「それでは、僕の方で、すべての店と商品を準備しよう」

いつもみんなの世話になりっぱなしだからな。

「本当ですか、それは助かります」

「メラル君は各支店の店長はじめスタッフ集めを急いでくれ」

「了解しました」

「それから、ここにいるライサ君は商品選びの才がある。島の支店長だけではもったいない。彼女には全店舗の商品開発担当も兼任してもらうことにした」

今後の展開のため、商品力をさらにアップする。

「ライサ君にはここに来るまでに話したが、今後、販路拡大に伴って、特別なスキルが大いに役立つはずだ。皆にそのスキルが使えるアイテムを与えよう」

テーブルに転移の指輪、【念話】のイヤーカフを置く。

「この指輪があれば遠方にすぐ行けるし、このイヤーカフがあれば遠方の人とのテレパシー通話が可能だ。イヤーカフの方はすでにメラル君に活用してもらっている」

「姉から【念話】グッズのことは聞いてましたが、転移のグッズまであったのですね」

「バーモ君、これがあれば、大幅に店回りが楽になるよ」

「ありがとうございます」

「これらのアイテムの存在は隠匿するように」

「「かしこまりました」」

「国内の支店計画は以上だな。メラル君、他国の方はどうなっている？」

「二か国で土地を押さえました」

「さすが、仕事が早いな」

「会長が子女を救出した貴族の協力がありましたので、スムーズに運びました」

あれがそんなに役立つとはな。見返りを期待した訳ではないが、やはり人助けはしておくものだ。

「地図を出してくれるかな」

「こちらになります」

「どこの国かな？」

メラルがテーブル上の地図を指し示す。

「隣国のバナン王国とハロル王国です。ウラバダ王国は政情が不安定なため候補から外しました」

「賢明な判断だ。あの国は国王が暴走して、亜人差別が激化している。一切関わらない方がいい」


会議の後、早速、【転移】スキルを使って、四人で国内、国外の出店予定地を見て回った。メラルが選んだだけあって申し分ない土地ばかりだ。この後、他の三人と別れ、出店予定地に店舗を【複写】スキルで作って回った。島の店舗を商品ごと【複写】したので、商品の手配も済んでしまった。

この【複写】スキルはチートで、オリジナルの素材情報を取り入れ、収納内の素材を原料に、好きな場所で、実体として取り出せる。コピー機で言えば紙情報をスキャンし、【収納】している現物の紙とインクを使い、後からコピーを排出するのと似たような仕組みだ。このスキルの凄いところは、それを人間がやってしまうことだ。紙だけでなくすべての物をね。

これでギルフォード商会は王都本店、東西南北四大店舗、その他十か所、国外二か所となった。

店舗統括、人材手配はメラル、その補佐はバーモ、商品開発はライサに任せよう。

◆

先日、種族地域会議を開いたが、地域代表が増え、活発な議論が行われた。

それで僕一任の宿題が出ていたので、今から実行する。まず内容を整理しよう。

（山側）
一、森の奥の不可侵エリアを目指そうとする人がいるようだ。
二、森近くの畑でホーンディア（シカの魔物）による被害が発生。
三、移動で苦労しているので改善してほしい。
（海側）
四、子供が海の高い崖に行って危ない。
（中心部）
五、物々交換場で多少いざこざが発生している。
こんな感じだったな。さ〜て、サクサク片付けるぞ。


〜森の奥〜

「人が入った跡があるな……」

さすがに、不可侵エリアの壁は越えられないだろうが、この近くに来られても困る。

よし！　もうひとつ外回りに壁を作ろう。

「【収納】【加工】【複写】！」

いつものように生産系スキルを駆使する。不可侵エリアの壁と合わせて、これで二重の壁になった。危険性の高い魔物も外回りの壁で収まる。


～森の外側～

「ホーンディア（シカの魔物）がいる。畑にも出ているし、大きな角が危ない。少し駆除しておくか」

目が合うとホーンディアが向かってきた。やはり魔物、獰猛《どうもう》だな。

「【スリープ】【収納】！」

ホーンディアが視界から消えた。この調子で森の外側を回ろう。この肉は食べられるのかな？　そんなことを考えながら畑と住民居住エリア近くだけ駆除した。奥の強い魔物が壁で来られなくなれば、森の中に行くだろう。魔物さん、人里に近づくなよ。共生は難しいが、可能なら共存しよう。


～居住地区の奥側～

確かにここから徒歩で中心部や港に行くのは遠いな。荷馬車があると便利だけど、馬車本体はいいとして、馬がないよな……どこかに馬はいなかったかな？　そう言えば、山の館にユニコーンが居ついていたっけ。何か数も増えてたし、あれを利用できないか。ちょっと見にいこう。


～山の館・ユニコーンの住処～

「おお、増えてるな。僕に懐いているし、お前たち、一緒に来るか？」

当たり前だか、返事はない。

「ユニコーンと話せたら良かったんだけど……あっ！」

そうか自分には【創造】スキルがある。動物と会話か【念話】ができればいいな。

「動物と会話・念話ができる動物会話スキルを【創造】！」

うまくできた。

「【動物会話】！　一緒に来てくれるかい？」

（ここが気にいっている）

おお、【念話】で応じてきたぞ。

「そうか、分かった」

ユニコーンとコミュニケーションできたが、お誘いは叶わなかった。馬は後で商会に手配してもらおう。さすがに生物は【複写】も【創造】もできないからね。島に戻り、荷馬車を二十台ほど【複写】スキルで作って、馬待ちとなった。


～海の崖付近～

「ここは見晴らしが良いけど、確かに高い崖から落ちたら命が危ない。手前に壁を作ろう。それと、ここは監視台設置に丁度いい場所だ」

崖から離れた場所に【加工】スキルで壁を設置。いつもの石壁だ。潮風で木や金属だとボロボロになるだろうからね。これで子供どころか大人も崖に行けなくした。その代わり、生産系スキルで土台を整備して、石のブロックをどんどん高く積み上げる。階段付きで五階の縦長の建物が完成した。四方に窓があり、ここだと海側だけでなく全方位を見渡せる。いいね、ここ。これで崖からの転落を防ぎつつ、景色も楽しめる。でもこれだけの施設なら、島の防犯に役立てた方がいいな。

～物々交換場～

「おお、賑わっている」

ここは中心部にある広場だが、屋台のような簡易な建物が立ち並び、各々が自由に持ち寄った物を交換している場所だ。島の館にも近く、島民のコミュニケーションの場でもある。最近、いざこざがあったというが、入島したばかりで慣れてなかったからだろう。一応、監視体制は強化した方がいいな。ビンテス防衛隊長に相談するか。

～海辺の砂浜～

ビンテスら防衛隊が訓練している。おっ、こっちに気づいてくれた。

「領主様、お疲れ様です」

「訓練中悪い。この前の種族地域会議で、物々交換場のいざこざの話が出ていただろ？」

「はい、そうですね」

「防衛隊から監視してもらえないかな？」

「監視だけでいいんですか？」

「いざこざの現場を実際に見てないし、とりあえず監視で十分だろう」

「了解しました」

「それと崖の場所に侵入禁止の壁を造った」

「えっ！　もうですか！」

「あわせて五階建ての監視施設も造ったから、後で見てもらいたい。高い位置から四方を見渡せるから、島の防衛に最適だと思う。ここに防衛隊のメンバーを交代で常駐させてもらいたい」

「了解しました」

「新しく入った副隊長のガインはどうかな？」

「よくやっています」

「何か困ったことはあるかな？」

「隊員が増えて、毎日練習しているのですが、槍や剣などが傷んできました」

「後で倉庫に行くから、サンプルとして、未使用で一番状態のいい武器を手前に出しといて。同じ物を準備しよう」

　錆びた鉄剣でも、【収納】して中で分別分解し、【加工】して出せば、新品の剣になるが、【加工】より【複写】の方が楽なので、サンプルがあると助かる。

「領主様、お疲れ様です！」

　ランニング中の副隊長のガインが元気良く挨拶してきた。頑張ってるようで何より。


～島の館・会議室～

　インカム内政官、ミャオ内政官補佐、ボルグ内政官補佐と会談する。

「この間の宿題、ほとんど完了したから報告に来た」

「にゃんと！」

「えっもうですか！」

ミャオとボルグが驚くが、インカムはすました顔。彼は僕の力をよく知っているもんな。一緒に隠密としてウラバダ王国に行った仲だ。

「森は不可侵エリアの外回りに壁を造って二重にした。これで、うっかり不可侵エリアに入る心配はなくなったし、危険度の高い魔物との遭遇も回避できるだろう。ホーンディアは、森の外側（人里付近）あたりにいたのは駆除した。これでしばらく様子を見てほしい」

僕の話を聞いて、インカムが笑みを浮かべる。

「これで安心して畑仕事ができます」

「移動の手段だが荷馬車にした。二十台作ったので、後で確認してほしい。馬は商会で手配中だ」

「二十台もあれば、いろいろ便利だにゃあ」

ミャオが満足げ、この仕事も各地に出向く機会は多いもんな。

「ルートを決めて隅々まで荷馬車で巡回しよう。御者の募集を君たちの方で頼む」

「馬の扱いなら住民に慣れた者がおりますので、あたってみます」

ボルグは住民との交流をよくしてるようだな。

「海側の高い崖には手前に壁を造ったから、もう安全だ」

「相変わらず領主様はお仕事が早いですね」

インカムのこのセリフは何度聞いたことか。

「ついでに五階建ての監視施設も造った。上からだと四方がよく見えるので、島の防犯施設にすることにした。それで、ビンテス防衛隊長に施設の常駐・監視も依頼した。監視と言えば、物々交換場のいざこざだが、こちらも防衛隊へ監視を依頼した」

あれ？　急に静かになったぞ。

「……領主様は神様ですかにゃ？」

「……いやはや言葉がありません」

ミャオとボルグが茫然とする。こればかりは慣れてもらうしかないな。ふふ。

その後、インカムたちにホーンディアを渡し、食糧にしてもらうことにした。話によるとなかなか美味しいらしい。それと、島がロナンダル王国の帰属として認められたことについて、島民の反応は「気にしてなかった」「最初からそうだと思っていた」「いいんじゃない？」「よくわからない」が多く、目くじら立てて反対する者は皆無とのことだった。

◆

現在の島の経済は僕のポケットマネーで補填している状況で、それでもまったく問題なく回っているが、将来のことを考えて、収入源となる島の特産品について検討してみた。

まずミアの回復薬だ。これは現在、島内でしか利用してないが、間違いなく一級品であり、大いに売り上げが見込まれ、これを活用しない手はない。それから、先日、皆にホーンディアの肉を提供してみたが評判は上々だった。これも候補にしよう。あと島の海産物、周辺の海で魚がたくさん獲れるので漁船を増やすことにした。今後もいろいろ出てくると思うが、販路は僕の商会を活用しよう。

〜島の商店〜

「ライサ君、今まで販売だけだったが、今後は買取も頼む。島民の自活を促したいんだ」

「どんな商材が候補になりそうですか？」

「ミアの回復薬がメインだな」

「それはいいですね。あの回復薬なら誰でも欲しがると思います」

「その他は山と海の幸になるが、ホーンディアの肉が好評だったので、それを試験的に。海の方は船を増やすから売れ筋の魚を扱ってほしい」

「了解しました。国内、国外の店舗が増え、販路が拡大してますので、タイミングがいいです」

〜島の役員会議〜

出席者：僕（領主）、テネシア（補佐官）、イレーネ（補佐官）、ミア（大薬師）、インカム（内政官）、ミャオ（内政官補佐）、ボルグ（内政官補佐）、ビンテス（防衛隊長）、ガイン（防衛隊副隊長）

僕が議長を務める。

「島の特産品をつくって、島の収入源を確保したいと思う。まず、ミアの回復薬だ、今まで島内だけだったが、今後は商会を通じて、全面的に島外に売り出すことにした。あの回復薬は一級品だからね」

「私は何をすればいいでしょう？」

ミアの問いに答えよう。

「今まで通り薬草の栽培、回復薬の研究をしてくれればいい。ただ量が増えるので、ギースの代官職はリミアに引き継いで、こちらをメインにしてもらおう」

「それなら大丈夫です」

こういうことを想定してリミアをミアの補佐にしておいた。

「ところで、ミアはハイヒールとエリアヒールができるけど、エリアハイヒールはできるの？」

「……一応、できますけど、一回で倒れてしまいます」

エリア（広範囲）でハイ（上級）ならそうか。全面に全力を出す感じだもんな。

「将来、役立つかもしれないから、申し訳ないけど、どこかのタイミングで使ってもらえないかな？」

皆のためにも、ぜひ複写しておきたい。創造はイメージしづらいもんで。

「分かりました」

「特産品の最大の主力は回復薬だが、それ以外にも島の海と山の幸を売り出したい。山の幸としてはホーンディアの肉が好評だったので、試験的に扱いたい。今は物々交換だけど、住民が狩りで仕留めたものを商会が買い取れば島民の現金収入になる」

「あれは美味しかったな」

テネシアがペロッと舌なめずりしながら言う。ミャオとボルグも同じ仕草をしているな。

「商会が肉を買ってくれるなら、島民も喜びますね」

イレーネの言う通り。だから、この話を進めたい。

「海は魚がたくさん取れるので、物々交換で余ったものを商会で買い取ろう。ただし、肉類は塩漬け、日干し、燻製《くんせい》にしないと厳しいから、商会の近くにそういう施設を作ろうと思う」

「つまり、お店に売るなら、手をかけないと難しいというわけですか？」

ビンテスの問いに答えよう。

「手間と言っても日干しなら干すだけ、塩漬けも漬けるだけ、燻製もいぶすだけだからね。各家庭でも、どこの場所でもできるよ」

最後にこの話もしておこう。

「売れ筋商品について、事前にライサ店長とすり合わせしてもらいたい。他にも島の特産品がいろいろありそうだから、みんなにも考えてほしい」

目指すは全員参加型コミュニティ。会議を受けて、ミアの薬草畑を大幅に拡大して、スタッフ増員の上、回復薬の増産体制に入った。ハイ、ミドル、ローの三種が基本だが、特級回復薬も研究中だ。

製造した回復薬は商会が一括で買取り、国内外の商店で販売していく。この収入を島のメインにしていくつもりだ。島の自然食材については保存方法や売れ筋品の把握が課題だな。島にはまだまだ未開拓エリアもあるし、探せば何か特産品が見つかりそう。

後日、ミアに「エリアハイヒール」をかけてもらい、スキルを【複写】させてもらった。あくまで緊急用にね。その後、ミアは宣言通り倒れたので休んでもらった。無理言って、ごめんね。

◆

～ハネル行政大臣が処刑される数日前～

「あの男は何の役にも立たない！　本当に忌々《いまいま》しい！」

ゴラン王が叫ぶと、後ろに黒い影がスッと現れる。そして、その黒い影が王の耳元で囁《ささや》く。

「あの男はあなたに反抗的です。邪魔者は処分しなさい」

王は一瞬、ギョッとしたが、影が王を包み込むと、目が虚《うつ》ろになり、茫然と立ちつくす。

「邪魔者はどんどん処分しなさい」

その声とともに影が消えたが、王の目は血走り、攻撃的表情に変わる。そして――

「俺は王だ！　歯向かう者はすべて処分する！」

と絶叫したのだった。


～ウラバダ王国のとある商店街～

人々は皆、国の状況を憂いていた。

「亜人たちはみんな逃げてしまったな……」

「もうこの国は終わりだよ……」

「俺もどこかに逃げたい……」

「あの王じゃもうダメだ……」

通りのあちこちでそんな話が聞こえる。政情の不安、経済の先行きも不透明で町の声はどれも暗い。これに最近の王の暴走が拍車をかける。少しでも王の悪口を言おうものなら不敬罪で処罰されるのだ。

「おい、お前！　今なんて言った！」

「いえ、何も……」

「こっちに来い！」

「ええっ！　ご勘弁を！」

また衛兵に民が連行される。今まで亜人に酷いことをした者も、今は自分が被害者のように振る舞い、加害者だった自分は忘れたらしい。だが、災難はそれにとどまらなかった。

「おい！　あれ何だ！」

「うわっ、大きな虫だ！　逃げろ！」

突然、叫び声が響き渡る。大きな蜂が上空から現れ、人々を襲いだした。

「ぎゃーー！」

「痛い、助けてくれー！」

この日から、虫による被害がウラバダ王国全土に広がり、国中大混乱となったのだ。


～ロナンダル王国・王城・執務室～

「国王陛下、隣国であるウラバダ王国において、国中で虫による被害が発生しております」

「いったい、原因は何じゃ？　筆頭大臣よ」

「それがまったく分かりません。数日前に王都で発生して、国中に広がっている模様です」

「王都で発生とな？」

ガロル王とザイス筆頭大臣が真剣な表情で隣国の虫騒動について思案する。

「森の中なら分かるが、町中で発生するのは不自然だし、国中に広がるのは異常だな」

「はい、間者《かんじゃ》の報告では、巨大な黒い蜂で魔物のキラービーでないかと」

「何！　魔物とな！」

「被害が広がっており、我が国の国境付近まで迫っているようです」

「それは不味い」

ふたりの表情が険しくなる。

「キラービーに刺されると、猛烈な痛みに襲われ、最悪死ぬこともあるようです」

「突然の発生は原因不明じゃが、急ぎ国境で防衛せんとな。対策はあるのか？」

「大量の空飛ぶキラービーです。通常の戦闘、兵士では役に立ちません」

「ではどうしたら良いのじゃ？」

「剣や槍などの通常兵器でなく、遠距離で一斉に放てる攻撃がふさわしいかと」

「そんなものがあるのか？」

「あります。魔法です」

「魔法か……すぐ冒険者ギルドに連絡して、魔法で遠隔攻撃できる冒険者を集めるよう要請せよ」

「分かりました」

◆

島の領主邸の執務室で、ソファに腰掛けながら休息していると。

（会長、今、大丈夫でしょうか？）

王都の商会本館のメラルから【念話】が届いた。

（大丈夫だよ。どうした？）

（先ほど、王都で冒険者への招集命令が出たようです）

（何かあったのか？）

（ウラバダ王国でキラービーが大量発生し、ロナンダル王国に向かってるらしいです）

何だと⁉

（それで僕も招集されたと？）

（今回は魔法で遠隔攻撃できる冒険者が対象で、Aランクだと期待も大きいようです）

（分かった。連絡ありがとう）

そう言えば僕は冒険者でもあった。それもAランクの。

テネシア、イレーネに【念話】し、王都ギルドへ向かおう。久々の冒険者だ。


王都ギルドに着くと、冒険者がたくさん集まっていた。今回はキラービーが対象だが、ウラバダ王国中で猛威をふるっており、その数が半端ではないらしい。一応、王軍も後方に控えるが、前方の冒険者がメインで討伐を期待されている。

こんな事態だが、テネシアとイレーネが目をらんらんと輝かせている。

「よし、これで攻撃魔法を使いまくれるな！」

「はい、頑張りましょう！」

特にテネシアは今まで素材回収に配慮して、火魔法を抑えに抑えて使っていたから、楽しみにしている感じだ。イレーネも風魔法を楽しみにしている。ふふ、勇敢な彼女たちらしい。

「先ほど、国境を越えて、辺境地区に入ったとの連絡がありました。急ぎましょう」

ギルドマスターの号令で、一斉に冒険者たちが動き出した。さて、僕らも行くか。

王都から辺境地区に向かう途中、早速一匹のキラービーが飛んできた。すると前にいた冒険者がファイヤーボールで燃やす。テネシアの魔法に比べたら、ずっと威力は小さいな。

「おお、さすがです！」

「やはり魔法は凄い！」

その冒険者を後方の兵士たちが褒める。この程度で済めばいいけどね。辺境に近づくにすれ、キラービーの数がどんどん増えてくる。冒険者たちも攻撃魔法を連続で撃ち出した。まだ大丈夫だな。

しかし、その時、ひとりの冒険者が叫んだ。

「あ、あれは何だ！」

目を凝らして、先を見たら黒い固まりが見える。近づくにつれ、どんどん黒い固まりが大きくなる。

「あれはキラービーの大群だ！」

数千、数万か、数えきれない程のキラービーが迫り、行く手の視界を黒く染めていく。

「これはヤバイぞ……」

そんな声が漏れる中、冒険者たちが攻撃魔法を使用しているが、焼け石に水。中には恐怖のあまり後ずさりする者も現れた。そろそろ行くか。千両役者の登場だ。僕じゃなくふたりのことね。

「テネシア、イレーネ、出番だ！」

「あいよ！　ファイヤーストーム!!!」

テネシアの大型火魔法、大きな炎が竜巻になって、キラービーを一斉に燃やす。

「エアカッター!!!」

イレーネの大型風魔法、風が刃となって、キラービーを切り刻む。

ふたりの攻撃で黒い固まりが幾分小さくなったが、まだまだだ。ふたりが大型魔法を連発してる間に、黒い固まりから漏れたキラービーが後方の兵士たちに迫ったので、僕が後方支援しよう。

「【スリープ】【スリープ】【スリープ】！」

キラービーが睡眠状態となり、バタバタと落ちていく。

「兵士さん、キラービーにとどめを刺して下さい」

「あっ、はい」

狙ったわけではないが、僕と兵士の連携がうまくいく。気が付くと他の冒険者たちは魔力を使い果たしたのか、その場でがっくりしている。だが、まだ戦いは続いている。

「テネシア、イレーネ、これを飲むんだ！」

ふたりにミア特製の回復薬を与える。ここに来る前に回復薬を大量に【収納】したから、これで魔力切れは防げるだろう。気が付くと魔法を使い続けているのは僕たち三人だけになっていた。よし、もう一頑張りだ。このままキラービーを始末するぞ。


三人の頑張りでほとんどのキラービーを倒したが、何と前方に今までよりはるかに巨大なキラービーが現れた！　三メートルはあるな。デカい！

「あれはクイーンキラービーだー」

すかさず、テネシアが「ファイヤーストーム」を放ったが、外骨格が頑強なのか、少し焦げた程度だ。時間差でイレーネも「エアカッター」を放ったが、これも外骨格に阻《はば》まれる。

「嘘だろ！」

テネシアが吠えるのも無理はない。テネシアは火魔法ですべての魔物を屠ってきた。

「ええ、そんな……」

イレーネも悔しそうな表情を浮かべる。それにしても変だ。

いくら外骨格が頑強でも、こんなに弾《はじ》き返せるものか。それなら――

「【スリープ】！」

えっ！　何と効果がない！　これは本当にヤバイ。クイーンキラービーが兵士たちに迫る。

「兵士さん、逃げて下さい。魔法を使います！」

考えている余裕はない。イチかバチか！

「【収納】！」

クイーンキラービーが一瞬のうちに空中から消えた。えっ？　いやいや、ちょっと。

強敵が【収納】できたのは良いんだけど、ちと不味いな……。たくさんの兵士が見ている前で、空中にいた巨大なクイーンキラービーを消滅させてしまった。よく見たら。ギルドマスターと冒険者達まで、魂が抜けたように呆けた顔をしている。やってしまったようだ。はは。

とりあえず帰ろう。

「テネシア、イレーネ帰ろう」

「あいよ」「はい」

このふたりはいつも明るくていいな。

◆

「メリッサ王女殿下、大変麗しゅうございます。ぜひ我が家のパーティーにご参加を！」

「美の女神のごときメリッサ王女殿下、当家のパーティーにぜひ！」

「いえいえ、ぜひ当家に！」

今宵《こよい》、お城でパーティーがあり、私も参加していますが、貴族が私に言い寄ってくるので、辟易《へきえき》してしまう。クローネ姉上が他国に嫁がれてから、一層酷くなりました。彼らが私に言い寄るのは明らかに婚姻目当てで、誰も彼も、王家の地位、財産を狙っているのが露骨に分かります。彼らの欲望に飢えた眼差しは私を見ているわけではありません。会場の向こう側にいる父上が心配そうに私を見ていますが、心配は要りません。これくらい私ひとりで対処できます。

「申し訳ございませんが、私は誘われて付いていく軽い女ではありません。どうしてもということでしたら、王家のため王国のために何ができるか、書面にしたためて、ご提出頂けますか？　それを見て、これはというお方がいらしたら、お返事をいたします」

そう言い終わると、貴族の表情が硬直し、彼らが一気に冷めていくのが分かります。これで何度目でしょう。これを続けているので、次第にお誘いは減ってきていますが、それで構いません。私が欲しいのは美辞麗句《びじれいく》ではなく、具体的な行動です。そして、本当に私を見てくれているかです。

ふふ、あの頃を思い出していました。国に残った唯一の王女ということで肩に力が入っていましたね。今はあのお方、ギルフォード伯爵様がいらっしゃるので、だいぶ気持ちが変わりました。今日は父上に私の気持ちをお伝えしましょう。つい最近、キラービーの大群から国を守る偉業を達成された、絶好のタイミングです。この機会を活かしましょう。居間でおくつろぎになってますね。丁度いい。


「父上、お話があります」

「メリッサか、何じゃ？」

「実はギルフォード伯爵様のことですが……」

「おお、あの英雄じゃな、今、褒美を考えているところじゃ」

やはり、そうでしたか。

「父上、私はギルフォード伯爵様を伴侶にすることを希望しております」

このことをはっきり口に出すのはこれが初めてですが、これまで態度で示してきました。勘のいい父上ならお分かりになっていることでしょう。

「ふむ、お前の気持ちは前々から気づいておったが、どうしてこのタイミングなんじゃ？」

「今なら父上は救国の英雄に大きな褒美を与えることができますよね？」

父上が思案顔になり、右手の甲をあごに当てる。

「まあな……」

「でしたら、どうぞ公爵位をお与え下さい。そうすれば結婚しやすくなります」

公爵位と言えば準王族。普通の貴族ではなることができません。

でも偉業達成で国が湧いているこのタイミングなら、賛同を得やすいはず。

「……なるほど、確かにそうじゃ。分かった、そうしよう」

伯爵の上は侯爵ですが、それを一気に飛ばしてもらいます。ギルフォード伯爵様は口ではなく、具体的行動で示せるお方。他の貴族のように地位や財産狙いの邪《よこしま》な気持ちがまったくありません。正しいと思った方向に純粋に進むお方です。

私の気持ちもそうですが、王家のため、王国のためにも、あのお方との結婚は絶対に成すべきことです。あのお方は大きな力を持っているのに、それで増長することなく、むしろ隠そうとされていますが、それも好印象です。大抵の人は増長するものですが、こういうお方はなかなかいません。

～ガロル王視点～

メリッサがついに気持ちを固めたか。そのうち来ると思っておった。それなら、この父も応援するだけじゃ。この娘《こ》には幸せになってもらいたい。ギルフォード伯については、メリッサを盗賊から救った時から、いろいろ調べている。類《たぐい》まれなる力により、商会も領地も驚くほど順調に運営しており、周囲の評判もいい。あの者なら大丈夫じゃろう。

「それで父上、私の気持ちですが、父上から伯爵様にお伝え頂けないでしょうか？」

「わしからか？」

「はい、私からでも構いませんが、淑女のたしなみとして、殿方への求婚はワンクッション置いた方がよろしいかと思いまして」

なるほど、女性から男性に直接求婚するのはマナー違反ということか。

さすがは我が娘、奥ゆかしいのう。

「分かった。わしから言おう」

「ありがとうございます。父上」

メリッサは頭がいい。わしから言えば、わしの賛意を示すことになり、求婚の重みが増す。さすればギルフォード伯に本気度が伝わるじゃろう。それにしても、メリッサは本当にいい人物に目を付けた。あのような逸材、放っておいたら、他国に目を付けられかねん。早く手を打たせてもらおう。

◆

キラービー討伐の数日後、呼び出しを受け、王城の執務室に来たら、ガロル王とザイス筆頭大臣が待ち構えていた。

「そなたたちの活躍を聞いたぞ。キラービーを全滅させたそうじゃな」

やはりその件か。

「はい、やるべきことをやりました」

「隣国はキラービー大量発生のせいで、国中が混乱してるのに、そなたのお陰で救われた」

「いえ、大したことはしておりません」

「今回は国家災害級の案件じゃ、国を救った英雄に褒美を取らせたい」

「……ありがたき幸せにございます」

「それでじゃ、爵位を公爵に上げたい」

「ええっ！　公爵は過分では⁉」

公爵って確か準王族だよね⁇

「そんなことはない。そなたは王家御用達商会として、優良な武器を提供し、国を支えてくれている。もっと懇意になりたいと思っているくらいだ」

懇意⁉　この展開はひょっとして……。

「以前から、メリッサはそなたに想いを寄せておる。どうだろう、もらってやってはくれまいか？」

「えっ、そ、それは⁉」

「なに、今すぐ返事を寄越せとは言わん。だが、色良い返事を期待してるぞ」

「……まずは王女様にお会いして、お気持ちをご確認したいと存じます」

「あれはな、前から、そなたに夢中じゃ。真っ直ぐでいい娘《こ》じゃ」

「……分かりました」

これは自分も真剣に考えないとな。

「それではザイス筆頭大臣、頼む」

「はい、ギルフォード伯、今回は国家災害級の討伐であることを国が認定しました。よって、冒険者ランクをSランクに推薦したいと思います」

ついにSランクか。

「ありがとうございます。しかし、メンバー全員の功績でございまして……」

「分かっておる。三人ともSランクに推薦した」

「ご高配痛み入ります」


この後、メリッサ王女とふたりで話す。

「アレス様、今回も大活躍でしたね！」

いつも通りの王女様だ。

「皆さんのお陰です」

「いいえ、ほとんどのキラービーをアレス様のパーティー『消滅の風火』が倒したと聞いています」

「運が良かっただけです」

「またまたご謙遜を。それでお聞きしたいのですが、最後のクイーンキラービーはどんな魔法で倒されたのですか？　皆が言うには一瞬で消えたと」

今さら隠してもしょうがない。

「はい、その通りです。消しました」

「それは魔法ですか？」

「はい、魔法です」

「いかなる魔法なんでしょう？」

「……特別な魔法です。口では説明しにくいです」

この感じだと僕から本題を切り出した方が良さそうだな。

「王女様、実は先ほど、王様から婚約についてのお話があったのですが……」

「……それは私の本心です。私のことがお嫌いですか？」

「いえ、そんなことはございません。ただ……」

「……どうぞ、続きをお願いします」

「身分の差と……それと王女様の本当のお気持ちを知りたいと思いまして……」

「公爵になれば、身分差は問題ありません。私は以前から貴方のことを想っていました」

それで公爵を……そこまで僕のことを……。

「……私がいるギースと島は王都から離れておりますが、そのあたりはご心配ないでしょうか？」

「私はずっと王宮にいましたから、外の世界に興味があります」

「遠方の生活は心配ではありませんか？　もしよろしければ、一度、島にお越し頂ければと思います。まだまだ発展途上でお見苦しいですが、ご覧頂いて、王女様のお気が変わらなければ、婚約を受けさせて頂こうと思います」

「島はいつでも行っていいのでしょうか？」

「お互い準備があるでしょうから、一か月ほど先はいかがでしょう？　名目は観光とか、視察でお願いいたします」

「それで結構です。準備しましょう」

王女様が島に来ることになった。急いで準備しなくては。


この後、テネシア、イレーネと王都のギルドに向かい、ギルドマスターから冒険者Sランクへの認定を受けた。ついに最上位ランクになってしまった。後から聞いたけど、キラービーは数十匹でも軍隊が出動するレベルらしく、それが数万だと、国でも対処不可能だと言う。しかし最後のクイーンキラービーは凄かったよな。【スリープ】が効かなかった。たぶん状態異常に耐性があったんだろう。とっさに収納したけどどうするか。

王都ギルドでSランクパーティーのカードをもらった後、三人でいきつけの酒場で飲んだ。テネシアもイレーネも気持ち良く飲んでいたが、最後のクイーンキラービーに魔法が効かなかったことに多少ショックを受けていた。確かにあれは変だと思った。状態異常の耐性といい、何か魔法耐性って、魔法使い殺しだよね。さすがはクイーンを名乗る魔物だ。しかし、それさえ【収納】する僕のスキルっていったい何だろう。消滅魔法なんて言われているが、見た目は確かにその通り。

◆

王女様が島に来ることになり、準備することになった。領主邸にしろ、島の館にしろ、造りはしっかりしてるし、広いし、実用上はまったく問題ないけど、装飾や外観は王城と比較したら話にならない。自分は元々一介の平民で、貴族的センスはない。どうしたらいいか。いや、考えるまでもない。良いサンプルを見つけて【複写】すればいい。今回はチートスキルで突っ走る。この国の王女様が来るのに、この国の城とそっくりじゃ、さすがに不味いだろうと思い、【転移】【隠蔽】スキルで、周辺国の王城、貴族城を見て回ったら、良さそうなデザインがあった。よし城ごと【複写】しよう。

次に素材の回収だ。山に行き、木、石、金属、土を次々と【収納】。【収納】した素材は分子レベルにまで分解されるので、再構築すれば、ほとんどの物が【加工】【複写】できてしまう。よし、お腹いっぱい【収納】したぞ。

ギルフォード島に戻ってきた。さて、どこに城を建てようかな？　まだまだ土地は余っているが、お城ってだいたい高い場所にあるよね。居住エリアを抜けると小高くて平らな場所がある。ここなら見晴らしもいいだろう。まずは土台造りだ。いったんすべての土地を【収納】し、【加工】でつくった鉄筋コンクリート（モドキ）を地下に設置する。よし、これで土台は完成だ。あとは――

「【複写‼】」

土台の上に、一瞬にして巨大なお城ができあがった。ごっそり中の素材が消えたのが分かる。これなら海からも見えるし、様になっているだろう。

次に港から王城へ至る道を整備しよう。今回は気合を入れる。【収納】【加工】【複写】の繰り返しでどんどんアスファルト（モドキ）製の道ができあがっていく。この世界には自動車がないから、この強度で十分。道を造りながら、住居地域に迫ると、人が集まってきた。今までは、夜間に造っていたが、キラービーの一件から吹っ切れたというか、隠す気がなくなっている自分に驚く。

「うわあ！　凄い！　道がどんどんできあがっていく！」

「領主様の魔法だ！　凄い！」

ギャラリーがどんどん集まるが気にしない。気が付くとお年寄りから子供まで、多くの島民が道沿いに集まっていた。道は住居地域を抜け、港まで来た。せっかくだから港も綺麗にするか。港にコンクリートを敷いていくと、だいぶ見栄えが良くなった。

次に王女様用の荷馬車と船、これも貴族っぽくしたいな。城と同じ要領でサンプルを探しに行こう。

後は城の人材か……ギースのバイアス執事、王都のビスタ執事を招集だ。メイドも頼もう。

その後、種族地域会議を招集し、王女様が来るから粗相のないように綺麗にすること。お出迎えをすること。いろいろ頼みまくった。当然、防衛隊にも警戒を強化させた。こんな感じで、毎日バタバタ準備をしていたら、王女様の来訪予定日が近づいてきた。

◆

ついに王女様が島に来訪される日が来た。と言っても島なので、実際のお出迎えは玄関港であるギースだ。

「いよいよ王女様がいらっしゃいますね」

ミアに代わり新しくギース領代官になったリミアが緊張した面持ちで言う。王女様御一行はここまで衛兵を引き連れ、馬車でお出ましだ。あっ、見えてきた。王女様ともなると、護衛や御付きの人で、それなりの人数になるだろう。馬車が領主邸前で止まった。

「王女様、ようこそいらっしゃいました。お待ちしておりました」

「お出迎えご苦労様です」

僕の言葉に王女様が微笑みながら返してきた。

「狭い所ですが、どうぞ中へ」

中へご案内すると執事バイアスが使用人総出でお辞儀をする。さすがベテラン、教育が行き届いている。その後、王女様を応接間に通して、ソファでゆっくり休んで頂いた。

「遠いところまで、わざわざありがとうございます」

「来るのをずっと楽しみにしていました」

「長い道中、お疲れでしょう。今晩はこちらでごゆっくりおくつろぎ下さい」

こうして王女様がギース領主邸で一泊することとなった。夕飯時はギースの名産品を振る舞い、多少は和らいだかな。今後、お互いにふたりきりの時は、ギルフォードからアレスに、王女から姫に呼び方を変えることになった。

翌日、朝食の後、出発の準備をし、姫様御一行と港へ向かう。

「わ～立派な船ですね！」

姫様の感嘆の声。やった。これはどこかの国の立派そうな船を【複写】したものだが、ただのコピーでは能がないので、【加工】で修正を加え、特別仕様の大きな豪華船とした。

「どうぞお乗り下さい」

大きな船で姫様ご一行、五十人全員を荷馬車ごと乗せた。当然、貸し切り状態だ。

船の内装も豪華仕様でソファにゆったりとくつろいで頂いく。

「アレス様、こんな船は王国でも見たことないですよ」

アレス様、と言われ、少しドキリとする。イレーネから最初に言われた時はそうでもなかったが、あの頃はまだ自分がアレスという感が弱かったからな。今は自分のことをアレスだと本当に思っている。自分はこの世界の住人であり、名前はアレス・ギルフォードだ。

「姫様のために特別にしつらえました」

「感謝します。まさか、これほどの船に乗れるとは」

船の中で昼食をとり、お茶を飲みながら、海を眺めていると、自然に姫様の横顔に視線が向く。

ちょっと体温が上昇してきたかな。暑いね、はは。

「やはり海はいいですね。アレス様は海が好きですか？」

「はい、大好きです。僕は海も山も好きですね」

海も山も町も人も、この世界のすべてが好きだ。

「アレス様は山も行かれるのですか？」

「以前、山に住んでいたことがあります」

「山もいいですよね」

「島には海も山もあります」

「それは楽しみです」


～船がだいぶ進む～

「もうすぐ島が見えてきますよ」

「本当ですね。あら！　島に大きな建物が見えますね」

「はい、あれが、城になります」

「……かなり大きそうですね」

姫様と一緒だと時間の流れが早く感じる。


～間もなく島に着く～

「姫様、もうすぐ島です」

「あら！　歓迎の人があんなにいっぱい！」

「こちらの島はウラバダ王国から避難した亜人たちがほとんどなんです」

王女様は亜人をどう思うかな？　テネシアとイレーネに対しては変な感じはなかったが。

「大丈夫ですよ。私は悪い見方はしませんので」

「そうおっしゃって頂けるとありがたいです。最近は人間の移住も増えてきていますが、まだまだこれからです」


船が港に到着し、姫様御一行が馬車に乗り換えられた。僕も同乗する。

「では屋敷へ向かいましょう」

「まあ！　道が綺麗！」

姫様の視界に入りそうなところはすべて手入れした。

「姫様のために準備してきました」

「こんなに歓迎してもらえるなんて！」

沿道の住民が手を振って歓迎する中、馬車は緩やかに坂を上がり、小高い丘の上の城を目指していく。

「近くで見ると大きいですわね」

姫様の喜ぶ顔を見たくて、それなりの規模のお城を造った。

「しかし、島にこんな大きなお城があるなんて……」

急ごしらえの城だが、造りは一級品のはず。

「こちらも急いで準備しました」

これまでは抑えてきたが、今後、姫様には可能な限り、正直に行こう。

馬車が城に到着し、そのまま中に入る。城の正面入り口で防衛隊が出迎えている。

今日のために近衛兵のような服装も準備した。馬子にも衣裳だ。

「兵隊さんもしっかりしてますね」

「はい、島の防衛隊になります」

城の中で執事ビスタが使用人を引き連れお辞儀をする。よし、ここもしっかりできた。

こうして姫様を城までお迎えすることができた。ビスタはこの日のために臨時でここに呼んだ。


準備で一番大変だったのは、建物、道路、港といったインフラではなく、城内の絵画などの美術品、装飾品だ。いくら生産系スキル持ちでも、美的センスまではどうしようもない。あちこち探し回り、商会のメラル、執事のバイアスらに聞いて、何とか体裁を整えた。

「中の装飾もこだわっていますのね」

「いやはやお恥ずかしい限りで、全部、周りに助けられただけなんです」

島では城の中でゆっくり過ごして頂こう。特に海が見える部屋は絶景で、楽しんで頂けるはずだ。王都に海はないからね。


しばらくして島の外を回ってみたいと要望されたので、真っ先に崖の監視施設に来てもらった。ここは四方絶景で、島一番の観光スポットだ。ここの最上階でランチを召し上がって頂いた。その後は海辺の砂浜の散策。それから、温泉、領主邸、島の館、商店街など、ひと通り島の施設をご覧頂いたが、特に温泉には驚かれていた。婚前だし、もちろん別々に入ったけどね。その日は貸し切りにしたが、もし姫様が島に来るなら、専用の温泉施設を造らないとな。

こんな感じで島の全体をご覧頂いたが、楽しい時間は経過するのが早く、とうとう最終日になり、腹を割って話す時間を設けることにした。ここからが正念場だ。

「アレス様、今日で島も最後になります。お名残り惜しいです」

これは姫様の本当の気持ちだろう。僕もそうだ。だからこそ、しっかり話す必要がある。

「婚約の件について、今日はお互いに率直に話し合いましょう」

ここまで流れのままにきた。楽しかったが、それだけではいけない。

「そうですね。私もそう思っていました」

姫様も同じ気持ちか。それなら――

「私は特別な力を持っています。それで今まで、やってこれました」

「……そう思っていました」

まぁ、そうだよね。

「この力は人の常識を超えるものです。場合によっては恐ろしいとお感じになるかもしれません」

「私はアレス様を凄いとは思いますが、怖いとは思いません」

これが聞きたかった。

「もし婚約となると、力を目の前で見ることになります」

「それなら、今見せてもらえますか。見る覚悟はとうの昔にできています」

姫様の本気の覚悟が伝わってくる。

「……分かりました。私は一瞬で遠くに行くスキルがあります。今から一緒に来て頂けますか？」

「……どこに行くのですか？」

「よろしければ、王都の私の商会でいかがでしょうか？」

「分かりました。行きましょう」

「では手をつないで下さい。【転移】！」


～商会本館の会長室～

「姫様、こちらが王都の商会になります」

「まぁ!?」

姫様がぱっと明るい感じで驚かれる。変な感じがない。

「初めはどなたでも驚かれます。外に出ましょう」

姫様に頭から外套《がいとう》を羽織ってもらい、外に出ると王都の町並みが広がっている。

視界の先に王城も見えるので、姫様にもすぐ分かるだろう。

「本当に王都まで来たんですね……」

「驚かれましたか？」

「確かに驚きましたけど、アレス様なら、不思議と納得できます」

自分の力を受け入れてもらえるなら嬉しい。

「ありのままの私を知って頂きたくて、スキルを使わせて頂きました。私は商人であり、領主であり、そして冒険者でもあります」

どれも今の自分を形作るもの。でも、根っこの部分はひとりの人間だ。

「一番は何ですか？」

一番か……。

「一番は領民を守る領主です。その次が商人ですね。冒険者は素材集めが主な目的です」

「各方面で活躍されているのですね。私は王宮以外のことはあまり知りませんが、外の世界を知りたい気持ちはあります。好奇心ですね」

「好奇心ですか、それは僕もまったく同じです」

「今回は時間を取って頂き、本当に良かったです。アレス様」

「僕もです。姫様」

姫様の素顔が知れて良かった。その後、王城からの呼び出しを受け、姫様との婚約、公爵位の陞爵、領地の加増が決定した。また、島の帰属も正式に認められた。

それとSランク冒険者として僕と一緒に活躍したテネシア、イレーネも男爵位の叙爵が決まった。

ふたりとも王都に館も下賜されたが、僕の公爵邸の近くの場所だった。きっと姫様の配慮によるものだろう。しかし、浮かれてはいけない。責任をきちんと果たさないと。

第八章　アグラ領着任

姫様と婚約、公爵位の陞爵、新領地の加増が決定したが、王都に行った時、ひと悶着《もんちゃく》あった。僕のスキルのことが王と筆頭大臣にも知られ、好意的に受け止められたが、上層部の何人かが、常人離れしているとし、教会による儀式（悪魔祓《あくまばら》い？）を提案する意見があったとのこと。島に亜人が大勢いることも不安要因となり人間離れしたものを感じさせたのだろう。

数日後、儀式のために王都の教会に呼ばれた。僕は両膝を地面につけ、目をつぶり、両手を組んで神様にお祈りするポーズを取らされる。

「それではギルフォード公爵様、始めます」

いったい何が始まるんだ？

「神聖魔法、浄化！」

司祭が唱えた次の瞬間、光に包まれ、何とも朗らかな気持ちになった。これはいい。

「これで終わりです。公爵様は大丈夫のようです」

魔法をかけられたのか？　【複写】できるかな？　まだ体に魔力エネルギーの余韻があるから、こっそりやってみよう。怪しく思われたら不味いから、こっそりとね。小声で「【複写】」と呟く。

すると神聖魔法の浄化が【複写】できた。何にせよ、これで教会の儀式が完了した。

新領地はギースの隣領で加増により大幅に領地が広くなった。そして、ギースと併せて、東方辺境の大貴族となった。ただこの新領地、問題点が山積みだ。内陸で農業が主要産業だが、ここ数年で農作物、特に小麦の生産が落ち込んでおり、王都への納税も減っていた。理由は北側の国境付近にある森から度々出てくる魔物による獣害。それに加え、郊外での盗賊被害に嫌気が差して村を離れる農民も多いという。また原因不明の奇病が発生して住民の不安が広がっているとか。前の領主は中心街だけにお金をかけて閉じ籠り、周辺の領地運営をなおざりにしていたらしい。

そう言えば、ウラバダ王国から避難民が脱出した際に、ここの領地を通過したはずだが、警備がいい加減で、そのお陰で素通りできたみたい。一方、盗賊が頻繁に発生する地域でもあるため、姫様御一行は領内の安全性を危惧して多数の衛兵を引き連れていたのだ。さらに領地拡大に伴い、北側でウラバダ王国と国境と接することになった。ただし、国境付近に深い森があって、天然の防壁のようになっているのと、そこに魔物が棲《す》んでいるため、ウラバダ王国から侵攻の心配はなさそうだ。避難民もここは通らず、迂回《うかい》してきた。

後から振り返ると、僕が姫様と婚約し、公爵位に就くにあたって、この問題領地の改善を試金石にされた節がある。結婚は新領地運営の結果が判断できるだろう二年後となったしね。

新領地の問題点
一、農作物の生産落ち込み、二、国境付近の森から魔物発生
三、郊外で盗賊発生、四、原因不明の奇病、五、領地中心部と郊外の格差

僕の領地情報
一、領地全体は「ギルフォード公爵領」
二、領地を細分すると「ギース領」「ギルフォード島」そして今回加わった「アグラ領」
三、それぞれの中心部（領主邸）は「ギースの港町」「島の港町」「アグラの町」

領地が拡大し、しばらく複数拠点生活が続きそうだ。【転移】がますます活きるが、王都で王様と会談した際、親心からか姫様の島暮らしに不安をのぞかせる話があった。おそらく同行した部下から島の住民が亜人ばかりで心配する声があったのだろう。現在、島民の九割以上が亜人で、数では人間が少数なのだから、しかたないかもしれない。王様の本音としては本土内で暮らしてほしいようだ。

それなら将来はギースの港町かアグラの町を本拠地にすることを視野に入れよう。

それを受け、これから新領地改善に注力するため、島の運営はインカムに任せることにした。そして、三人（僕、テネシア、イレーネ）を除いた島内専住者の新役員体制をこう改めた。

ミア（大薬師）、インカム（代官）、ミャオ（内政官）、ボルグ（内政官）、ビンテス（防衛隊長）、ガイン（防衛隊副隊長）。

島の大多数を占める亜人の実情に合わせ、亜人多数の顔ぶれになったが、僕の代わりに精神的支柱としてミアの存在が大きくなった。

僕（公爵）、テネシア（男爵）、イレーネ（男爵）は新領地アグラに主戦場を移す。ちなみに、僕のフルネームはアレス・ギルフォードで、貴族から「ギルフォード卿」や「ギルフォード公爵」と呼ばれる場合が多いけど、テネシアは「サングローネ卿」、イレーネは「ベネサス卿」と呼ばれることに抵抗感があるみたいだな。その気持ちはよく分かる。僕も最初そうだった。貴族流儀は慣れていくしかないな。

◆

アグラの町、領主邸に到着した。事前に前領主のダメぶりは聞かされていたが、自分の住まいである領主邸にお金をかけていたのが一目で分かる。金ピカで装飾にこだわったみたいだが、こんなところにお金をかけるなら、領民のために使えよな。

「お金をかけてそうですね」「贅沢してたんだろうな」

イレーネ、テネシアも僕と同じ感想か。前の領主は中心街に閉じこもり、中で贅沢な暮らしをしていたらしい。それで郊外は放置だったと。とにかく中に入ろう。状況確認をしていかないとな。

「外装はギースの領主邸より立派ですけど……」

パルラの表情が曇る。書類を見るとろくに整理されておらず、内政が杜撰《ずさん》だったのが窺《うかが》い知れる。

パルラはギースの代官補佐だったが、ギースの方は避難民が落ち着いたので、臨時でこちらに来てもらったのだ。パルラはリミアの友人で、呼び寄せたとのこと。僕も面談したが、事務作業が抜群でまったく問題なかった。鑑定スキル持ちのリミアが推薦するなら間違いないだろうと判断した。

「ここは領主邸と代官邸とあるようだな」

パルラに領主邸と代官邸、それぞれの執務室の書類を整理するよう頼み、町に出た。

もちろんお手伝いをしっかりも付けてね。

三人で町を歩く。

「町もご立派だな」

皮肉を込めてそう呟くとふたりも続く。

「商店街もあるし、そこそこ開けてるな」

「あっ、冒険者ギルドがありますよ」

ここは森から魔物が頻繁に発生してるので、冒険者ギルドもあるようだな。ちょっと覗くか。中に入ると冒険者がたくさんいた。ギースのギルドより多い。せっかくだからギルド長に挨拶するか。

「今日からこちらの領地に赴任する領主です。ギルド長と会えますか？」

すると受付嬢がキョトンとした表情。一瞬、間をおいて、

「あ、少々お待ち下さい」

すぐ様、上がっていった。さあ絡んでくる奴は……いないみたい。

少し物足りないでもないが、これが普通だよな。少しして、二階にお呼ばれした。


「領主様、わざわざお越し頂きまして、恐れ入ります」

ギルド長は至って普通の感じの男性だな。こういう場面でよく筋骨隆々とか、荒っぽい人が出てきたりするけど、第一印象は悪くない。

「着任の挨拶に来ました。ここの領地は魔物の発生が多いと伺ってます」

「はい、北の森から魔物が度々発生して、近隣の村を襲うのです」

「討伐はうまくいってるのですか？」

「……その都度、冒険者に依頼しているのですが、繰り返し何度でも発生するのです」

「数が多いと？」

「はい、魔物討伐の費用がかさみ、前の領主様にも協力をお願いしたのですが、なしのつぶてでした」

「予算不足だと？」

「はい、それで最近は魔物が発生しても、冒険者に高額の依頼が出せなくなっていました」

左右に同席しているテネシア、イレーネも渋い表情で聞いている。僕はこういう場でふたりを後ろに立たせることはしない。僕を真ん中にして横並びが基本だ。特に冒険者の時はそう。三人一緒。

「どんな魔物が出るのですか？」

「ゴブリン、オーク、オーガ、マッドベアーが多いですね」

大した魔物じゃないな。もっと強いのがいるのかな？

「今までで、最強の魔物って何ですか？」

「確認は取れていませんが、森のずっと奥に何かいるようです」

何だろう？　森の主？

「今回は僕の方で対処します。僕も冒険者ですが、魔物の討伐報酬は結構です。結果報告しますので、実績だけ記録して下さい」

「それは助かります」

討伐報酬の負担先は基本その地の領主であり、僕が僕に払っても意味がないからね。ギースの海賊退治の報酬は王国負担だったが、あれは例外だ。補助金みたいなものだね。

「それと郊外に盗賊が発生してるようですが」

「郊外の治安が悪く、移動する旅人、商人が襲われています」

「被害が出てるエリアはご存じでしょうか？」

ギルド長が地図を広げ、指し示す。

「郊外のこのあたりが多いようです」

領境付近か……、山の麓もそうだったが、人が少ないところは治安が悪いよな。


さて次は衛兵所だ。通りを少し歩くと衛兵が門番している建物があった。

あそこだな。んっ、門番が大あくびしているな。服もよれよれだ。この時点で黄色信号が点滅する。

「ここの衛兵隊長に会いたいんですが……」

「誰だ、お前は？」

新しく着任した領主の顔を知らないのだろうが、態度が悪い。それなら教育的指導が必要だな。

「そんな態度でいいんですか？」

「ああっ？　お前、捕まえるぞ！」

「……本当にそんな態度でいいんですか？」

冷静に尋ねると逆切れしてくる。その内、中からわらわら衛兵が出てきた。

「こいつらが絡んできた！　捕まえろ！」

左右にいたテネシア、イレーネに念話を送る。『向こうが来たらやれ』とね。

僕が含み笑いをすると、ついに前の男が胸倉を掴んできた。これが最後の警告だ。

「本当にそんな態度で、い・い・ん・で・す・か？」

「ふざけるな！」

衛兵が言い終わった瞬間、テネシアとイレーネが正面にいた衛兵に回し蹴りを食らわせ、はじき飛ばす。その後数秒で、十人ほどいた衛兵はすべて地に伏せていた。弱い、弱過ぎる。僕らが中に入ると、次々と衛兵たちが近づいてきたが、問答無用でふたりに倒されていく。

異状な事態に気づいた衛兵隊長らしき人物が上から降りてきた。

「この事態は何だ！　お前たちはいったい何者だ？」

「あなたがここの衛兵隊長ですか？」

「ああっ、そうだ。お前ら全員、牢にぶち込むぞ！」

やれやれ、下が下なら上も上だな。こういうのを正真正銘の税金泥棒というのだろう。

「やっと会えましたね。僕は本日着任したギルフォード公爵です。随分手荒いおもてなしですね」

「えっ⁉　領主⁉　公爵⁉」

「入口で門番の衛兵に衛兵隊長あてに訪問した旨伝えると、ろくに話も聞かずに、暴力をふるってきました。それでしかたないので、応戦したのですが、随分と教育が行き届いてますね」

「あわわ……」

衛兵隊長の顔が青ざめてきた。しかし、冷静に中の様子を見渡すと、衛兵の髪がボサボサだったり、酒ビンがあったり、赤ら顔の衛兵がいたり、賭け事していたり……これはアウトだ。

「衛兵隊長、領主として命じる。今すぐ全員を不敬罪として牢に入れろ！」

と言っても、立ちつくして動けずにいるか、それなら、こちらでやるまで。

衛兵たちに【スリープ】をかける。

「テネシア、イレーネ、こいつらを牢に入れてくれ」

衛兵隊長に牢を開けさせたが、まだ茫然自失《じしつ》としている。その間にも、テネシアとイレーネが倒れた衛兵の首根っこを掴み牢に入れていった。ふたりとも女性だが、竜人とエルフの体力は並外れている。しばらくしたら衛兵全員が牢に入った。口裏合わせを防ぐため衛兵隊長は領主邸の牢屋に収監しよう。とりあえず【収納】してと。ふぅ、これでさっぱり。

そう言えば、姫様に念話のイヤーカフを渡していたっけ。ちょっと報告するか。

（姫様、今よろしいですか？）

（あら、アレス様、どうされましたか？）

（今日からアグラ領に着任したんですが、衛兵所に行ったところ、昼から酒や賭け事をして、酷い状況でした。これではまともな領地運営はできませんので、私の方で人員を一新したいと思います。お手数ですが、筆頭大臣にご報告願えませんでしょうか）

（さすが、アレス様ですね。大臣には私の方から言っておきましょう。どうぞ頑張って下さい）

念話のイヤーカフがあれば、遠距離でも連絡が取れるし、王城の意向も確認できるから助かる。いきなり状況確認で王城に呼び出されるのは嫌だから先手を打たせてもらった。実はこういうこともあろうかとギースから領主軍（私兵）のメンバー五十人を連れてきていた。衛兵所の近くで待機してもらっていたが、呼び寄せる。

「こいつらの服を脱がして、本日から、この町の衛兵になってくれ。武器も装備もすべて回収しろ」

後には下着姿で眠る元衛兵の姿があった。着替え終わった元領主軍の隊員は早速、巡回しだした。

よし、中心街の治安は彼らに任せよう。

それでは中心街から出よう。この中心街は周りを防壁に囲まれていて、出入口は一か所だけだ。新衛兵（元ギース領主軍）をふたり連れて近づくと、門番がだるそうに談笑していた。しかたないので、後ろから近づき声をかけた。

「外に出たいのですが」

「あっ？　外出目的は？」

「……領地内の視察です」

「領地内の視察だあ？　ふざけたこと言うと、しょっぴくぞ」

「へへ、そうされたくなければ、少しばかり駄賃を頂きたいよな」

今度はふたりでニヤニヤ笑いながら絡んできた、一々相手にするのも面倒だ。

「【収納】！　人間と下着以外【取出し】！」

ふたりの門番が消え、制服と装備だけ出てきた。さてと――

「ここの門番を頼む。制服と装備も預かっておいてくれ、巡回が来るだろうから、適当に交代するのと、旧衛兵を見つけたら、制服と装備を回収して牢に入れるよう伝達も頼む」

「「はは！　領主様」」

さて、町の外に行くぞ。効率よく広い領地を視察するため、いくつか事前に、スキルアイテムを【創造】した。今回は【飛行】アイテムと【隠蔽】アイテムを使用する。僕自身はアイテム不要だが、基本的にアイテムは僕が認めた人物しか使えないよう制限をかけた。

三人で空を飛ぶ。

「うわあ、あるじ、これは凄いな！」

「風が気持ちいいです！」

「僕も空を飛ぶのはこれで二度目だよ。初回は人に見られないよう、夜飛んだけど、【隠蔽】を併用すれば、昼間でも騒ぎにならないからいいな」

領地の全体を見たいため、高度を上げる。広大な平野が広がり、あちこちに集落が点在している。

「これは広い」

「小麦畑だな、あるじ」

「あっ、人がいますね」

空からだと人が小さく見える。中心街から近いエリアは家が多かったが、郊外に行くにつれ、寂れていった。いくら郊外とはいえ、広い土地がそのまま手付かずってもったいないよな、だが――

「これは、元々、農地だったんじゃない？」

「そう言えばそんな感じだな」

「中途半端にぽつぽつ小麦が生えてますね」

そうこうしているうちに、だいぶ西に飛んできた。

「んっ！　なんだ、あれは？」

西側境界付近の道に近づいたところ、不審な集団を発見した。不審な男の集団に近づいてみると、見るからにガラの悪そうな三十人ほどの男たちがいて、何やら話し込んでいる。

地面に着地し、【隠蔽】スキルはそのままで聞き耳を立てる。

「もうすぐ荷馬車が通るぞ、隠れてろ」

「今度はどんな荷物だろうな」

「へへ、楽しみだぜ」

会話内容から盗賊と判明。さてどうするか。このまま捕まえてもいいが、少し様子を見る。すると荷馬車が近づいてきた。荷馬車は護衛四人が前後左右を固めていた。

ふたりと【念話】しよう。

（護衛の数が少ないな）

（あれじゃ、やられるぞ）

（普通は護衛が四人もいればいい方なんでしょうが、相手の数が多過ぎます）

【隠蔽】【念話】スキルのお陰で冷静に状況を観察できるのはありがたい。こういう場合、実働部隊に目が行きがちだが、後方に隠れて指示を出している人物を見つけることができた。

（あれがボスだな、盗賊が馬車を襲ったら、スキルを解いて成敗しろ。僕はボスを捕獲する）

（分かった。あるじ）

（分かりました。アレス様）

盗賊が馬車に向かって動きだした。護衛が四方を守るが多勢に無勢だろう。しかしテネシア、イレーネがその盗賊の後方にぴったりいる。笑ってはいけないが、ちょっとシュールな光景だ。

「ここで止まれ！　金目の物を出せ！」

盗賊が馬車を包囲し、金品を要求する。護衛も剣を出し、お互いに睨み合う。

「野郎ども！　やっちまえ！」

の掛け声でついに戦闘が始まる。しかし、次の瞬間――

「うわあ！」

「ぎゃー！」

「なっ！　えっ！」

【隠蔽】を解き、凄まじい速さでふたりが盗賊どもを倒していく。峰打ちだがふたりとも楽しそう。

それを見たボスが逃げようとしたので、即収納、一分もしないうちに片付いた。さて僕も出よう。

「助太刀、感謝します」

護衛のひとりが深々と頭を下げて礼を言い、それに合わせて他の三人も礼をした。

すると馬車から、上流階級と思われる女性が降りてきた。明らかに高位の身分だろう。

「危ないところ、助勢感謝します。お名前を伺ってもよろしいですか？」

僕たち三人で顔を見合わせ、少し考える。三人とも身軽な軽装（冒険者風）で、外見からは身分が判らないだろう。すると護衛のひとりが口を開く。

「助けてくれたのは感謝するが、主人が聞いてるので、名前を教えて下さらんか」

と言う。しかたない。

「名前を言うのは構いませんが、まずはそちらから名乗るのが筋だと思いますが」

すると他の護衛が口を開く。

「こちらはやんごとなき身分の方である。今回はお忍びで来ているので名前はご遠慮願おう」

これは少し面倒だな。

「分かりました。それなら僕たちも名乗るのは遠慮します」

「なっ⁉」

少し不穏な雰囲気になったが、テネシアの「あ〜あるじ、用件が済んだから、次行こう」の一言に便乗して去らせてもらった。少し後味が悪かったな。次からはもっとうまくやろう。

その後、領境付近で不審人物を見つけたら、文字通り問答無用で倒し、ボスも捕縛した。数日かけて、ほぼ全滅したんじゃないかな。魔物に比べたら盗賊は弱過ぎる。

さて、捕まえたボスを尋問しよう。ここで【創造】スキルで創った【精神支配】を使う。以前からこのスキルを試してみたかった。悪党は平気で嘘をつくからね。もちろん一般の人には絶対に使わない。精神支配の負の面は理解するが、残酷な拷問をするよりはるかに人道的だ。

捕まえたボスのひとりを【収納】から出し、【精神支配】を使う。

「すべての質問に正直に答えろ。お前は盗賊のボスか？」

「そうだ」

おっ、ちゃんと答えたね。

「アジトの場所はどこだ？　この地図で指し示せ」

「ここだ」

ある場所を指し示す。

「今から案内しろ」

「分かった」

いやはや、実にスムーズだ。後日、この情報をもとに盗賊のアジトを潰した。お宝が相当あったが、これから領地運営に物入りなので、有効に活用させてもらおう。さて、次は魔物討伐だ。

◆

三人で【飛行】と【隠蔽】のスキルを使い、空を飛びながら、北の森に向かっている。いよいよ魔物討伐だ。事前に冒険者ギルドに確認した限りでは、ゴブリン、オーク、オーガ、マッドベアーなどが多く、近隣の村を襲撃しているという。繰り返し発生することから、大規模な巣があるんだろう。今回素材になりそうなのは、マッドベアーの毛皮くらいなので、あまり素材を気にする必要がない。テネシアの火魔法が活躍しそうだ。

「あるじ、盗賊のボスはどうした?」

「【精神支配】で悪事を働くなと指示して、遠くの国に置いてきた。それと昨日、【念話】で姫様から衛兵所の処理を一任すると連絡が来たんだけど、まだ衛兵隊長を決めてないんだよな。テネシア、やるか?」

衛兵隊長と言えば、それなりのポジションだ。

「窮屈そうだから、いいよ」

そう言うと思った。

「イレーネは?」

「アレス様の近くがいいです」

「そうか……」

聞くまでもなかった。それじゃ、姫様に【念話】するか。

（姫様、今、大丈夫ですか？）

（アレス様？　いいですよ）

（アグラ領の衛兵所の件ですが、どなたか隊長の紹介をお願いできますでしょうか？）

（隊長だけでいいんですか？）

（はい、新人の衛兵ばかりですので、指導できる方がいいです）

（関係者にあたってみますね）

（よろしくお願いします）

ちなみに姫様と【念話】する時は僕の顔の映像も送っている。そうすると姫様も顔の映像を送ってくれるので、目の前で話をしている感じになる。これって結構大きいよね。普段の僕の姿を姫様に見てもらえ、僕も姫様の普段の姿を見ることができる。飾りの少ない姿をね。

おっ、森が近づいてきたな。周辺の村の様子はどうだろ？　ちょっと聞き込みしたいな。あそこに女の人がいるぞ。降りてみよう。【隠蔽】【飛行】スキルを解除してと。

「あの～すみません。このあたりにお住まいの方ですか？　私は町から森の魔物を討伐に来た者ですが、被害について教えてもらえませんか？」

「冒険者さんですか？」

「そうです」

冒険者スタイルは都合がいい。領主貴族のお高くとまったスタイルだと、こうはいかない。

「それなら、私より村長さんが詳しいからご案内します」

こうして村長の家に来た。その後、奥さんらしき女性に案内され、三人で家に入る。

「冒険者の方ですかいのう？」

高齢の男性が部屋に入ってきた。この人が村長のようだ。

「はい、そうです。村の被害や魔物の情報を教えてもらいに来ました」

「昔はこのあたりも人がいたんだがのう、魔物の襲撃が増えて、人口が減ってしもうた。みんな怖がって、畑作業を放棄して出ていった」

「冒険者は退治に来ないんですか？」

「この前はゴブリンが徒党を組んで五十体ぐらい出て、逃げるしかなかった」

「一回でどれくらいの魔物が出てくるんですが？」

「だいぶ減ったのう。報酬が安くて割に合わないんじゃろうて」

ギルドの話と一致する。冒険者は命がけで危険な場所に赴くが、それは報酬が高額だからだ。割に合わないと思えば行かないが、それを責めることはできない。

「一番強い魔物は何ですか？」

「……森のずっと奥に何かいるらしい。正体は分からんがな」

「ここの魔物は襲った人間をどうするんですか？」

「……女、子供、年寄り、皆殺しじゃ。それに、奴らは人を食う……」

この村は森から距離を取り、周辺に柵や罠を作って自衛していたが、中には全滅した村もあるとのこと。ここの魔物は人間に超有害で、相当たちが悪いことが分かった。これなら遠慮無用。テネシアとイレーネの戦意の高まりを肌で感じる。怒りで殺気だってきてるな。

三人で【隠蔽】【飛行】スキルを使い、森の中に入った。魔物を発見次第、討伐しよう。ふたりには魔力切れ対策に回復薬をたくさん渡した。さあ、行くぞ！　長丁場を予想し、最初はイレーネの風魔法を主力とすることにした。おっと。いきなりゴブリンが十体ほど登場か。

「エアカッター！」

問答無用だね。風の刃でゴブリンがスパスパ斬られていく。今回の攻撃は【隠蔽】スキルを使っているので、ゴブリンは相手が誰かも分からず、右往左往しながら倒されていく。

おっ、今度はゴブリン三十体くらいか！　だが、イレーネの連発エアカッターで次々とゴブリンが血まみれになって倒れる。完全に一方的な攻撃だ。

この後も、イレーネに頑張ってもらい、ゴブリンやオークを屠っていった。あまりにも手持ちぶさただったので、倒された魔物を【収納】し、素材回収に励むことにした。【収納】スキルのレベルが向上し、分子レベルにまで分解、【収納】されるので、ゴブリン素材でもタンパク質やアミノ酸などから再構築して、【加工】の際、食物や衣類も作れるからね。どんな物でも素材になる。

今回、テネシアの火魔法を後半に使用することにしたのは、魔物に警戒されて逃げられないようにするためというのもある。それに、森の入り口付近で火がついたら、村人も驚くだろう。

「エアーインパクト！」

今度は空気の塊をぶつけて倒す。ゴブリン程度なら十分な威力だろう。うまく省エネしてきたな。

「ウィンドアロー！」

イレーネの指先から風の矢が発射される。一匹だけの時はさらに省エネで一点攻撃か。うまい。

次はオーガが五体だな。

「サファケイト！」

これは珍しい。空気を操り、窒息させる魔法か。オーガたちがのたうち回っている。しばらくしたら動かなくなったが、少し時間がかかる魔法だな。余裕の練習だ。

そんな感じで、イレーネひとりで森の中央付近まで狩りまくった。それにしても【隠蔽】スキルは凄まじい。これを戦争で使ったら、戦争の通念が一変するだろう。極端な話、隔離した空間ならひとりで百人でも二百人でも倒せてしまう。しかし、ここまで巣がないな。本拠地はもっと奥だろうか。

「ここからなら、もういいだろう」

奥に入り、村からも見えなくなった。

「テネシア、イレーネと交代だ！」

「あいよ！」

森の奥で、先ほどより薄暗くなる。しばらく行くとガヤガヤと音がしてきたので、近づくと、ゴブリンの集落だった。ついに見つけた。しかし、これは何だ。千体以上はいるんじゃないか。うじゃうじゃと気味が悪い。あっ、人骨（頭蓋骨）を遊び道具にしてる奴がいるぞ。ふざけるな！

【飛行】スキルでテネシアが集落の中央真上に飛んだ。これまでまったく魔法を発動してないテネシアはエネルギー満タン状態だ。いけ！　テネシア！　ゴブリンどもに天誅《てんちゅう》だ！

「インフェルノ――――」

ゴオオオオオオオオオオ――――

最上級火魔法だ。範囲内が灼熱《しゃくねつ》火炎地獄と化し、ゴブリンたちが次々と燃え上がっていく。上空から凄まじい熱風。離れていてもかなり熱い。あれが直撃したら、ひとたまりもないだろう。集落は木材で作られており、あっという間に燃え広がる。この魔法の怖いところは一発で広範囲に広がり、逃げられないこと。これでゴブリンの村は全滅だな。

テネシアの火魔法が周囲にどんどん広がっていくので、昔、船旅の時、大量に海水を【収納】していたことを思い出し、上から【飛行】しながら、水を【取出し】て消火した。イレーネが水魔法で消そうとしたが休ませる。【取出し】って、実は魔力をあまり使わない。それどころか、【収納】内の維持が減るので、気分的にすっきりする。

その後も、オーガやオークの集落を燃やし尽くしていったが、改めて火魔法の恐ろしさを実感した。竜人の魔力は相当高いんだな。流石、竜の系譜を受け継ぐ種族だ。

移動中、マッドベアーが出たので、僕が【スリープ】【収納】スキルでサクッと回収。この毛皮は高く売れるので、資金力のある王都のギルドに納入しよう。これでだいたい片付いたかな。

「あるじ、もう何も出てこなくなったな」

「暗くなってきましたね」

気づけば、あたりが薄暗い。狩り尽くしたし、いい潮時だけど、「もっと奥に何かいるかも?」という疑念は残っていた。が、また明日がある。

「暗くなったし、今日は帰ろう。明日はここからだ」

三人でアグラの領主邸に【転移】する。今日はここまで。お疲れさん。

帰ると臨時代官のパルラが書類と奮闘していた。

「書類の方はどうだい?」

「まだ整理中ですが、小麦の生産量減少で税収が落ちています。それと治療費の支出が増えています」

ほう、この短時間で問題点を見つけるとは恐れ入る。

「それに関連して領内の村長と療養所のリスト作成を頼むよ」

領は多くの村で構成され、療養所はヒーラーが病人を治療するところ。

「分かりました」

「それと、収監中の前の衛兵隊長だけど、尋問したら、不正だらけだった。あれでも、一応は騎士爵だったから、王都に送還することにした。衛兵所の不正情報があったら集めといて」

不敬罪で罰せられるのは平民だけ、貴族は対象外なんだよな。

「分かりました。仕事が早いですね」

「うん、君もね」

さて、明日は森の奥だ。何が出るやら。

◆

「昨日いた場所に【転移】！」

昨日の最終地点に三人が到着。これから森の最奥《さいおう》を目指す。森の向こうはウラバダ王国との国境付近なので、適当なところで切り上げるつもり。今日は【飛行】【隠蔽】【念話】を使用しているが、今のところ大した魔物は出ておらず、都度、イレーネが風魔法で狩っている。

（昨日でほとんど狩り尽くしちゃったかな）

僕の【念話】にふたりが続く。

（【飛行】だと楽だけど、手持ち無沙汰でつまらないな）

（雑魚ばかりですね）

ふたりも物足りないか。昨日だけで、ざっと三千体以上の魔物を狩っているだろう。さらに森の最奥を目指しているが、今日は大した魔物は出てこないな。このまま行くと国境近くになる。正確な国境ラインは知らないが、もうそろそろ切り上げるかな。

（あるじ、あそこに洞穴があるぞ！）

何だ、これは？　三人で洞穴の前に立つ。中が真っ暗だ。よし千里眼スキルで中を見よう。視点が洞窟に入ったが、真っ暗で見えない。脳内イメージは現地の状況そのままだからな。

（しかたない。中に入るか）

テネシアに小さな火をつけてもらい、中に入る。

（結構、深いな。まだ続く。テネシア、魔物がいたら一発お見舞いしてくれ）

（あいよ）

（何か妙な穴ですね）

外から見たら、ただの洞穴に見えたが、地面に踏み馴らした感じがある。すると――

（前に何かいるぞ！）

（とぐろを巻いてます！）

目の前に巨大な蛇がいた！　ただし、とぐろを巻いて眠っている。ここは大蛇の巣だったのか。

（やるか？）

（ちょっと待て）

姿は恐ろしい大蛇だが、なぜか邪な感じがしない。なぜだろうか。こんな時蛇と話せたらな。

あっ！【動物会話】スキルがあった。試してみるか。体を少し叩くと蛇が目を開けた。

（蛇さん、巣の中に入ってごめんなさい。僕の言葉が分かりますか？）

（ここは私の家だ。出ていけ）

（あなたは山から出て、人間を襲ったことはありますか？）

（この付近は私の縄張りだ。縄張りからは出ない）

（それでは自分から人間を襲ったり、食べたりしたことはないんですね？）

（いろいろ飲み込んだから、よく知らん。縄張りに入ってきたら食べる）

（縄張りに入って、ごめんなさい。すぐ出ます）

【動物会話】解除。

（ここは大丈夫だ。テネシア、イレーネ、すぐ出よう）

これで魔物討伐は終わった。大蛇の巣は人里からずっと離れているし、そもそも人が簡単に近づける場所でもないから大丈夫だろう。初対面でいきなり攻撃してきたら、それなりの対処をしただろうが、こちらも勝手に家に入った負い目があるしな。その後、村長さんとギルドに報告したが、人食いのゴブリンやオーガを全滅させたと言ったら、目をパチクリさせていた。さて次の仕事だ。

◆

アグラのパルラ臨時代官から領内の療養所リストをもらい、視察に回る。ある療養所に来たが、どんなに施しても治せない奇病が増えているという。薬も手当もダメらしい。とにかく「苦しい」「助けてくれ」と口にするが、症状が分からないとのこと。早速、診よう。

「ううう、苦しい、ああ、嫌だ、うああ～」

虚ろな目で、何か変だ。あれを使うか。

「鑑定！」

すると「呪い」が出てきた。付き添いの家族に訊いてみよう。

「原因に心当たりはありますか？」

「分かりません。急に苦しみだして……」

「急に？　突然こうなったと？」

「はい。ある日、起きたらこうなっていて……」

これは誰かの呪いだな、呪いが解ければいいんだが……。

ん！　それなら解呪《かいじゅ》だな。

「呪いを解くスキル、解呪を【創造】！」

よし【解呪】スキルをゲットした。

「今から特別な力を使って治します。【解呪】！」

すると正気を取り戻し、簡単に治ってしまった。近くにいた家族も驚く。

その後、療養所の奇病で苦しんでいる人をすべて治し、半月ほどかけて、すべての療養所を回り、奇病患者を治した。奇病（呪い）は【解呪】で簡単に治したけど、原因不明なのは釈然としない。

誰が呪いをかけたのだろうか……。


～ウラバダ王国～

ゴラン王が血走った目で玉座に座る。そこへ新任の行政大臣ヨウロが報告に来る。

前任者のハネルは王の不興を買い、処刑されたのだ。

「陛下、亜人だけでなく、人間の逃亡も出始めております」

「いいかげんにしろ！　お前は何をやってる！」

王の怒声が響く。

「すみません、すみません、すみません！」

「何とかしないと次の処刑はお前の番だぞ！」

「ひぇぇ、ご勘弁を、お許しを！　お許しを！」

キラービーの大発生により国中で大勢の死者が出て、混乱に拍車をかけている。

そんな最中《さなか》、王の後ろに黒い影が現れ、口元にうすら笑いを浮かべ、王の耳元で囁く。

「あなたは王なのです。あなたに歯向かう者はすべて殺しなさい」

王の目はまばたきもせず、あらぬ方向を凝視していた。

黒い影を通し、遠方から、薄暗い部屋で王の様子を眺める者がいた。

「ゴラン王はすでに我が傀儡《くぐつ》、次は隣国だ。すでに虫と呪いと魔物で苦しんでおるだろうて。人間など、か弱い者よな、くくく」

頭から黒い外套を羽織った男は目まで隠しているが、口元だけは薄ら笑いを浮かべていた。

〜アグラの公爵領・代官邸〜

今日は内勤、臨時代官パルラのところに来ている。

「公爵様、書類を一部、代官邸に移し終えました」

「了解、大口小麦農家のリストはできたかい？」

「はい、まとめました」

「ありがとう、それと、前の衛兵隊長は王城に引き渡したからね」

「相変わらず仕事がお早いですね」

人からよく言われるが、自分としては普通に動いてるだけなんだよね。

やるべきことがあったら、さっさとする。しないと逆に気になる。

「新任の衛兵隊長が来るまでは、テネシアとイレーネに衛兵所の顔出しをお願いしといた」

「了解しました。領主様」

事務連絡はこれくらいかな。さて、次は小麦農家、んっ、【念話】か？

（公爵様、今、大丈夫ですか？　ギースの代官のリミアです）

（リミア代官か、大丈夫だよ、何だい？）

（それが、身元を言わないのですが、公爵様との面談を求める人がおりまして……）

（身元を言わない？　それじゃ無理だよな）

（ただ、何度もしつこく四人の男の人が来て困っています）

（四人の男！　すぐ、そっちに行く）

身元を言わない四人の男と聞いて、ピンと来た。


〜ギースの領主邸〜

「こちらです」

リミアと一緒に執務室に入ると、以前、盗賊から助けた四人だった。

「あっ！　あなたは！」

「私が公爵のギルフォードです」

「ええっ！」

「あの時も言いましたが、名前を言わないとお伺いできませんよ」

「こ、これは大変失礼しました。すぐに主人を連れて参ります」

しばらくして四人の護衛があの時の女性を連れてきた。

女性が軽く一礼する。簡単な所作だが、隠しきれない気品が漂っている。

「私はハロル王国、第三王女のキリシアです。隠密にここまで来ました。ぜひ公爵様にお願いしたいことがあって参りました。

「えっ、王女様でしたか!?　それではこちらの応接間へどうぞ」

キリシア王女と対面で座る。向こうは護衛四人、こちらはリミアが後ろに立っている。

そう言えば今日はテネシア、イレーネは別の場所だったな。

「実は私の国で最近、蜂の魔物キラービーが領内に侵入しております。公爵様が退治されたと冒険者ギルド経由で情報を頂きました。ぜひとも我が国をお助け願います」

ハロル王国はロナンダル王国の西隣にある国で、北東部でウラバダ王国と接しているから、そちらから侵入したんだろう。ハロル王国にはうちの支店もあるし、ここは仲良くしとくか。

「事情は分かりました。キラービーの発生場所を教えて頂けますか？」

こちらが地図を出すと王女が指で示す。

「この付近です」

「町中にはまだ入ってないですか？」

「国を出た時はまだ国境付近で数も少なかったのですが、もうかなり入ってるかもしれません。民が心配です……」

王女が俯き涙ぐみ、後方の四人の護衛たちも頭を下げながら訴える。

「ぜひ我が国をお助け下さい！」

「お願いします！」

「公爵様、何卒《なにとぞ》！」

「どうかお慈悲を！」

ここまで頼まれたら動かざるをえまい。状況からして緊急で動かないとな。

「分かりました。すぐ行きましょう。領主邸の前で出発準備をお願いします」

「感謝いたします！」

王女達が出発の準備をする間に、テネシアとイレーネを呼ぶ。

「今度は隣のハロル王国でキラービーが発生した。思いっきり魔法が撃てるぞ！」

「おお！」

「ワクワクしますね」

ははは、二人は相変わらずだな。王女様と護衛は馬車できたので、まずは人目につかない場所に移動してもらう。さて、ここからだ。

「馬車で移動していたら、キラービーによる被害が拡大してしまいます。今から特別な力で直接、ハロル王国に移動します」

一同ポカンとする中、【千里眼】を作動させ、【転移】する。


〜ハロル王国・北側辺境〜

すでにキラービーがあたりいっぱいにいる。

「王女様、これからキラービーを倒していきますので、後方におさがり下さい」

よし、やるか。

「テネシア、イレーネ、やってくれ！」

「あいよ！」「任せて下さい！」

すぐさま、テネシアの火炎放射でキラービーが燃え、イレーネの強烈な風でキラービーを叩き落としていく。これだけの数だ。今回は僕も最初から動かないとな。

「空中にいる全部のキラービーを【収納】！」

視界のキラービーが全部消滅。今度は右、左と回りながらやったら、あれ？　すべていなくなった。

すると——

「ちょっと、あるじ、飛ばし過ぎ！」

「これからという時に！」

ははは、手加減しないとこうなるのか。君たちの出番を奪ったようで申し訳ない。

だが、緩みそうになったムードが王女の叫びで消し飛ぶ。

「キラービーが王都に向かっています！」

視界にいなかった奴か。

「よし、王城前に【転移】！」


今度は王城前に移動したが、同行の王女様とその護衛たちは大丈夫かな。おっ、人が来たぞ。

「キリシア王女殿下！　お戻りになられたのですね！」

側近だろうか、城の関係者と思しき人物が駆け寄ってきた。

「辺境でキラービーを倒しましたが、残りがこちらへ向かっています」

「こちらのお方は？」

「ロナンダル王国のギルフォード公爵です。助けに来て下さいました」

王女様が関係者に事情を説明していると、キラービーが町に迫ってきた。

これは凄い数だ。悠長に話をしている場合ではない。

「それではこれから退治しますが、下では建物に被害が出てしまいますので、空中から攻撃します」

僕のスキルは視界にあるものを対象とするから、視界の広い空中からの方が都合はいい。

「テネシア、イレーネ、【飛行】して、空中から攻撃しよう。建物に被害がでないよう頼む」

すでにキラービーが町に入りだした。急ごう。

三人で空中を【飛行】して魔法を放っていくと、キラービーがどんどん消えていく。建物に近いキラービーは風魔法、建物の上空は火魔法、人に接近したら【収納】、三人の連携が取れている。今回は町中に入り込んだため、大規模魔法が使えず小まめに駆逐しているから手間がかかる。

だが、気付いたらキラービーの姿は消えていた。ふぅ、人が多い町中はいろいろ神経を使う。

その晩、ハロルド王国の王城で盛大な宴《うたげ》が催された。王様からは国の英雄ともてはやされて、翌日も引き留められてしまった。迎撃タイミングがドンピシャだったとしか言いようがないが、緊急とはいえ、町の上空を【飛行】して魔法を連発して魔物を討伐したのはあまりに目立ち過ぎた。王様と王女様から三日も引き留められたが、どうにか帰国できた。その間にハロルド王国のギルド長も来て、いろいろ状況を確認していった。出発する時に町中の人たちから「英雄」「救世主」「救国の天使」「伝説のパーティー消滅の風火」だのいろいろ言われて、えらい目に遭った。

その後、またもや王都のギルドマスターに呼ばれ、ついに冒険者SSランクに昇格となってしまった。これはSランク事案を複数こなし、しかも国際的事案だったからだとか。ハロルド王の強い推薦も大きかっただろう。

ちなみに婚約者のメリッサ姫には今回の件は包み隠さず、最初から正直に報告した。ここまで来ると隠しようがないし、正直が一番楽だからね。もう嘘やごまかしはしない。いろいろ吹っ切れた。

◆

アグラの問題点で農作量の減退があったが、農民が避難する原因であった魔物と盗賊を討伐したから、徐々に改善されるだろう。奇病の撲滅も改善要因になると思う。ただし、一度、農民が離れると畑は荒れてしまい、再度やりなおすのに時間を要する。今回は領内の村長をそれぞれの地区ごとに集め、改善策の提案をする。

～村長説明会～

「今日は集まってくれてありがとう。領主のギルフォードです。今回は農作物増産のため、皆さんに集まってもらいました。先に報告すると、北の森の魔物はすべて退治し、西の郊外の盗賊も壊滅させました。それと各地の奇病もすべて治しました。大きな問題はもうありません。ですので皆さん、魔物も盗賊も奇病も恐れることなく、農業に励んで下さい」

この説明で村長たちが驚愕する。「信じられない」という意見もあったが、安心してほしいと繰り返し、念を押す。

「すでに安全な状態なので、耕作すれば改善が見込まれるが、畑は一度、人の手を離れると荒れてしまい、すぐには人が戻らないでしょう。それで畑が復活するまでの間、人の手配、物資の支給、助成金支給で小まめにみんなをサポートしたい。これで耕作放棄地も復活することができる」

畑はあるけど人手がない場合に人を手配、畑もあり人もいるけど、道具、肥料がない場合は物資の支給。種（生物）はスキルで用意できないから助成金だな。

ちなみに人の手配だが、今までに、素行不良な衛兵隊、盗賊、悪党をたくさん【収納】してきたので、それを【取出し】、【精神支配】スキルで「私は農民」「農作業を手伝う」を刷り込み、人材活用する。道具、肥料は【加工】スキルで作って、現物支給。お金は複数の盗賊団から回収したものを活用する。

今までの領主は農民には一切向き合わなかったらしく。説明会の最後は喜ぶ姿が多く見られた。こうして各地で説明会をしていったが、これで農作業の復旧が早まるだろう。新領地アグラの問題点はすべて手を付けた。状況は改善に向かうはずだ。

◆

今日もアグラ領内を視察で飛び回っている。【飛行】スキルを使っているから、文字通り「飛び回っている」状態だ。領民が驚くと困るので、【飛行】中は【隠蔽】スキルを使用し、何かあったら降りて【隠蔽】を外し、対応する日々が続いている。中心街は新しくなった衛兵隊に任せているが、広い郊外、境界付近は飛びまわった方が早い。大きな問題点（魔物・盗賊・奇病）は解決したので、現在は村民たちの農業支援が中心になっている。

あっ、あそこでおばあさんがひとりで畑作業やってるな。声をかけてみよう。

地上に降りて、近づく。

「おばあさん、畑作業、ご苦労様です。ひとりで耕しているんですか？」

「ええ、息子が出ていってしまって、ひとりなんですよ」

「ちょっと待って下さい」

物陰にいったん隠れ、ひとりの男を連れてくる。

「この人は農作業を手伝ってくれます。どうぞ頼んで下さい」

「えっ、いいんですか？」

「はい、大丈夫です」

「おい、このおばあさんの農作業をしっかり手伝えよ」

「はい、分かりました」

さあ、次行こう。今度は手作業してるな。

「道具はないんですか？」

「お金がなくて買う余裕がないんです」

「このお金をお使い下さい」

「えっいいんですか？」

「どうぞ、どうぞ、農作業頑張って下さい」

さあ、次行こう。あそこの人は腰を痛めてそうだな。

「こんにちは、腰の調子が悪いんですか？」

「長年の農作業で痛めてしまって……」

「ちょっといいですか、ハイヒール！」

「あれ、腰が痛くない！」

「農作業頑張って下さい」

あれっ、あそこの親子、何しているんだ？

「どうされましたか？」

「実は農作物を荷台で運んでいたら、車輪が壊れてしまいまして……」

「見せて下さい。【加工】！」

「えっ！」

「これで直りました」

ふう、ちょっと休憩、領主邸に戻ろう。


休憩中に、先日【収納】したキラービーについて考える。【収納】した素材は【取出し】、【加工】、【複写】に利用して、いずれ外に出すつもりだけど、あのキラービーどうするかな……。

無生物は分解・再構築して活用できるけど、生物はそのままの状態なんだよね。殺せば別だけど、それはちょっと……、かと言って、あの数を生きたまま出したら大変だよな。しかも魔法耐性のあるクイーンキラービーまでいる。あれは本当の化け物だから中に入れたまま、廃棄できたらいいのに。

すると頭にスキルレベルアップのイメージが出た！

〈【収納】レベル４（亜空間廃棄）〉

おお、丁度いい！　よし、やってみるか！

「【収納】されているキラービーを亜空間廃棄！」

すると収納内のキラービーの在庫がゼロになった。

「よし！　うまくいった。しかし、亜空間って、何だろな⁇」

細かいことは気にしないようにしよう。今は立ち止まっていられないからな。

◆

アグラ領内を積極的に飛び回る日々、領主邸のソファでひと時の休憩中、冒険者カードを見ながら感慨に耽《ふけ》る。

「SSランクか……」

数日前にハロル王国にある総ギルドマスターと会った時のことを思い出す。

「ギルフォード公爵様、お初にお目にかかります。私が総ギルドマスターです。今回はキラービーを討伐されたことを評価し、SSランクへアップさせて頂きたく存じます」

「えっ！　ついこの前、Sランクになったばかりですよ」

「いいえ、公爵様、キラービーは単体でBランク案件ですが、集団だとSランクに跳ね上がります。しかも前回SSランク相当のクイーンキラービーまで倒されてると聞きました。本来の実力なら前回でSSランクに達していたのですが、SSランクは国際的な活躍、つまり複数の国でのSランク案件遂行が条件にございました。今回、その条件もクリアしましたので、ランクアップとなりました」

「SSランクになった場合の制約は何かあるんですか？」

これが気になるんだよ。僕は領主だし。冒険者にかかりきりになるわけにはいかない。

「はい、今回のような災害案件がございましたら、またご対応をお願いします」

「う～ん、現在、領主をしているので、いつでも便利に呼び出されると困るなぁ……」

人助けは望むところだが、こちらにもペースがある。

「それは大丈夫です。SないしSS級災害と判断した場合のみですし、いきなり要請しません。まずはA～Dランクに要請します」

「今回、王女様が直接、依頼に来られましたが」

「他国の公爵ということで礼を尽くされたようです。Sランクは、他国案件を断れますので」

ん？　ということは？

「SSランク冒険者は他国案件でも要請が来るのですか？」

「はい、ですが、各国のギルドで混乱しないよう、SSランク案件は総ギルドマスターが統括します」

「ということは、Sランク案件はギルドマスター、SSランク案件は総ギルドマスターから要請が来るのですね？」

「その通りです。それと各支店のギルド長はまずA～Dランクに要請しますが、逆に言えばそのレベルの案件なら引き受ける義務がないです。平時なら自由に他の活動が可能です」

まあ、SかSSランク案件がなければ大丈夫か……んっ、【念話】か。

（会長、今、大丈夫でしょうか。メラルです）

商会か、何だろ？

（おお、どうした？）

（実は、またハロル王国の支店に王様から会長との面談依頼が来てまして……）

（……またか、あれから一度、顔を出したんだけどな）

（あの時のお礼をぜひしたいと）

（すでに結構な額のお礼をもらってるのにな）

（向こうの王女様もぜひお会いしたいとか）

【転移】スキルを知られてしまったから、言い訳しづらいんだよな。

（向こうに支店もございますので、適当に顔出しだけでも……）

（……分かったよ）

僕は姫様と婚約しているが、よく考えたら、公に発表してないんだよな。姫様の思いは本物だし、僕もそうだが、それとは別に、王様は僕をお試しになっているのだろう。しっかりしないとな。

◆

ここはロナンダル王国の王城、執務室、ガロル王とザイス筆頭大臣が会談している。

「陛下、間者の報告によると、キラービー襲撃から王都を救済して以降、ハロル国王がギルフォード公爵へ接近を図っている模様です。第三王女が公爵に好意を持ったようです」

「なに！　ハロル国王がギルフォード公爵に接近を図ってるとな！」

「はい、おそらく取り込もうとしてるかと……」

「う〜む、それは不味いな……」

王の表情が険しくなる。

「ギルフォード公爵はメリッサ王女殿下と婚約されていますし、熱心に領地運営されている模様です。おそらく翻意はないと思いますが」

「ギルフォード公爵をこちら側に引き付けておくよう、何か策はないか？」

「それでしたら、あの島をギルフォード公爵にお与えになったらいかがでしょう。あの島は発展途上、物々交換主流、亜人多数の国で運営が特殊ですし、収支も赤字でギルフォード公爵の負担で成り立っているようなものです。我が国が所有してもデメリットしかありません」

「うむ、わしもそう思う。しかし、それだけだと現状とあまり変わらないのでは？」

「我が国の懐を傷めず、ギルフォード公爵にメリットを感じさせる腹案がございます」

大臣が小さく笑みを浮かべる。

「しかもこの案だとギルフォード公爵を島の方に気持ちを向けさせ、嫁がれる王女殿下にも間接的にメリットになります」

会談後、王と大臣は慌ただしく準備に入った。

◆

王城から急な呼び出しがあった。いったい何だろう？　執務室へ行くとガロル王、ザイス筆頭大臣、それにメリッサ姫まで揃ってる。普段は分かれているのに。ただ事ではなさそうだ。

「ギルフォード公よ、久しぶりじゃな。領地運営に精を出しているようじゃの」

「はっ、恐縮でございます」

「ギルフォード公は近い将来、我が娘、メリッサと結婚を控えておるし、脇を見ず、ますます頑張ってもらわぬとな」

これはハロル王国の件を念頭に置いた発言だな。余計なことは言わないでおこう。

「……はい」

「それで公にこれを見てもらいたくてな」

ザイス筆頭大臣が目録を広げる。
一、大公爵位の陞爵。
二、ギルフォード島を大公爵の自治領とし、通商、外交、防衛も一任する。
三、ギルフォード島の徴税を免除する。
四、ギルフォード島について、ギルフォード公国と称することを認める。
五、ギルフォード公国の領地内で、公王と称することを認める。
六、本国の領地内で貴族を含め不敬罪で処罰することができる。
おおっ、これは……。

実質的には今までとあまり変わらないが、島の自治、特に通商、外交を認めてもらえるのは大きい。

島の中と外で名称が変わるのは少し面倒そうだが。大公爵だから、本国では大公で統一しようかな。

いずれにしろ、自分にとって悪い話ではなさそうだな。貴族も不敬罪で処罰できるのは都合がいい。

一々、王都に移送する必要がなくなった。

「ありがたい内容です。謹んでお受けいたします」

「それで公には引き続き、島の発展にも寄与してもらいたいがの、やはり本国の領地運営が基本であるからな。それで将来的にメリッサと生活する場所は本国内で頼みたいのだ」

本国を強調されている。父王は姫様を陸続きの場所にいさせたいんだな。

「島の内政は代官達に任せておりますし、自分は【転移】スキルがあるから大丈夫です」

「それは僥倖《ぎょうこう》だ。姫は島に好感を持っておるが、一緒に随行した者達から、島での生活に心配の声があったものでな」

亜人たちのことか。外見差別は良くないが、外見を気にする気持ちは理解できる。なかなか難しいものだな。僕はすっかり慣れてしまったが。

「陛下のお気持ち、よく分かりました」

その数日後、王城の謁見の間で、正式に大公爵の陞爵式が行われたが、今回も貴族のギャラリーが多かった。ハロルド王国での活躍ぶりが噂で広がっていたんだろう。大公爵は王に次ぐ位だから、本拠地を本国にするよう要請されたのは当然の話かもしれない。

大公爵の側近ということで、テネシア、イレーネも子爵位を陞爵された。まあふたりは貴族になっても中身はほとんど変わらないけどね。ただ、身だしなみはだいぶ変わってきたかな。僕に合わせて貴族らしい服装が増えてきた。

～大公爵の陞爵式から数日後～
久しぶりに島で役員会議をする。参加者は九名。
僕（大公爵）、テネシア（子爵）、イレーネ（子爵）
ミア（大薬師）、インカム（代官）、ミャオ（内政官）、ボルグ（内政官）、

ビンテス（防衛隊長）、ガイン（防衛副隊長）

「領主様、テネシア様、イレーネ様、大公爵位、子爵位の陞爵、おめでとうございます」

インカムが祝辞を述べ、全員が拍手する。

「ありがとう、インカムも、みんなも、いつも島の運営ご苦労さん」

「今後、領主様を何と呼べばよろしいでしょうか？」とミア。

「この島は本国から自治領と認められ、通商、外交、防衛も一任された。対外的にはギルフォード公国となり、僕は公王と称して良くなった。ただし本国では大公爵だ」

「それでは、島では公王様とお呼びしましょう」とイレーネ。

一同が「公王様」と言って拍手する。

「島の自治権が認められたので、これを提案したい」

ボードに提案事項を書く。
一、通商権を認められたので、特産品を外国へ直接販売する（定期航路の拡大）。
二、特産品の強化（回復薬、海の幸、山の幸）。
三、防衛の強化。
四、温泉・宿泊施設の売上アップ（外貨獲得）。
五、島で人の出入りをチェックする機関を設置する（出入国管理局）。
「一については、現在ギース（本国）一本の定期航路を他国へも増やす案で、現在、ハロル王国に打診中だ。ただしこれは物資だけに限定する」

「二は島の主力商品を開発して、外に売り込みたい。回復薬は商会を通して順調に業績を伸ばしている。皆もアイデアを出してほしい」

「三は防衛強化だ。十分訓練して島の自衛に努めてほしい」

ここまでは今までも話してきたし、すでに行動に移している。

「四は島内での外貨獲得だ。島内の温泉と海や山の幸を売りにして外部からお客を呼び込みたい。ただし十分な対策が必要だ。まず入島は今まで通り、ギース一本に絞る。そうすればギースの領主邸で入島審査ができる。それと旅行者が島に来たら島でも出入りをチェックする機関を新たに設ける。それが五だ」

この後、参加者が意見を出し合い、外貨獲得と入島チェックの徹底（不適当人物の入島制限）の両立が改めて確認された。今回、新たに具体的に決まったのは定期航路の拡大、天然温泉と宿泊施設の拡大、出入国管理局の設置だ。インカム代官に出入国管理局のスタッフ募集を頼んだ。スタッフに島を出入りする人のチェックをしてもらう。これでギースと島の二重チェックになる。

◆

今日は久々のオフ、ひとりで島（公国）に来ている。いつもテネシア、イレーネはじめ、人と一緒にいることが多いが、たまにはひとりでのんびりしたい。皆もきっとそうだろう。

「公王様～、いい魚が獲れましたよ～」

漁師の元気な声が耳に入り、手を振って返す。島の港に漁船が戻り、大量の魚が水揚げされている。周囲を海に囲まれた島なので、漁業には力を入れている。漁船も船員も増えた。

「さて温泉に行くか。定期運搬馬車に乗ろう」

現在、島には港から放射状に広がるように定期運搬馬車が通っている。これなら奥地の方に住んでも大丈夫だろう。荷台に乗り込むと島民の子供（獣人）が話しかけてきた。

「公王様も温泉に行くの？」

「そうだよ。ここの温泉は最高だからね」

島を直接見たいし、島民とも触れ合いたいので、オフは【転移】スキルをなるべく使わない。温泉までは結構な距離だが、途中、海や山の景観が楽しめて、まったく飽きることがない。

「温泉に着いたな。入る前にひと仕事しよう」

ここの温泉は一度入ったら虜《とりこ》になること間違いなしで、きっと島民以外の人も気に入るはず。でも島民と外部の旅行者が同じ温泉に入ると余計なトラブルが発生するかもしれない。そこで、島民用と旅行者用で分けることにし、旅行者用を造りに来たのだ。

「【収納】【加工】【複写】！」

いつものように生産系スキルを繰り返す。旅行者向け（外貨獲得用）に豪華な感じで仕上げたぞ。トラブルを避けるため、島民用とは離れた場所に設置。かけ流し天然温泉、宿泊施設付きだ。

よし、早速入ろう。

「う～～ん、たまらないな～～、ふ～～旅行者用の温泉か～～」

本当は、僕と同じ様に外から来た旅行者にも、なるべく島民と触れ合ってほしい。でもこの島は圧倒的に亜人が多いし、裸体だと刺激を強く感じる人もいるだろう。島民にとっても今の落ち着いたお風呂に外部の人が急に増えたら不安だろうしな。現状では分けた方が無難だ。差別と区別は違う。

港に戻った。このあたりがいいかな。よし。

「【収納】【加工】【複写】！」

再度スキルを繰り返し、出入国管理局の施設を造った。ここで島の出入りをチェックする。一応、ここは国扱いだからね。ここの代表にも念話グッズを渡して、本国の玄関口（ギース）の代官リミアとやり取りすれば漏れがなくなるだろう。あっ、定期運搬馬車が来た。

「馬車に乗ろう」

島の城行きの馬車に乗った。港から緩やかな坂を上がり、領主邸や島の館のある中心部を抜けると住宅地が広がる。港と中心部に住宅が集まって、郊外に進むと畑が増え、牧歌的雰囲気になる。さらに進むと緑が増え、住宅地もまばらになり、小高い平地に城がそびえ立つ。さあ、降りよう。

「姫様をこの城に呼んだ時は準備でかなりバタバタしたよな。本国の王城に配慮し、それよりは小さく造ったけど、小国なら王城並みの施設だろうな」

主（僕）が不在のため、現在は閉めているが、施設維持だけはインカム代官に依頼した。今は外国の偉いさん用だな。迎賓館みたいな。実務処理は中心部の領主邸か島の館の方が圧倒的にはかどる。でも外観が立派だし、周りの景色もいいしで、島民がよく見に来ている。

「よし、【転移】！」


人もいないし、【転移】した。ここは海の崖にある監視施設だ。入口で防衛隊員が挨拶する。

「お疲れ様です。公王様、視察ですか？」

「うん、ちょっと見せてもらうよ」

最上階の五階まで上ると、目の前に大海が広がり、絶景だ。ここからならギースからの船もよく見え、四方に視界が広がって監視に最適だ。しばらくすると島民の夫婦（エルフ）が上ってきた。

「うわあ！　凄い景色ね！」

「ああ、遠くまで一望できる」

楽しそうでいいね。ここは防衛隊の監視施設だが、島民の利用も認めている。一応、隊員が数名常駐しているので、大丈夫だろう。

「よし、外回りするか」


アグラの領地で【飛行】【隠蔽】スキルを大活用しているが、ここでも使ってみよう。空を【飛行】しながら、島の外周を視察。上空から見るとまだまだ未開拓部分はたくさんあるが、島の自然も十分確保したいので、当面はこの状態でいいだろう。現在の人口は五千人を超え、それ以降も人間と亜人が少しずつ増加している。そのうち六千人に到達するだろうな。最初のチート開拓で一万人分の住宅は確保済みなので、しばらくは大丈夫だ。

「おっ、向こうに巡視船が見える」

防衛のため、常時、巡視船が島を回るようにしている。最初一隻だったが、今は二隻が回っている。これは密航防止、漂流者救助、海賊対策が目的だ。ただ、回るだけじゃ少しもったいないので、希望者は観光がてら一緒に乗れるようにした。

「島の反対側に来たぞ」

これは元海賊のアジトだった場所だ。今では絶好の監視施設になっている。ここにも防衛隊員が常駐しているが、宿泊可能なため、野外訓練によく使われている。

「ふ～、外を回った。今度は中央部、森の上を飛ぶか」

下に緑が広がっている。こうして見ると、人が住んでる場所は本当に一部だな。

「おっと！　これ以上は不味いな」

そう、不可侵エリア付近だから、上空でも避けた方が無難だよな。

（うむ、上から見下ろされるのはいい気分がしない）

（わっ⁉　すみません。急いで離れます）

いきなり森の奥の主様から【念話】が飛んできた。最近は【念話】も慣れてきたけど、急だと驚く。

「さて、最後は島の館に戻るか。【転移】！」


島の館の会議室でインカム代官、ミャオ内政官、ボルグ内政官が談笑していた。

「みんな、今、いいかい？」

「公王様、お疲れ様です。」「お疲れ様ですにゃ」「お疲れ様です」

「旅行者用の温泉と出入国管理局の施設を造ったよ」

「いつも作業が早いですね」

「インカム代官、施設のスタッフ募集を頼むね」

「了解しました」

「あと、これで人件費と必要物資購入を頼む」

袋に入った硬貨をインカム代官に渡す。ポケットマネーだが、島のため有意義に使ってもらいたい。

「いつもすみません」

そのうち主力の回復薬の売上で経済が回るようになることを期待しよう。

その後、談笑に加わり、島の館を後にした。


夜になり、島の領主邸のベッドで横になる。領主邸は他にもあるが、ここは誰もおらず、ひとり気分を味わいたい時は丁度いい。ちょっとした隠れ家感覚だね。内政も防衛もしっかりしてきた。今後は通商と外交だが、通商は商会が頑張ってるから、残りは外交くらいかな。まあぼちぼちやろう。

今日は気分転換できて、いい一日だった。今後の島の発展を想いながら眠りにつこう。

◆

王から大公爵位を賜った際、姫様の居住先を本土にしてほしいという要望があったので、どこにするか考えていたけど、ギースの港町にすることにした。ここは海や港の景色が楽しめるし、島にも行きやすい。ギースの港町で、海が見える適当な場所を探していたが、良さそうな場所があったので、【収納】【加工】【複写】スキルをフル活用して、夜中のうちに城を造った。姫様が入居されるまで、まだしばらくあるけど、一度、お城のお披露目会でもしようかな。


「わっ、いつの間にか城ができあがってる⁉」

「大公様のお城らしいよ」

「大公様は奇跡のお力をお持ちらしい！」

「大公様の一夜城だ！」

現在、港町を【隠蔽】視察中だが、朝から住民が驚愕の声を上げている。大公爵の城ということで大公城と呼ぼう。さて、商会本館のメラルに【念話】だ。ギースに来てもらおう。

（メラル君、今、大丈夫かい）

（会長、お疲れ様です。いかがなされましたか？）

（ちょっと、こっちに来れる？）

（かしこまりました）

【転移】でメラルのところへ行き、メラルを連れて、ギースに戻る。

「……立派なお城ですね」

「それで、城の宝飾品や家具、備品類、馬車など、必要なもの、一式頼むよ」

「……結構な費用になりそうですが」

「僕が全部負担するから気にしないでいいよ。お金はたくさんあるから」

「分かりました」

準備できたら、姫様や、貴族達に城のお披露目会をしよう。


〜ギースの領主邸〜

「リミア君、お城が完成した」

「大公様、その件で問い合わせがたくさん来ております」

だろうな。だから、こうして来た。

「あそこは大公爵のお城、大公城と呼ぶ。大公が特別な力を使ったと説明していい」

「分かりました」

「君には【念話】グッズを渡していたが、【転移】グッズも渡すことにする。今後、僕の生活拠点をお城に移していくから、何かあれば、お城に【転移】してもらって構わない。これから【転移】グッズの説明をしよう」

城を造る時、大きさに注意した。王城より大きいとさすがに不味いので、それより小さめに、逆に他の貴族よりは大きめに、これが意外に気を使った。今回もサンプルを取りに国の内外を問わず、多数のお城を見て回った。大きさに制限があった分、外観にこだわった。今回は【加工】スキルを駆使して新品のようにした。

さて、バイアス執事に人材の手配を頼もう。

「バイアス、今後、生活の拠点を城に移すから準備してほしい。君を城のメインの執事にするから、必要な人材を集めてくれ」

「こちら（領主邸）はどうなさいますか？」

「リミア代官の業務がメインになるが、使用人の人数はうまく分割調整してほしい。それと準備ができたら、姫様や貴族たちにお披露目会をするから、料理の準備も頼んだよ」

～大公城～

お城の中から外を見ているが、海が広がり絶景だ。津波を警戒して、ある程度、海から離しており、ちゃんと高台を選んだ。しかし城が立派で、防壁もあったりして、ここだと住民は来づらいだろう。対住民の仕事は領主邸、貴族相手は大公城と使い分けよう。

姫様へも、一報（念話）入れておくとしよう。

（姫様、アレスです。今、大丈夫でしょうか？）

（アレス様、どうされましたか？）

（実は僕の力でギースにお城を造りました）

（まあ、そうですの！）

（それで一度、姫様や他の貴族へお披露目会を開催したいのですが、マナーや出席者リストなど、いろいろお教え願います）

（お会いして、直接お話しした方がよろしいと思います）

（今から、伺って大丈夫でしょうか？）

（どうぞお待ちしております）

お披露目会に向けて、姫様からいろいろ教わる。やはり王侯貴族の流儀は姫様に聞くのが一番だ。

◆

本日、大公城のお披露目会を開催する。姫様と相談し、国内の王族と貴族に案内状を出したけど、リストだけ渡して、案内状の作成はバイアス執事とリミア代官にほぼ投げた。家具、調度品、宝飾品などは商会のメラルが何とかした。島の城を造った時もそうだったけど、いくら生産系スキルがあっても、美的感覚だけはどうしようもないからね。大公城から海や港町が一望できるので、できれば多くの人に見てもらいたい。

城のお披露目会なので、日が落ちる前、開催時間は午後三時とした。皆さんが到着され、ひと休みして頂いて、海が見える広いテラスでのんびり、お茶と軽食でおもてなし。この間に精力的に顔を売って回った。こちらサイドの出席者は僕の他、テネシア、イレーネ、代官のリミア、パルラ、商会のメラル、バーモ、マーク、ライサ、島の役員のミア、インカム、ミャオ、ボルグ、ビンテス、ガインたちだ。晴れの舞台は賑やかな方がいい。

夜の宴には、国中の王族、貴族がほとんど集まった。当然、王様もだ。ふたつの国を救った英雄だとか、不思議な力を使えるなどと皆が口々に話す。このお城を一夜で完成させたことも普通に広がっている。会場の準備も整ったようだ。挨拶をしよう。

「皆様、本日は遠路はるばるお越し頂き誠にありがとうございます。大公爵位を授かり、その名に負けぬような城を完成させました。今回はそのお披露目会の開催となります」

その後、ガロル王と婚約者であるメリッサ姫にもご挨拶を頂いた。そして会場一同で乾杯の盃を上げて、その後、王族と挨拶。それが終わると貴族が一斉に列を作って僕の前に集まってきた。

「大公様、素晴らしいお城ですな」

「以前よりギースの町並みが綺麗になってびっくりです」

「救国の武勇伝をぜひ聞かせて頂きたい」

「何でもこのお城は一夜で建てたとか？　にわかに信じられませんが」

「ここは海産物が美味しいですね」

「テラスが絶景でした」

などなど、しかし酔いが進むと……。

「貴族で、商人で、冒険者？　大公様は何者なのですか？　ひっく」

「大公様は女性にご興味はございませんか？　うちの娘が年頃で……」

「大公様は空を飛べるって本当ですか？」

大公と言っても、まだ若いので、酔いが回るとずけずけ聞いてきた。でも、気にしない。

「私はいたって普通の人間ですよ」

「いえ、私はメリッサ王女様と婚約しておりますから」

「ええ、飛べますよ、魔法の力を使って」

どんなことを聞かれても以前ほど気を使わないで正直に答えた。だが——

「この場で飛べますか？」

「魔物を倒した魔法を見せて下さい」

みたいのは丁重にお断りした。僕は見世物じゃないからね。でもこういう宴って、人間の本性が垣《かい》間見《まみ》える。何か貴族って表裏凄そう。

気分直しにテラスから海を眺めていると、メリッサ姫が近づいてきた。

艶やかなドレス姿で少し見とれてしまう。

「こちらのお城も素晴らしいですね。早く住みたいですわ」

良かった。気に入られたようだ。姫との結婚まで、あと一年を切った。引き続き領地運営を努めて行こう。今回のお披露目会は大成功だ。島と商会のいい宣伝にもなった。

そう言えば、隣国バナン王国のシャイネル公爵が島の主力商品である回復薬に大変興味を持たれていたな。定期航路を開くチャンスになるかも。姫様との婚約を発表できたのも良かった。

◆

「この回復薬は素晴らしいです。ぜひ取引したい」
「お褒め頂きまして、感謝します」
「運搬はどのようになさるおつもりですか？」
「よろしければ、船の定期航路を開通します」

今日は、バナン王国の港に船で来訪し、港町の貴族シャイネル公爵と折衝中だ。先日、開催した大公城のお披露目会でお会いしたのがきっかけだ。大薬師のミアと一緒に来ている。

「どのような種類がおありかな？」
「はい、擦り傷程度でしたら下級、中程度の傷でしたら中級、深い傷なら上級になります。この三種が基本ですが、致命傷用の特級も開発しました。ただし量も少なく、こちらは相当高額になります」

ミアが瓶に入ったサンプルの回復薬を見せながら細かく説明する。試しに怪我人に実演したら、瞬く間に効果が出た。大怪我をしていたが、今はすっかり元通り。

「凄い！　こんなものは見たことがありません！　ぜひ買わせて下さい！」

商談が成立し、シャイネル公爵と雑談していると怪我人が多い理由を話し始めた。

「我が国は鉱山が多く、鉱山従事者に怪我が多いのです。それと魔物が発生するダンジョンがあり、冒険者が集まってくるのです。冒険者も回復薬を必要とします」

ダンジョン⁉　そんなものがあるのか。

「魔物が発生するダンジョンですか？」

「ええ、魔物はダンジョン内にしかいませんし、回収できる素材の収益が大きいのです」

魔物の素材の収益か……。

「鉱山とダンジョンで潤っているのですが、回復薬が圧倒的に不足してるのです」

ここは回復薬のいいお得意様になりそうだな。

「ところでギルフォード大公の島は本国より、自治権を認められていて、公国と称することを許されているとか。島では公王と称されているんですか？」

「はい、その通りです」

「でしたら、私も公王様と呼ばせて頂きます」

「少し恥ずかしいですが」

「いえいえ、滅相もございません、公王様」

商談は無事に成立し、シャイネル公爵と握手を交わした後、ミアと船で島へ帰る。今後は大公と公王を使い分けないとな。ロナンダル王国（本国）では大公、島（公国）やそれ以外では公王だな。

甲板で海を眺めながらミアと話す。

「そう言えば公王様、ギルフォード島はギルフォード公国でもあるんですよね。自治権があり、通商、外交、防衛も一任されているなら、事実上の建国ですよね。建国祭なんてどうですか？」

おお、なるほどね。

「そうだね。普通の国だと建国祭なんだろうけど、今回はどうだろ？　この呼称では本国を刺激しちゃうよね。名づけるなら公国祭かな」

「公国祭ですか、いいですね」

そんな他愛もない話から始まり、島の役員会で公国祭の開催を提案したら、全員ノリノリの賛成となった。島民主導の方がいいと思い、準備はインカム代官らにほとんど任せた。


～公国祭、開催当日～

ふだんは物々交換している空き地を広げて、島民が集まっている。三千人はいるだろうか。島の人口は五千人を超えているが、その半分以上が集まったようだ。ミアが司会を務める。

「それでは公国祭の開催にあたり、公王様からのご挨拶です」

一同、拍手、声援、賑やかでいいね。

「島の皆さん、いつも役割分担して頑張ってもらい、ありがとう。このギルフォード島はロナンダル王国の帰属ですが、先日、島の自治権を認められ、通商、外交、防衛も一任されました。また、ギルフォード公国を称することも認められました。これは喜ばしいことです。皆さん、お祝いしましょう。それと来年からは本国の王様から認められた日を公国記念日とし、毎年、公国祭を開催できるよう頑張りましょう」

この日のために島民たちは食べ物を準備してきたが、酒類は僕の【複写】スキルで大量に用意した。上等なワインは本来、準備するのに時間を要するが、僕なら一本から大量に同じワインを作れるからね。それと先日、外国で初の定期船航路を開いたバナン王国のシャイネル公爵もゲストでお呼びした。

本日は島のお城に泊まって頂こう。外国の方は初めてだ。

「いやあ、公王様、島民の皆さんがたくさん集まりましたね」

「これだけ人が集まったのは初めてです」

「このお肉は何ですか？　口の中で旨味が溢れて美味しいですな」

「ホーンディアというシカの魔物の肉です。こちらも販売に力を入れております」

「公王様は商売がお上手ですな。帰りのお土産に買わせて頂きます」

「ありがとうございます」

「そう言えば、公王様も冒険者とか。それも超一級と聞き及んでおります。機会があれば我が国のダンジョンをぜひお試し下さい」

「面白そうですね。後で場所を教えて下さい」

初めての公国祭は盛況のうちに終わった。これで島も一段落だな。

◆

アグラ領のパルラ臨時代官を正式な代官に任命した。当初の大きな問題点が解決し、領地運営が軌道に乗ってきたからだが、領内を飛び回り、上空から視察すると農業が改善されているのが一目瞭然だ。草ぼうぼうだった畑に鍬《くわ》が入っている。

そう言えば、今日は王都から新しい衛兵隊長が来るんだっけ。前の衛兵隊長は素行不良と不正があったため解任し、姫様を通じて、新任を打診していたんだけど、思いの外、時間がかかったな。こちらへの希望者が少なかったのかもしれないが、人事ってそんなに時間がかかるのか？　少しイラついていたところ、やっと新任が決まった。

「ギルフォード大公閣下、お初にお目にかかります。王都の衛兵隊に所属しておりましたバイスと申します。本日から着任いたします。何卒よろしくお願いいたします。騎士爵位を拝命されております」

前任者とはまったく比較にならない。これこそ衛兵の鑑だろう。礼儀もそうだが、身のこなしがしっかりしている。騎士爵位持ちか。

「それではこれから衛兵所へ行こう」

衛兵所に着き、全員の前で新任の衛兵隊長の紹介をする。

「本日から新任となったバイス衛兵隊長だ。みんな、よく指示を受け、いろいろ教わるように」

後はバイス衛兵隊長に任せよう。今までテネシア、イレーネが顔を出していたが、これで彼女たちの負担を軽減できる。郊外、中央とも、アグラ領はどんどん改善に向かっている。

ここの領地は広いし、元々、農業が盛んだったから、本来の力を取り戻しただけなんだろうけど、ほころびを領主が放置すると、どんどん悪化する見本だった。この改善で東部の大貴族の名に恥じなくなったんじゃないかと内心自信を深めている。

それと、ギース領は海寄り、アグラ領は内陸で、補完性が高い。食料のバラエティーも一気に増えた。以前はそれぞれの領主が違ったため、経済交流が限定されていたようだが、同じ領主になったメリットを活かし、領民の生活が良くなるよう引き続き動く。さて、アグラ領に着任してから、領地運営に突っ走ってきたけど、そろそろ気分転換したくなってきた。仕事ばかりじゃねぇ。

◆

ギース、アグラ、島の領地経営が安定してきたので、以前、バナン王国のシャイネル公爵から聞いたダンジョンに行くことにした。鉱山にできたダンジョンらしく、冒険者の間でかなり人気らしい。

「テネシア、イレーネ、バナン王国に魔物が出るダンジョンがあるらしいんだが、一緒に行くかい？」

「おお、魔物退治か！　久しぶりだな、ぜひ行きたい！」

「ダンジョンですか、楽しそうですね！」

ふたりとも完全に乗り気だ。まあ、こういう反応になるのは十分予想してたけどね。事前情報をもとに三人で作戦会議をしよう。

「ここは鉱山にできたダンジョンで、金属系の魔物が多いらしい」

「金属系の魔物？　硬いのかい？」

「たぶん硬いと思う。それと金属だから火にもある程度の耐性があるだろう」

「ということは私とテネシアさんの風と火の魔法も効きにくいと？」

「確かに金属は硬くて風が通りにくいし、熱に強いから火にも強そうだが、君たちの大規模魔法なら効くんじゃないかな」

「なら、大丈夫だな」

「でも、そこはダンジョンで、他の冒険者たちもたくさんいるから大規模魔法は放ちづらいな……」

「では、どうしたらいいのでしょう？」

「人が多い場所では近接戦闘だな。剣をメインに使おう。それで人がいなくなったら、魔法を使う」

剣と魔法の二段構えだな。

「それと今回はダンジョン攻略のために、新たな道具とスキルを用意した」

ダンジョンの魔物は硬いだろうから、硬くて丈夫な剣が必要だ。それでふたりに剣を与える。今回は普段封印している【加工】スキル（最高品質）を使用して、最高品質ミスリル製の剣だ。ふたりとも手にしてかなり喜んでいる。

「試しにこれ斬ってみて」

ふたりの目の前に、【収納】から鉄の塊を【取出し】た。

スパッ！　スパッ！

「……凄い、何だ、この剣は！」

「気持ち悪いくらい簡単に斬れました！」

【加工】スキル（最高品質）は文字通り、世界最高品質だ。こんなものが出回ると世界が混乱するだろうから普段封印しているが、今回はいいだろう。

「これで攻撃はいいな。次に防御だ」

ふたりとも遠距離、近接とも対応可能だけど、今回は狭いダンジョン内、至近距離から、次々と魔物が襲ってくることが想定されるので、防御スキルを開発した。

「これをふたりに渡す。これは【結界】スキルが使用可能になるブレスレットだ。魔物から魔法、物理攻撃が来たら、周囲に魔法の壁ができて防いでくれる」

「これはいいな！」

「素晴らしいです！」

正直、オーバースキルな感じもするけど、ふたりを負傷させたくないからね。それと僕は――

「【身体強化】！」

スキルを発動して、その場でジャンプすると、近くの建物の屋根まで飛べた。

「おお！　あるじ、いつの間に、そんなことができるようになったんだ？」

「アレス様、訓練なさっていたんですか？」

「いや、【身体強化】スキルだ。僕はふたりに比べて、体力が劣っているから、これでカバーする」

するとふたりが何やら内緒話をしだした。何を考えているかすぐ分かる。

「あるじ、自分たちもそれが欲しいぞ」

「羨ましいです。アレス様」

しかしなあ、ふたりともすでに身体能力が十分高いし、これ以上となると、かえって危険なんじゃや。

試しに、その場で【身体強化】のアイテム（指輪型）を作り、テネシアに使わせてみた。そして
ジャンプすると、僕の二倍以上の高さに跳んだ。しかし、これでは狭いダンジョン内は危ないんじゃ
ないか。天井に頭がぶつかってしまう。ふたりに説明したが、まだ不満げ。

「それじゃ【身体硬化】はどうだ。体が硬くなり、攻撃にも防御にも有効だ」

それでふたりとも納得したが、よく考えたら、これも随分チートだ。【身体硬化】を先ほど渡した
【結界】ブレスに上乗せして【創造】した。冗談半分にテネシアに鉄の塊を殴ってもらったら、変形
してしまった。何これ？　鉄が粘土みたいにグニャってなってるぞ。

「うお～これは凄い！　あるじ、ありがとう」

「信じられません！」

テネシアは大喜び、イレーネは驚愕。よし、準備はこんなもんだな。

三人でバナン王国の港町に【転移】した。さて、まずは冒険者ギルドだ。ダンジョンに入るには、事前にギルドで受付が必要らしい。今回は他国へのお忍びだ。貴族の大公爵がダンジョンに来るなんて普通ないからね。

「おお！　ギルドだ」

「大きいギルドだな」

「人も多いですね」

ロナンダル王国でも、こんな大きなギルドはなかった。扉を開けて入ると、結構並んでいる。鉱山ダンジョンということで、筋肉隆々の冒険者が多い。しばらく並ぶか。すると、後ろから、

「あんたら、そんな生っちょろい体でダンジョンに入るのか？」

と大柄の男性冒険者にニヤニヤ顔で馬鹿にされる。今回はお忍び、外では極力大人しくしようと事前にふたりに言い聞かせていたので、ふたりとも黙っている。よし堪《こら》えてくれたか。それなら僕も大人の対応をしようじゃないか。

「ええ、このダンジョンは初めてなので、いろいろ教えてくれませんか？」

丁重な返事に気を良くしたのか、冒険者が、あごをクイと上げ、ドヤ顔で話し始める。

「ここのダンジョンは鉱山の採掘をしてたとこでさ、硬いのとか、重いのとか、強い魔物がいっぱいだぞ。倒しても、持ち帰りが大変で、途中で引き返す奴が多い。あんたみたいな弱そうな奴はすぐくたばっちまう。まぁ、屈強な俺なら何とかなるだろうがな。ふふん」

なるほど、いい情報を入手した。

「いやあ、参考になりました。ありがとうございます」

男の説明を聞いて内心ほくそ笑む。どんな重い素材でも自分にはまったく関係ない。

しばらくして、順番が回ってきた。

「それでは冒険者カードを見せて下さい」

ここでSSランクカードを出して受付嬢がびっくりしたら面倒。そういう展開は避けたい。

「すみません。事情があって、ここで出すと不味いので、ギルド長に会えますか？」

「どういうことでしょうか？」

当然、確認するよね。しかたない、有力者の威光を借りよう。

「僕は総ギルドマスターとも懇意にしています。とにかく会わせて下さい」

プチ圧気味にそう言うと、受付嬢が上がっていった。その後、ギルド長に三人のSSランク冒険者カードを提示して、無事パスとなった。せっかくだからギルド長から情報収集しよう。

「英雄にダンジョンに入って頂くのは光栄です。どうぞ踏破を目指して下さい」

英雄？　僕らのことか、この地にもキラービー討伐の報が伝わっているようだな。

「今まで未踏破なんですか？」

「はい、鉱山ダンジョンで良い素材が取れるので冒険者がたくさん来ますが、最下層に行くと剣も魔法も通じない魔物が出ますし、素材回収が大変なので、皆さん途中止まりなんです」

「最下層にはどんな魔物がいるんですか？」

「分かりません。大きくて、硬くて、重くて、強い魔物のようです」

「どうしてそれを？」

「過去に、Aランク冒険者が対戦した情報です。結局その冒険者は引き返しましたが」

「情報提供、ありがとうございます」

その後、三人で町を離れ、郊外に向かう、今回はお忍びだが、観光もかねて、あたりの風景も楽しむ。鉱山とダンジョンで栄える国は活気がある。実はこの国にも商会の支店があるのだが、最初に行った時は周りを見る余裕がなかったので、こんなに栄えていたとは気づかなかった。支店の場所は港町の方だが、今回は顔を出すのを避けた。一応、お忍びだからね。

ダンジョンの入り口付近にきたが、ここも商店があり、賑わっている。よく見たら、ミアの回復薬も販売しているな。遠目で見たが、売れ行き好調のようだ。よし、ダンジョンに入ろう。

洞窟の入口付近は冒険者で混雑状態。素材袋を抱えて、重そうにしている者が多い。そこを過ぎると、多少減ったがそれでもまだ多い。そろそろ何か出るのかな？

「あるじ、あれは何だ？」

「おっ、あれはスライムだ」

ダンジョンで最初に現れたのはスライムだった。ぶよぶよして、和やかな見た目だが、あれでも一応魔物らしい。金属系の魔物と聞いていたので、イメージと違ったが、最初はこんなものか。

「蹴散らそう！」

僕の言葉を受け、ふたりが剣でスパスパ斬り刻む。スライムは物理攻撃に耐性があるようだが、なんども斬っているうちに動かなくなった。よし、目立たないように、

「【収納】！」

さらに進むとまたスライムが現れた。しかし今度は何か変だな。

「銀色のスライム!?」

「【鑑定】！　これは、マテリアルスライムだ！」

ふたりが剣で斬り刻むが、すぐくっ付いて再生する。大した攻撃力はないようだが、時間がかかり、仲間が集まってくる。でも素材には良さそうだな。周りに人がいないことを確認してからの——

「【収納】！」

前方のマテリアルスライムが消滅。冒険者の大半がここで足止めをくらい、引き返していた。対応に時間がかかると足にくっついて前に進めなくなるんだな。よし、次だ。

おや？　前の方で冒険者が格闘している。どんな魔物だ？　大きな爬虫類、トカゲか？

「【鑑定】！　マテリアルリザードか」

その冒険者がマテリアルリザードを何度も剣で攻撃しているが、まったく剣が効かない。そして、ついにマテリアルリザードに押し倒されてしまった。

「危ない！　ふたりとも、やれ！」

ふたりが剣で斬りかかると、マテリアルリザードが八つ裂きに。先ほどのマテリアルスライムでの消耗戦に鬱憤《うっぷん》がたまっていたのだろう。せいせいした表情だ。

先に戦っていた冒険者は倒れた時に頭を打ったのか気絶している。よく見たら、ギルド前で声をかけてきた男だった。気を失っただけみたいだな。端に寄せておこう。そのうち起きるだろう。とりあえずマテリアルリザードを【収納】する。貴重な素材だ。

その後はアイアンリザード、シルバーリザードが続いた。そして下に行くほど数が増えてきた。でも、そんなことお構いなしにふたりがスパスパ斬っていく。相当楽しんでいるようだ。さすが最高品質の剣だけある。ふたりが通った後は大量の屍《しかばね》が発生したが、ホクホク顔で【収納】したのは言うまでもない。宝の山だからね。

「しかし、あるじ、この剣は本当に凄いな」

「面白いように斬れます」

テネシアに長剣、イレーネには短剣を渡しているが、完全に使いこなしている。ちなみに短剣といっても、ナイフサイズではない。前の世界のドス（短刀）くらいはある。

「剣が傷んだら言ってくれ、予備もあるからね」

だいぶ下まで来た。もう周りに他の冒険者の姿は見えない。ここからはギアを上げて行こう。しばらくすると大きなトカゲが道を塞ぎ、こちらを睨みつけてきた。

「【鑑定】！　ミスリルリザードだ！　ふたりともやれ！」

ふたりが剣で斬りかかる。

カチーン！

あれっ？　先ほどまでのようにはスパッと斬れない。こいつは相当硬いようだ。

カチン！　カチン！

「なんだ！　こいつは！」

「思ったように斬れません！」

しかし、まったく斬れないわけではなく、少しずつ追い詰めてゆく。ところがそこへ、仲間が三匹現れ形勢が逆転してしまった。前に進めない。あっ！　ミスリルリザードが頑丈な長い尾で攻撃してきた！　ヤバい！

「【身体硬化】【結界】！」

バシーン！

直前で攻撃を防いだが、尾の直撃を受けて、近くの壁が崩れた。あれをまともに食らったら、ひとたまりもない。四匹のミスリルリザード、こいつは強敵だ。【収納】を使えば終わってしまうが、生きたままだと素材利用できない。それなら――

「【スリープ】！」

四匹とも、その場で眠りに就く。まさにチートスキルだね。あとはふたりにとどめをさしてもらう。

さあ、次だ。ここまで来たら、もう他の冒険者と出くわすことはない。ギアを上げよう。


しばらく進むと、前方から、カサカサとざわめいた音がしてきた。

大量の黒い蝙蝠《こうもり》だ！

「【鑑定】！　キラーバット、噛みついて、酸性の毒で溶かすのか」

近接戦闘は避けた方がいいな、ここなら、もう他の冒険者はいない。

「テネシア、イレーネ、魔法解禁だ！」

「待ってました！」

「行きますよ！」

ふたりがタイミングを合わせ、一斉に火魔法と風魔法を手加減なしで放出した。

ボッ、ゴオオオオオオオオオオ――

「わっ、これは凄い！」

ただでさえ、テネシアの火魔法の威力は凄まじいが、これにイレーネの風魔法が加わったことにより、火の竜巻がうなりとなって蝙蝠の魔物を焼き尽くしていく。前方の洞窟が炎の爆流で満たされた。

そして灰だけが残る。

この後もキラーバットが大量に襲ってきたが、ふたりが容赦なく燃やし尽くした。もうだいぶ奥まできたな。そろそろ最下層じゃないだろうか。それにしても火と風の合わせ技は凄まじい。普段の練習では危な過ぎて禁止しているが、ここぞという時の破壊力は度肝を抜く。

そして、ついに狭い道から広い空洞のような場所に出た。

「ここで、行き止まりだな」

「ダンジョン踏破か！」

「やりましたね！」

しかし、その瞬間、近くの壁が崩れてきた。

「あるじ、イレーネ、壁が崩れるぞ！」

「危ない！　避けましょう！」

「わっ、【身体強化】！」

とっさに横へ跳び、落石から回避した。ふたりも無事だな。

「んん？　何か出て来るぞ。あれは、ゴーレムか？」

崩れた壁の中から巨大なゴーレムが現れた。どうやらコイツがラスボスのよう。

「【鑑定】！　ミスリルゴーレムだ！」

硬度最強、耐熱最強、耐刃最強ときた。全身ミスリルとは凄いな。

「テネシア、イレーネ、とりあえず物理攻撃だ！」

ふたりが剣で応戦する。

カチン！　カチン！　カチン！　キーン！　キーン！　キーン！

空洞内で、金属同士がぶつかる衝撃音が響き渡る。ふたりとも巨大なゴーレムを高角度から怒涛《どとう》に攻撃し、ゴーレムは動きが遅いが、大きな腕でふたりに上からパンチを浴びせてくる。避けると地面が陥没した。動きは遅いがパワーが途轍《とてつ》もない。しばらく物理攻撃が続いたが、ふたりの剣は効かないし、ゴーレムのパンチは避けられる。お互いに決め手なし。

だが、これではふたりとも消耗してしまう。ミスリルゴーレムは疲れを知らないみたいだし、どうしたらいい？　試しにあれをやってみるか。ゴーレムに効くか分からないが。

「【スリープ】！」

ゴーレムの動きが止まらない。ゴーレムは生物じゃないのか？　だから眠らない？

それなら――

「テネシア、イレーネ、魔法を使っていいぞ。ただし、ここは空洞内だから手加減しろよ」

先ほど、壁が崩れたしな。

「ファイヤーボール！」「エアーアタック！」

火と風の魔法がゴーレムに直撃するがまったく効かない。あいつの動きを止められればな……。

そうだ止めればいいんだ！

「動きを止める【停止】スキルを【創造】！」

よし、【停止】スキルを【創造】できた。ゴーレムに向かって——

「【停止】！」

ゴーレムの動きが止まった！　よし、そのまま収納しよう。これで終わりかな？

するとゴーレムが出てきた壁がボロボロ崩れ出し、中に部屋らしきものが見え、奥にミスリル、金、銀など、素材の山が出てきた。これはお宝だな。早速、【収納】しよう。全部回収すると、さらに奥に、光るものが見えた。

「これは水晶玉だろうか？　とりあえず持って帰ろう」

いきなり入口まで【転移】もできたが、まだ余裕があったから、アイアンリザードがいたあたりに【転移】して、あとはテネシアとイレーネが斬り倒しながら入口に向かった。

その後、ギルド長にダンジョンを踏破した旨告げると、腰を抜かすほど驚かれた。いろいろ聞いてきたので、ありのまま伝える。ただし、こちらの使用したスキルはボカしながら。

「それで、ラスボスはミスリルゴーレムだったんですか？」

「はい、そうです」

「素材はありますか？」

「ありますが、大きいので、広い場所でないと無理です」

その後、ギルド近くの素材倉庫で、ミスリルゴーレムを【取出し】た。

「こ、これは凄いですな！」

ギルド長が驚愕する。そして、真剣な表情で訊いてきた。

「これをどうなさるおつもりですか？」

確か素材は冒険者が回収できるはずで、これからじっくり考えようと思っていたが……。

「できればこの町に留めておいてもらいたいんです」

「この町に置いてどうするんですか？」

「貴重なラスボスで、ダンジョン踏破の記念になります」

「それでしたら、この町に僕の経営するお店がありますので、その店にダンジョン踏破の記念品として、置くようにしましょう」

「それはありがたいです。冒険者たちも見に行くでしょう。私の方もギルド長の名で証明します」

こうしてこの町を後にするのだが、僕がダンジョンを踏破した噂が一気に広まり、お店もラスボス像のお陰で大繁盛《だいはんじょう》となった。今回は大量の素材をゲットしたので、ホクホクだ。生産系スキルに素材は必須なものでね。しかし最下層で回収したあの水晶玉は何だ？　手に持つと、やたら元気になる。

「【鑑定】！　『魔力増大の水晶玉』!?　魔力が増大するアイテムか」

ずっと持っていると全身が熱くなるし、魔力酔いで気分が悪くなる。とりあえず【収納】しとこう。


後日、シャイネル公爵からダンジョン踏破のことを聞かれて話したら、かなり興奮していた。

「公王様、お店に行きましたよ。あのミスリルのゴーレムは凄いですね。今にも動きそうですよ」

確かにそうだ。ここだけの話、【停止】させただけの本物で、完全に倒したわけじゃないから、そのうち動き出すんじゃないかと内心ビクビクしているが、しばらく経過観察するしかないな。

シャイネル公爵にダンジョン踏破の話をしている際、剣の話になったので、僕の剣を見せたら、ぜひ欲しいという話になったが、ギルフォード商会はロナンダル王国の御用達商会で外国に武器の販売を禁じられている。買ってくれるならぜひ売りたいがどうしよう。あっそうだ！

「それなら、商会でなくて、島である公国から直接購入というのはどうでしょう？　公国は通商、外交を一任されてますし、商会を通さなければ、いけそうです」

「それなら公国から直接買います」

「しかしながら、コソコソやるのは気が引けますので、本国に話を通してからにします」

「良いお返事を期待しています」

よし、今度は王様だ。メリッサ姫に【念話】しよう。

◆

王城でガロル王、ザイス筆頭大臣、メリッサ姫と同席する。

「実はバナン王国より、剣の購入希望がありました。公国は本国から通商、外交を一任されておりますが、武器ということでしたので、念のため確認に参りました」

ガロル王が腕組みし、ザイス筆頭大臣は思案顔、メリッサ姫は興味深げ。

「ザイス大臣どう思う？」

「……基本的には、公国の判断でしょうが、武器は我が国の国防にも関わりますので、一定の制限があった方がよろしいかと」

「そうじゃな。いくら公国に一任してるとはいえ、無制限は難しいな」

制限付きか、まぁ、そうなるよな。一任だからといって、何でもしていいわけではない。

「それでしたら、ロナンダル王国の国防に配慮し、数に制限をかけましょう。バナン王国にダンジョンがございまして、主にそこに挑む冒険者向けの剣だそうです」

「ほう、ダンジョンとな」

「実は僕がそこのダンジョンを初踏破し、評判が上がり、剣も注目されてしまったのです」

「そんなに凄い剣なのか？」

「はい、ただし、販売用の剣はそこまでの品質にはしない予定です」

「まあ、それなら大丈夫かの。販売した剣の数は本国にも報告してもらいたい」

「分かりました。今回は公国が直接販売します。商会は一切タッチしませんので、ご安心下さい」

「それなら尚、安心じゃの」

その後、思い付きで、ダンジョンで回収したミスリルの大きな塊を綺麗なオブジェに【加工】して王家に献上したら、王も大臣も驚いた。最近は王宮でもスキルを隠さず使えるので気が楽だ。最後はいつものように姫様とふたりきりになり、ダンジョン踏破の話で盛り上がる。

「アレス様とお話してると楽しいですわ」

「僕もです。姫様」

以前、お贈りした翼を広げるユニコーン像が部屋にしっかり置かれている。

大切にして下さり、ありがたいことだ。

◆

島の館にドワーフの職人さんたちを招いて役員会議をする。

「バナン王国より剣の購入依頼が来た。ぜひ島の特産品にしたいので、剣の増産を頼みたい」

ドワーフ職人たちはウラバダ王国では腕のいい剣の職人だった。ここに来てからは防衛隊の剣や生活用の包丁などを作っていたが、手持ち無沙汰だったのだろう。手放しに喜んでいた。

「しかし、剣の材料、鉄鉱石が足りません」

「それなら、大丈夫、僕がいくらでも用意しよう」

その後、ドワーフさんたちの工房を見せてもらい、要望を聞きながら、設備類を【加工】スキルで一新した。そして倉庫に連れていってもらい、【取出し】【加工】。

「うわあ、これは！」

倉庫いっぱいに鉄鉱石が現れ、目の前でそれを鉄鋼にする。

「輸出には数量制限と品質制限がある。一応、この剣をサンプルに置いておくので、この品質を上回らないように頼む」

そう言って、サンプルに【加工】（品質改善）で作った剣を置いた。さあ、これで島の特産品が増えた。その後、シャイネル公爵に報告し、数量制限、品質制限も了解してもらった。

◆

僕は元々生産系スキル持ちで、【加工】【複写】【創造】を使ってきたが、実は、それらの材料を準備する【収納】を一番多く使ってきた。そして、それにより、どんどんレベルアップした。

【収納】
レベル1（そのままの状態で保存）
レベル2（収納内で分別分解可能）
レベル3（生物収納可能）
レベル4（亜空間廃棄可能）

生物が収納可能になったのはいいが、生物は素材化できない。生きたまま【収納】した魔物は出した途端に暴れるから厄介だ。まあ、亜空間廃棄すればそれまでだけど、先日捕まえたミスリルリザードの廃棄はもったいない。後から分かったが、どうもとどめをさせていないみたいなんだよな。どうにかならないかな。生物でも素材化できれば……すると、頭にレベルアップのイメージが浮かんだ。

〈【収納】レベル5（生物強制素材化可能）〉

「おお！　やった！」

試しにミスリルリザードに適用したら、一瞬のうちに中でミスリルや他の物質に変換された。これは凄い。レベル4（亜空間廃棄可能）もそうだったが、生き物にも適用できるため、生産系スキルなのに最強レベルに武力化してしまった。この世界で平和に大人しく過ごせれば、良かったのだろうが、身を守るためにスキルも進化したのかもしれない。まあ、人間相手には使いたくないけどね。

【創造】で創った相手を無力化するスキル、【スリープ】と【停止】だが、虫で試したら、違いがあった。両方とも状態異常系のスキルだが、【スリープ】だと解除したら起きる。しかし【停止】を長時間やると動かないまま。呼吸器官も【停止】し生命維持活動まで【停止】してしまうからだろう。

ごく短時間なら大丈夫だった。【スリープ】も数日なら大丈夫だが、あまり長いと生命維持がストップしてしまう。ただし【スリープ】【停止】させた直後に、【収納】すると時間停止が働いて、生命維持できた。使いどころに気を付けないとな。

そう言えば、ダンジョン最奥で回収した水晶玉だけど、【取出し】すると、魔力がどんどん湧き出てくる。とりあえず、そのままの状態で【収納】しとく。この『魔力増大の水晶玉』により、活躍の場を大きく増やせそうだ。

一般の収納と僕の収納の比較
◇一般の収納　有限　生物不可　そのまま取出す　収納内で廃棄不可　目の前の物だけ
◇僕の収納　限界を感じたことがない（無限かも？）
生物可能（生物は処理しないと生きた状態で出てくる）
分別分解可能（物理的な分別から分子レベルの分解まで）
収納内で廃棄可能（別の亜空間へ廃棄）
視覚が及ぶ範囲が対象（視覚にはイメージも含む）

生産系スキルの活用において分別分解可能というのは利点が大きい。例えば鉄鉱石を【収納】すると中で瞬時に鉄に分解し、その後、【加工】で、鉄鋼や鉄製品にできる。そしてひとつ鉄鋼を作れば、それをサンプルに【複写】して、簡単に鉄鋼の増産ができてしまう。一番のチートスキルである【創造】で物を作る際も、ゼロからできるわけではなく、収納内の材料を基にして作る。また物を作る際にエネルギーが必要だが、これは僕の魔力を使っているようだ。ただし収納内で作ると、亜空間からエネルギーを補給しているのか、それほど疲れない。なので物を作る際は極力、収納内で作るようにしている。そしてできたものを【取出し】するだけなら、エネルギーをほとんど使わない。

◆

今日はアグラ領を空から巡回している。テネシアとイレーネはバナン王国のダンジョンが気に入ったようで、ふたりでお出かけ。彼女たちに荷物持ちがいないと大変だと思い、【収納】機能付きのカバンを与えた。但し、オーバースキルは不味いので、物だけ、倒した魔物だけ、そのまま保存という制限をかけてね。危なくなったら、すぐ【転移】するよう言うのは忘れていない。収納カバンには予備の剣、回復薬、水筒、食料などを入れておいた。ふたりとも無理しないようにね。

最近は広い郊外の農地を見て回っていたが、たまには北方の国境付近も行くか。あそこは深く険しい森があって、越境してくる輩はまずいないと思うが、念のため。

森を越え、そろそろ国境付近に迫ったところ、何やら大勢の人がこちらに向かって歩く姿が目に入る。何だ、あれは？　近づくと、頬はこけ、血色が皆悪く、生気がない。これは……。

「【鑑定】！　ゾンビだ！」

どんどん国境を越えて入ってくる。これは不味い！　今日はふたりがいないから、これ以上、入らせたくない。よし、壁を造ろう。

「【収納】【加工】【複写】！」

ゾンビと絡みたくないので、上空からスキルを使い、次々と石壁ができあがる。島でさんざん壁を造ってきたのでお手の物だ。壁ができると、ゾンビは壁にぶつかって進めない。あまり知能は高くなさそうだな。だが、数が多く、まだ壁のない場所から入ってくる。ペースを上げよう。

「【収納】【加工】【複写】！」

スキルを繰り返し、国境手前近くでどんどん壁を横方向に広げていく、ゾンビと壁の競争だ。結局、領内の国境ラインすべてに壁を構築してゾンビ侵入を防ぐことができた。

「でも、壁を造る前に国境を越えたゾンビが森に向かっているなぁ……」

この森に人は住んでないし、崖で足場も悪いから、侵攻は遅れるだろうが、やはり自分の領内にこんな得体の知れない者は入れたくない。よし、やるか。さっきよりは数も減ったし。

「【収納】【収納】【収納】！」

今度はゾンビをスキルで捕らえていく。だいぶ減ったな。

と思ったら。何人かが森の中に侵入した。

「視界が悪い森に入られると面倒だな。ひとりずつ消していくか……」

ゾンビの動きは不規則だが、なぜか領内の同じ方向に向かっている。

ひょっとして操られているのか？　と、その時、視界の先に大きな蛇が現れた。

「あれは、いつか見た洞穴の大蛇じゃないか！」

どうやら洞穴に何人かのゾンビが入ってしまい、怒った大蛇が出てきたようだ。

大蛇に【動物会話】スキルで話かけよう。

（助けましょうか？）

（大丈夫だ）

そう言うと大蛇はゾンビを次々と丸呑みしていった。あらら、食料にしちゃったよ。

だが、お陰でゾンビはすっかりいなくなっていた。大蛇さん、グッジョブ、かな？

もう一度、壁の向こうに行くか。何か怪しい感じがするんだよな。

壁の向こう側には、まだ多くのゾンビがいたが、壁に阻まれぶつかるばかり。

これなら大丈夫だろう。と思った時、国境向こうから、

（余計なことをするな！）

という強烈な念が飛んできた。


ゾンビの集団の奥を見ると、黒い影の固まりが見えた。あれは何だ!?

「【鑑定】！　レイス（死霊）、物理攻撃無効か……。【収納】できるか分からないな」

そうだ、あれがあった。以前、教会の儀式で【複写】したスキル。

「神聖魔法、【浄化】！」

（うぎゃああ～！）

死霊が消滅した。するとゾンビたちの動きが鈍くなった。あれがゾンビを操っていたのか？

試しにゾンビに【浄化】をかけたら、バタバタ倒れていった。このあたりは外国だし、勝手に入っても不味いだろう。そっちの方で処理してもらおう。これで一件落着、かな？

帰りに大蛇の洞穴に行ったら大蛇が首を出していたので報告しよう。

（敵を全部、倒しましたから、安心して下さい）

（そうか、分かった）

大蛇は一度、こちらをじっと見ると、挨拶のように舌をぺろぺろ出して、洞穴に戻っていった。さて、帰ろう。ちなみに【収納】したゾンビは気色悪いし素材に使いたくなかったので、亜空間廃棄しといた。分子レベルに分解すれば、元が何でも物質的に問題ないが、この抵抗感はきっと倫理観からくるものだろう。前から思っていたが、僕のスキルはこれが大きく関係している。

◆

ギースの大公城に帰り、ソファでまったりしていると、テネシアとイレーネが【転移】で戻ってきたが、ミスリルリザードで足止めを食らい、ダンジョン途中で引き返したとのこと。

「あいつは硬いな、剣は通さないし、魔法も効かないし」

「一匹だけなら何とかなりそうですが、仲間が増えるんですよ」

「大規模魔法はダンジョンが崩壊しかねないしな……（チラッ）」

「もっと強い剣があればいいんですけどね……（チラッ）」

ふたりが僕の顔をチラ目する。あの剣は【加工】レベル３（最高品質）で作ったものだ。

この世界だと、あれ以上の剣は……待てよ、この世界でない異次元品質なら……。

そう思った時、【加工】スキルレベルアップのイメージが浮かんだ。

「よし、やってみるか！　【加工】レベル４（異次元品質）！　剣を製造！」

ごっそり魔力を持っていかれる。おおっ、ヤバイ！　あれを使おう。

「ダンジョン最下層で回収した『魔力増大の水晶玉』を【取出し】！」

ふぅ、魔力がどんどん回復するぞ。これは助かる。できた剣を見ると、見るからに異質だ。周りの空間が蜃気楼《しんきろう》のように歪んで見える。凄いね、こりゃ。

「ふたりともこの剣で試し斬りしてごらん」

そう言って、ミスリルの塊を出す。この世界でミスリルは最強クラスの金属だ。

スパ！　スパ！

「おおおー‼　凄いぞ！」

「これは⁉　ミスリルを斬るなんてありえないです！」

ふたりが驚きの声をあげる。しかし、この剣は、普段使いは絶対にやめた方がいい。

ふたりに取扱い制限をかけ、普段は収納カバンに入れとくよう指示を出した。だが――

「これならダンジョン踏破できるぞ！」

「また行きましょう！」

と興奮気味。はは、まぁ、しょうがないか。

「この剣は人前では絶対にしまっといてね」

と釘を刺しておいた。たぶん、この剣、異次元と繋がっている。まるでオーパーツみたいだな。

◆

〜ウラバダ王国・王城〜、

「反抗する人間は処刑しろ！」

いつものようにゴラン王が怒声をあげる。

「ひっひぃ、わ、分かりました」

国内状況は悪化の一途、政情の不安、経済的不況から、王への不満が増大している。そんな中、王に反意をあげた者は次々と処刑されていった。後任の行政大臣ヨウロも完全に王の言いなりで、側近で止められる者は誰もいない。不満があって少しでも口に出そうものなら、誰でも即座に処刑されてしまうからだ。広場では連日、公開処刑が実施され、国中が恐怖に包まれていた。

〜ロナンダル王国・王城〜

「陛下、国境が異常事態です！」

「どうした、ザイス筆頭大臣？」

「多勢が我が国に迫っています！」

「多勢？　軍隊か？」

「いえ、報告によると、どの人間も死んだように生気がないとのこと」

「死んだようにだと？」

「国境兵が話しかけても、まったく通じず、武器で攻撃しても、動きが止まらないとのことです。

ひょっとして……」

「……ゾンビか。すぐ国境に兵を集めよ！」

「はは！　ただちに」

～ロナンダル王国・国境～

大勢の兵士が集まり、迎撃の準備をする。そこへゾンビの大群が迫ってきた。

「撃て――――」

弓から無数の矢が放たれて、ゾンビに突き刺さるが、侵攻は止まらない。

それどころか、どんどん近づいてくる。

「撃て――――」

前方のゾンビは体中が矢に刺さっているが、まったく気にしていない様子。

「部隊長、これは不味いです」

ゾンビが目の前まで迫ってきた。

「くっ、突撃だ――――」

部隊長の掛け声で歩兵たちが一斉に突き進み、槍がゾンビを貫く。

しかし、まったく効かない。それどころか、さらにゾンビが押し寄せ、侵攻が止まらない。

「ダメだ！　総員退却！」

こうしてゾンビの大群が国境を越えたのである。

～ロナンダル王国・王城～

ガロル王とザイス筆頭大臣が緊急で会合する。

「ゾンビが国境を越え、侵攻がやみません。このままでは王都に迫る勢いです」

「しかし、解せぬ。なぜ、こんなにも多数のゾンビが一斉に国境を越えてくるのだ？」

「そう言えば、ウラバダ王国では連日、民が処刑されているとか。何か関係があるかもしれませぬ」

その言葉に少し間を置き、王が重い口調で返す。

「……あのゾンビは処刑された人間ということか？」

「分かりません。ただ、ゾンビの状態から最近亡くなった者のようです。多数の処刑された人間、多数のゾンビ、符合します」

ゾンビは人間の死体であり、何らかの闇の作用で活動する魔物の一種。

「ゾンビは剣や槍の攻撃には耐性がありますが、教会の神聖魔法ならば効果があるかもしれません。それと一部の冒険者も神聖魔法が使えます」

「教会と冒険者ギルドに対応要請せよ！」

「かしこまりました」


～ロナンダル王国・辺境～

冒険者ギルドと教会から、神聖魔法の使い手が集まり、迎撃態勢を取っている。

そこへゾンビの大群が迫ってきた。

「行け！」

神聖魔法の使い手たちが光り輝く浄化の魔法を放つ。これにより前方のゾンビが苦しそうに倒れたが、次々と後ろから続く。すでに死人であるゾンビに恐怖心など微塵もないのだろう。

「ダメだ！　キリがない！」

神聖魔法の使い手はせいぜい数十人、そこへ千を超えるゾンビ、まったく抑えることができない。

「うわあぁ！」

ひとり、またひとりとゾンビにやられていく。このままでは全滅だ。

「たっ、退却だ！」

数の暴力の前に前衛部隊は成す術《すべ》がなかった。


～ロナンダル王国・王城～

「辺境領の半ばまで侵入されました。このままでは王都まで侵入されてしまいます」

「……国家災害級案件じゃ、Sランク案件と認定し、冒険者ギルドに連絡せよ。緊急事態だ。それとギルフォード大公に連絡じゃ。メリッサを呼べ！」

「ははっ！」

ガロル王とザイス筆頭大臣が慌ただしく動く。


～ロナンダル王国・郊外・ゾンビ防衛前線～

緊迫感が高まる中、冒険者たちが話をする。

「おい、Sランク案件に認定されたってよ」

「それじゃ、俺らBランクの出番はないな」

「おい、あの『消滅の風火』が来てるらしいぞ！」

「えっ！　あの伝説のパーティーがか！」

「いくら伝説のパーティーでもSランク案件じゃ、厳しいだろ」

「いや、彼らは大陸で一組しかいないSSランクだぞ、何とかしてくれるはずだ」

随分、僕らの話が広まっているな。はは。姫様から【念話】で多数のゾンビが王都に向かっているとの連絡を受け、ゾンビを迎撃することにしたが、今回もいつもの三人だ。すでに国家災害級、Sランク案件に指定されたため、僕たちが前面で優先的に戦わせてもらう。他の冒険者や兵士たちには後方で待機してもらおう。皆、SSランクの戦闘に興味津々《きょうみしんしん》の様子だしな。

前回、対ゾンビ戦を経験しているので余裕が持てる。おっ、ゾンビが見えてきた。さあ、やるか。

「イレーネ、ゾンビの首と足を斬るんだ！」

イレーネがエアカッターを連発で放ち、首と足が斬られたゾンビが次々と倒れていく。よし、これで前に進めない。並みの風魔法ならせいぜい数人がやっとだろうが、イレーネの風の刃は十メートル以上の大型で、一撃で数十人単位のゾンビを屠る。首が飛び、足が飛んだゾンビはただの肉片だ。

「テネシア、倒れたゾンビを燃やし尽くすんだ！」

テネシアの火はまさに火炎の竜巻であり、先ほどまでゾンビだったものはただの炭の塊となる。それを僕が【収納】し、綺麗にしてから、前に進む。

ゾンビはまだまだ、こちらに向かってくるので、風で斬り、火で燃やし、収納で消しながら、三人で前進する。なるほど、『消滅の風火』とはよく名付けたものだ。後ろの兵士、冒険者のギャラリーはあっけに取られていることだろう。さあ、このまま国境まで、押し返すぞ。

三人で国境に向かいつつ、ゾンビを倒していく。ここまで来ると流れ作業だ。たまに脇からひとり、ふたり、洩れるのがいたが、そのくらいなら、後方の冒険者や兵士で十分対応可能だろう。

ただ、ゾンビの数も多く、ふたりの魔力も少し消耗してきたようだ。

それなら、あれを使おう。

「テネシア、イレーネ、この『魔力増大の水晶玉』を握ってごらん」

「おおっ！　これは回復が早いな！」

「回復薬より効果的です！」

ダンジョンで回収したレアアイテムで、これは超使える。

「よし、このまま国境に向かおう！」

国境付近まで来ると、ゾンビの数は減ってきたが、それでも途切れることがない。

「う〜ん、このまま帰ると、また来るよな。だったら壁を造るか！」

「【収納】【加工】【複写】！」

生産系スキルにより国境近くに次々と石壁が積み上がっていく。前回と違い、今回はテネシアとイレーネがいるから楽だ。脇からそれる前に片付けてくれ、順調に壁が横に伸びていく。もう今回のゾンビは大丈夫だろうが、後ろの人たちにちゃんと言っておかないとな。

「今回のゾンビはこれで大丈夫でしょう。しかし、今後もゾンビが発生するかもしれません。念のため、国境の壁を延ばしていきます」

するとと部隊長が、

「どこまで壁を造るのでしょうか？」と聞いてきたので、

「発生源はウラバダ王国なので、ウラバダ王国との国境全部に造りますよ」

と、答えたら、「えええ！」と声をあげ、腰を抜かした。二度とゾンビは嫌だからね。今回こんな大きなことが言えるのは、『魔力増大の水晶玉』があるからだ。これがあればいけるんじゃないかな。

ここからは、僕の工作タイム。目的が解決したので、多くの人は撤退したが、国境付近ということで、兵士の一部と、なぜか多くの冒険者がついてきた。

「こんな大魔法、見たことないぞ！」

「SSランクってこんなに凄いのか！」

「さすが伝説のパーティー『消滅の風火』だ」

工作タイムに専念できるので、戦闘力のある人に見守ってもらうのは悪くないが、国境ラインは非常に長い。もっとペースを上げないと。水晶玉を持ちながら、やってみるか。

いつも通り【収納】【加工】【複写】を使ってみると、一気に視界の果てまで壁ができてしまった。

「おおおおお――――!!」

「なんだ！　これは――――!!」

ギャラリーが絶叫する。そろそろ、うるさくなってきた。

「【飛行】！」

「おおおおお――――!!」

この後、【飛行】しながら、壁を造っていたら、ギャラリーはいなくなったが、テネシアとイレーネは護衛でずっとついてきてくれた。時間がかかったが、ロナンダル王国とウラバダ王国の国境すべてに防壁を造った。しかし、この水晶玉凄過ぎだ。どこから湧いてくるのか知らないけど、魔力がずっと溢れてくる。

◆

三人で千を超えるゾンビを全滅させ、国境に防壁まで造ったことが王国中で大きな話題となった。

「さすが救国の英雄だ！」

「たった一日で国境全部に防壁ができたらしい」

目撃した兵士たちから上層部に報告され、三人に恩賞を与えようという気運が高まったらしい。

王城に呼び出されると、いつものガロル王、ザイス筆頭大臣、メリッサ姫が待っていた。

「ギルフォード大公、そなたには二度も国を助けてもらった。改めて礼をせねばなるまい」

王の言葉に気持ちが込められている。僕としてはそれだけで十分。

「当然のことをしたまでです」

僕はこの国の住人だし、この国が好きだ。この国に来れて良かった。

「三人で千を超えるゾンビを屠り、その上、再度の侵略防止のため、ウラバダ王国との国境すべてに防壁を造るなど、誰もできることではない。わしも防壁を見たが大いなる国防強化じゃ」

「お褒め頂きまして、恐縮でございます」

「それでじゃ、国防に尽くしたことに対するお礼として、そなたへ『元帥』の称号を授与したい」

「げ、元帥ですか？」

随分、仰々しい肩書だな。

「うむ、元帥は国の防衛の最高の称号じゃ」

国の防衛の最高の称号!?

「しかし、過分ではないでしょうか？」

「いや、今回の件は兵士たちからも絶大の評価を得ている」

「しかし……」

「まあ、いい……少し、込み入った話をしようかの」

ここで小休止が入り、別室の応接間に席を移した。いったい何だろう？

「余のふたりの娘のうち、第一王女は他国に嫁ぎ、現在は第二王女のメリッサだけなんじゃ。それで第二王女の行く末を案じていたが、貴公のように素晴らしい御仁に巡り合え、望外の幸運と感じておる。王女と結婚後はぜひ王族として、ゆくゆくはわしの後を継いでほしいのじゃ」

ええっ!?　この僕が王族!?　しかも王様の跡継ぎ!?

「そ、それは将来、この僕が王になるということでしょうか？」

メリッサ姫と結婚し、大公家として王家を支えるイメージを持っていたが、まさか自分が王家入りする方向にラインが引かれていたとは!?　だが、よくよく考えれば、いろいろ辻褄《つじつま》が合う。

「これまで、商会の経営、領地運営、そして冒険者として卓越した能力を確認してきた。そなたには十分にその資質がある」

そこまで評価して下さっていたのか。

「だが、わしや大臣、実際にそなたの活躍ぶりを見てきた者には分かるが、一部にはまだそれが十分に分かっていない者もおる。人にもいろいろおるからのう」

なるほど、それで、そういう人たちを納得させろということか。

「それで、貴公に王都近郊の領地で、実績をつくってもらい、彼らを黙らせてもらいたいのじゃ」

「具体的にどのようにすればよろしいのでしょうか？」

「王都のすぐ隣にあるベイスラ領はスラム街が多く、治安も悪い。何度か領主が代わっているが、誰がやっても改善が見られぬ。過去の領主は賄賂で牛耳られたり、変死したりと、散々なのじゃ。もしその領地を貴公が改善できれば、誰も貴公の特進に反対するものはいなくなるじゃろう」

「分かりました。ただし、ひとつお願いがございます」

「何なりと申すが良い」

「おそらく相当な荒療治になると思いますので、僕の思う通りにやりたいのですが」

「そなたの実力を信じておる。好きにやって構わん」

「それならば、お受けいたします」

「さすがはギルフォード大公じゃ。それと元帥と言っても象徴的意味合いが大きい。軍のトップではあるが、実務は今まで通りの組織で運営していくので、まったく心配はいらん。一種の箔付けみたいなものよ。ただし、定期的に王城での会議に出席してもらうので、その際は馳せ参じてくれ」

「かしこまりました」

「ザイス筆頭大臣あれを」

ザイス筆耕大臣から目録を提示される。
一、元帥の称号の授与、二、ベイスラ領の授与
現在、島、ギース領、アグラ領と領地運営が軌道に乗っている。

新たな領地、ベイスラ領か。思いっきりやってやろう。

「引き受けてもらえるか？」

「お引き受けいたします」

傍から見れば、自分の顔は真剣だったろうが、内心はワクワク、さあ、新領地、やるぞ！

今回の件で、テネシアとイレーネの伯爵への陞爵が決まった。これまでふたりとも僕の下で直接働くことを希望し、領地授与は辞退してきたが、今回は大幅な俸給増額が決まった。王都の館は以前にふたりとも授与されているが、王都に行く機会も増えるし、さらに貴族の嗜みを覚えてもらおう。自分も人のこと言えないけどね。僕の王都の領主邸も王都に来た時の寝泊まり用になってるし。

将来的には、テネシア、イレーネにも、領地を持たせたいと強く思っている。

自分でやってみて分かったが、大きな力を持つ者はその力を民のために役立てる使命を負う。

それは本人が好むと好まざるとに関わらずだ。

第九章　ベイスラ領着任

王城の謁見の間で、元帥の称号とベイスラ領の授与を受けた時、今回も多くの貴族が参加していたが、元帥と聞いた時は「おおお！」「素晴らしい！」と明るい反応だったのが、ベイスラ領と聞いた途端、「えぇぇ……」「うわぁ……」の後、ヒソヒソ話しだして、微妙な反応に変わってしまった。

この反応からも、ベイスラ領がどのような所か窺《うかが》い知れる。だが、やってやろうじゃないか。

その方がかえって燃える！　うおおお！　なんてね。

元帥になったので、ザイス筆頭大臣に案内してもらい、ハイネラ軍事大臣に会う。何か微妙な表情だな。いきなりできた格上の称号持ちにどう接したらいいのか分からないのかも。それなら――

「私は軍のことはよく分かりません。あくまで元帥は軍の象徴のようなものです。引き続き、これまで通りの職務をお願いします」

こう言うとハイネラ軍事大臣の表情が一気に和らぐ。

「元帥のご就任おめでとうございます。元帥閣下の下で職務に励みます」

うん、いいね。その後、隊長、部隊長などとも挨拶していった。元帥の初仕事はこれで終わり。

テネシアとイレーネが王城で伯爵の陞爵を受け、ザイス筆頭大臣から説明を受けた後、早速、三人で、ベイスラ領に向かう。今回は早期に決着をつけるため、すぐ領地赴任させてもらった。

ザイス筆頭大臣の話では、ベイスラ領は王都に隣接する小規模な領地で商業、住宅街が大部分を占めるとのこと。王都に近いため王都に勤務・出稼ぎに行く者も多いようだが、一方、王都へ良からぬ人物を送りこむため、長年、病巣のような領地だったとのこと。とにかく治安だな。

王都からベイスラ領に入ると、町の雰囲気がガラリと変わる。全体的に淀《よど》んだような、濁ったようなそんな感じ。よく見ると、陰から睨みつけてくる者が多い。何か警戒してるし、とりあえず、いつものパターン。領主邸だ。やることはこれまでと変わらない。王道を突き進むのみ。

ある程度、予想してたが、領主邸に入っても誰も挨拶に来ない。やれやれ。

「新しい領主だ！　全員集まれ！」

やっと出てきたかと思ったら、眠そうで、髪ボサボサで、面倒くさそうな表情の男が出てきた。

こいつはクビ確定だな。領主の出迎えにヨレヨレの寝間着姿で出てくるとは何事だ。

「他の使用人たちはどうした？」

「あえっ？　知りませんよ、来るなら事前に連絡くらい欲しいっすね。ったく！」

と逆切れしてきた。念のため、「お前が執事か？」と聞いたら、「そうですよ」とこともなげに答えたので、その場でクビを宣告し、テネシアが外に叩き出した。その後、館を全部見て回ったが、寝ているも者、遊んでいる者、酒を飲んでいる者、酷いあり様だった。これは容赦する必要はない。全員、庭に集めて。「【スリープ】【収納】！」

後でこいつらの利用方法は考えよう。屋敷を空にしてしまったので、すぐ王都の大公邸執事ビスタに連絡を取り、メイドと新たな執事を手配するよう依頼する。ビスタには念話のイヤーカフを渡していたが役に立った。しかし、この惨状を見て、この後の展開も大方の予想がつく。

「テネシア、イレーネ、悪いけど、ギースの領主軍兵士を五十人ほど、すぐ連れてきてくれ。【転移】を使って構わない」

ここは代官がおらず、書類も何も整理されてない。酷過ぎるね、まったく。

ギースのリミア代官に【念話】しよう。

(アレスだ。今、大丈夫かい)

(大公様、お疲れ様です。大丈夫です)

(今日から、王都の隣、ベイスラ領の領主になった。代官を誰かに臨時で頼みたいが、スタッフの中から選んでおいてくれないか、後で、【転移】で迎えにいく)

(分かりました。ベイスラ領のことは聞いてましたので、代官候補を検討していました)

おお、手回しがいい。時間がもったいない。早速巡回だ。


タイムイズマネー? ノンノン、お金どころじゃない。タイムイズライフだ。時は人生そのもの。人生の途中で強制終了体験をしたからこそ、人生の価値がよく解かる。


「【隠蔽】!」

次に衛兵所だ。もう予想しているが……。

衛兵所の中に入ると、アグラの時より酷かった。酒浸り、賭け事、居眠り、女性の連れ込み……。

ここは本当に衛兵所か? 会話する必要もない。上の階から掃除しよう。

「【スリープ】【収納】!」「【スリープ】【収納】!」

上からゴミどもをどんどん【収納】し、全部空にした。入口を閉めて、いったん戻ろう。

領主邸に戻ると、テネシアとイレーネがギースから領主軍兵士を連れてきていた。

「衛兵隊員の制服・装備一式、ただし、下着は除いて【取出し】！」

目の前に衛兵隊の制服・装備一式が出てきたので、防衛隊員に着替えさせ、衛兵所に連れていく。

「今日から君たちは、ここベイスラ領の衛兵隊員だ。ただちに町を巡回して悪事を働く者がいたら、牢屋にぶち込んでくれ」

新しい隊員は最初こそ戸惑っていたが、すぐに動きだす。以前、アグラの衛兵隊員もギース領主軍兵士で入れ替えた経緯があるので、いろいろ聞いていたのだろう。

ギースからベイスラへ新隊員を【転移】、服を着替え、衛兵所へ、その後、すぐ巡回、という作業が流れるように進んでいく。次は門番だな。ここは二か所あるから、四人連れていき、それぞれふたりずつ交代させる。前の門番は「【スリープ】【収納】」した。

さて、今度は町の掃除だな。今回は時間短縮でサクサクやりたいので、僕、テネシア、イレーネの三人は【隠蔽】【飛行】スキルで巡回する。暴力、違法行為を見つけたら、即スキル発動だ。表通りは露骨におかしい奴はいないな。なら裏通りだ。ほ～らいた。物陰で金品をゆすっている。

「【スリープ】【収納】！」

お次はナイフを突き付けている輩。

「【スリープ】【収納】！」

ははは、問答無用は楽だね。一見では判別しづらい、ちょい悪より、これくらい悪とはっきり判る方がスムーズ。スキル発動にまったく抵抗感がない。

悪党どもを片っ端から【収納】していく。テネシアとイレーネは悪党捜索役で小まめに回り、逃げそうな奴は実力行使で倒していく。本当に素早い動きだ。

「ここは酷い町だな。とにかく悪党どもを一掃しよう」

裏通りからスラム街へ行く。ここは貧しいけど、決して全員が悪に手を染めているわけじゃないだろう。今回は目に見えて、暴力、恐喝などをした人間に絞ったが、それでも結構な人数になった。


その後、領主邸に戻り、ひとりずつ【取出し】て、【スリープ】を解除して、尋問する。

もちろん【精神支配】スキルを使ってだ。こういう輩には遠慮しない。

「お前は過去に犯罪をしたことがあるか？　これからする予定か？」

「共犯者、犯罪の協力者はいるか？　それは誰だ？　どこにいる？」

「本拠地はどこだ？」

「グループのリーダーは誰で、どこにいる？」

こういうことを根掘り葉掘り聞いたら、出るわ出るわ。これで町の違法組織の黒幕、本拠地を把握できた。普段封印しているが【精神支配】スキルはチート過ぎる。

あとは三人で分担して、敵の戦力を無力化して回収するだけ。テネシア、イレーネはアジトをひとりで壊滅させてから、回収のため僕を呼ぶ流れ。人間相手に【隠蔽】スキルが使えるふたりが行ったら、一方的な成敗だね。今回は全部、生け捕りし、その度に【精神支配】で、芋づる式に仲間の居場所を吐かせた。全員に尋問したのは骨が折れたが、情報の精度が圧倒的に高くなり、ピンポイントで悪の巣窟を潰せた。今回もかなりの金品が回収できたので、領内改善に役立てるつもりだ。

◆

領内の悪の巣窟を片付けたので、次は商店周りだな、悪い取引をしてないか、視察しよう。

今回は【飛行】【隠蔽】スキルを解除して、新衛兵隊を十人ほど連れ、怪しげな店を中心に回る。

まずは酒場から。

「店主はいるか！」

「ああ、なんだ」

「ここで悪どいことはしていないか？」

「ああっ！　そんなことしてねぇ」

「【鑑定】！」

今の僕は属性（個人情報）も真贋（真実か嘘か）も鑑定できるから、隠しても、嘘を吐いても無駄。

「お前、危険薬物、誘拐の協力、暴力、詐欺をしてるな。引き立てろ！」

「うわあ、やめてくれ！」

この調子だと衛兵所の牢屋がすぐいっぱいになりそうだな。

次に売春宿に回る。

「責任者はいるか！」

するとガラの悪い用心棒が出てきた。ありがちだね。

「なんだ、お前ら？　何しに来やがった！　けえれ！」

ははは、けえれ、だってさ。けえれと言われて、けえる訳ないだろ。

「【スリープ】【収納】！」

はい、一丁上がり。中へ入ると女性たちがいた。

「衛兵隊だ！　責任者を出せ！」

すると奥の方から、いかにも因業《いんごう》そうなバアさんがキセルをくわえて出てきた。

「あんたら、こんなことしてただで済むと思ってんのかい！　あたしの後ろにはジャンクドラゴンがいるんだ。後悔したって遅いよ！」

「ああ、それはもう壊滅させたよ。残念だったね。今まで悪どいことはしたか？」

「はん！　そんなことする訳ないだろ！」

「【鑑定】！」

嘘、誘拐、監禁、暴行、脅迫、窃盗、まだまだいっぱいあるな。悪行の総合商社かよ。

「【スリープ】【収納】！」

店の女性たちに、この店を潰したこと、強制的に仕事をさせられているなら、もう自由だと伝える。ほとんどの女性が借金、経済的理由でここにいるようだったが、借金については闇組織を潰したから、安心だと話したら、わっと泣かれた。今まで大変だったね。その後、ひとりひとりにお見舞い金を渡して解放した。

ひょっとしたら、この世界的には売春を肯定する考えがあるのかもしれないが、まったくよろしいことじゃないし、間違いなくここはアウトだ。こんな感じで悪事を働いている店はどんどん潰していったが、山場を過ぎたようなので、衛兵隊に引き続き巡回を頼み、自分は一度、戻ろう。

領主邸に戻るとギースのリミアが新しい代官候補を連れてきていた。仕事が早くて助かる。

「大公様、メネアです。よろしくお願いいたします」

「おお、待ってたよ。今日から君はここの臨時代官だ。早速だが、書類の整理を頼む」

「かしこまりました」

メネアはリミアの代官補佐をしてたから、要領が分かり、すぐ動き出す。

それと、衛兵隊を全部入れ替えたから、また衛兵隊長を頼むか。姫様に【念話】しよう。

(姫様、今、大丈夫ですか？)

(アレス様、大丈夫です。どうぞ)

(今、ベイスラ領ですが、衛兵隊が酷かったので、全部入れ替えました。申し訳ございませんが、また衛兵隊長を手配してもらえるようお願いします)

(ふふ、相変わらず、仕事がお早いですね。分かりました)

(ベイスラ領ということで心配するかもしれませんが、元帥が組織を綺麗にしたから、ご安心下さいとお伝え願います)

(ふふ、アレス様の活躍ぶりが目に浮かぶようです)

これで領内は一段落、あとは領内の出入りだな。王都側と郊外側に門があっておかしな物や人が出入りしないか見ないと。しばらくテネシアとイレーネにも協力してもらおう。

次に、悪党組織を潰したこと、残党がいたら領主邸に連絡するよう町中に掲示した。引き続き残党狩りをしていくが、一切手は抜かない。以前の領主が仕返しを受けた情報もあるので、領主邸の警戒も怠らない。自分は大丈夫だけど、臨時代官のメネアをしっかり護衛しよう。

早速、ギース領の領主軍施設に飛び、鬼人のレッドとブルーをベイスラ領主邸に連れてきた。ふたりとも大きいし見た目が凄く怖いからな。こんなのが門に立っていたら、誰も近づけないだろう。

「ふたりとも今日からこの領主邸を守ってくれ」

「「分かった！　任せろ！」」

声が完全にハモッてる。相変わらず仲の良い兄弟だ。これでここは大丈夫だな。

◆

ベイスラの町の人々が口々に話す。

「最近、町の様子が一変したよな」

「夜でも平気に歩けるし、路地裏でも安心よね」

「新しい領主様が物凄いやり手で悪い集団を潰して回ったらしい」

僕が来て、治安が改善し、町の様子は一変した。

しかし同時に問題点も浮かび上がってきた。それは貧困だ。もっと具体的に言えばスラム街の人たちだ。この環境では、今日、明日、食うにも困る。何とかしないと。もし環境が変えられるなら……。

「そうだ！　島で生活したら、いいんじゃないか。少なくとも衣食住は困らない」

これを受け、スラム街の住民を対象に島への移住説明会を開催したが、結構な数の人が集まった。最初は皆半信半疑だったが、衣食住の心配がないことを再三説明すると、移住希望者が出てきた。

さすがに全員を【転移】させるのはあれだから、護衛をつけて、荷馬車でギースまで運び、そこから船で島に送り、島の代官インカムに居住地の割り振りをしてもらった。最初は十人、次に五十人とどんどん増え、最終的にスラム街の大多数の住民が島へ移った。島は人口が増えて活性化するし、ベイスラはスラム問題が解決するし、一挙両得だ。

今回、衛兵隊を入れ替えたが、さらなる治安改善と失業対策として人材を募った。これは貧困に陥るのを防ぐ目的もある。資金は悪の巣窟から回収した分がタンマリあるから大丈夫。衛兵隊が機能しだすと、住民は安心して仕事ができるようになるので、結果的に税収は上がるだろう。治安のいい町となれば、質のいい人、質のいい仕事が集まるようになる。

さて、今回、多数の悪党たちを【収納】したが、どう扱おう？　男はギースの領主軍施設送りにして、ブートキャンプだな。今回は【精神支配】スキルがあるので、「悪事をしない」「真面目に働く」をかける。女性は町の清掃や施設の介助、介護などをしてもらうか。

しかし、この【精神支配】スキルは本当に凄い。根っからの悪党だと、「悪事をしない」「真面目に働く」のたったふたつをさせるのが困難だし、そのために体罰や拷問をしても、かえって憎しみと恨みの念を増加させるリスクがある。人を更生させるのは至難の業だ。しかし、このスキルはその手間がまったくかからない。悪事をしないということは、嘘をつかない。騙さない。相手を傷つけない。裏切らないなど、全部を包括するし、真面目に働くは世の中に貢献する活動を指す。「小人《しょうじん》閑居《かんきょ》して不善をなす」という言葉があるが、真面目に働いていれば、悪事をする考えも浮かんでこないだろう。

このスキルの必要性を強く感じたのは、以前、レッドとブルーで、囚人たちに体罰を与えたことがきっかけだ。あの時は殴る方と殴られる方の立場を超えた連帯感みたいなものが影響してか。たまたま良い方向に向かったが、一歩間違えれば、どうなっていたことか……後から冷静になって冷や汗をかいたものだ。

生まれついての悪党はいないと信じたい。たぶん周りの生活環境で「悪事をしてもいい」「真面目に働かない」が染みついたんだろう。僕の【精神支配】はそれを逆方向にかけて、更生を促すもの。悪用しないよう強く自戒するが、悪党相手なら抵抗感が減るのも事実。ここぞという時だけ使おう。

スラム街の次に療養所を回り、エリアヒールをどんどんかけていった。怪我をして労働できないのはもったいない。悪事を働いてた店は廃業させたので、代わりに新規開店希望者を広く募り、見所のある人物には協力金を支給した。酒場のあとはまた酒場になったが、店主が変わると全然違う。怖いお兄さんが登場するぼったくり店は僕の領地ではまったくお呼びではない。

ベイスラ領の住民の表情が明るくなった。

「最近の町は綺麗になって、雰囲気も変わったわね」

「そうね。スラム街も一掃されて、明るくなったわ」

「これも新しい領主様のお陰ね」

王都の住民も変化に気づき始めた。

「この前、ベイスラ領に行ったけど、町が一変してたぞ」

「ギルフォード大公様が悪い組織を全滅させたらしいよ」

「おお！　あの英雄か！」


すでにベイスラ領で治安上の大きな心配がなくなったので、レッドとブルーをギースの領主軍施設に戻し、引き続き、軍曹として新入りを訓練するよう指示した。またテネシアとイレーネに隊長、副隊長をやってもらおう。短期間で戦力（まともな人間）にしてもらいたい。

スラム街からの移住は滞りなく終わり、残った場所はスキルで新品同然の建物（公民館）に変えた。ここは相談所、お助け所として、主に、健康上、経済上の問題に対処する。予算は悪党から回収した金品を使う。健康はまとめて「ヒール」サービスをし、経済は仕事の紹介や補助金を与える。

ベイスラ領に着任して半年、町は正常に戻った。この間に新しい衛兵隊長も来たし、臨時代官のメネアも正式な代官に就任してもらった。ここまで来ればもう大丈夫だろう。

インカムの報告によると、島に移住した人もうまくやっているようだ。今回五百人くらいの人間が移住したので、島の人口も合計で六千人に増えた。最初は亜人がほとんどだったが、人間の割合も次第に増えてきた。いい傾向だ。

そう言えば、元帥なので、たまに王城の会議に参加するんだけど、何と王様のすぐ隣の席だ。あまり話さないけど、王様の隣に座っているだけで、周りの大臣や貴族は僕が特別な人間だと認識するみたいだな。実はこれが一番の目的かもしれない。姫様経由で先に話を通していたが、防衛大臣に「ベイスラ領の新規の衛兵隊長を早期に呼んでもらいたい」と要望したら、数日後に来た。前のアグラ領の時は相当かかったのに大きな差だ。

会議に出席して分かったが、この国の大臣という役職はすべて文官（貴族）のようだ。防衛大臣も実は文官（貴族）で、業務の取りまとめはするけど、事務的で役人に近い感じ。どうりで現場（兵士）と感覚が違うと思った。現段階ではこの組織を否定するつもりはないが、改善すべき点があったら、少しずつ意見して行こう。会議でもベイスラ領の改善を称賛する意見が多数あり、王様が微笑んでいたのが印象的だった。お陰で王様との距離も随分近くなった。

◆

～テネシア視点～

あらら、ついに自分みたいのが伯爵にまで、なっちゃったよ。ただ、あるじと一緒についていって、魔物や盗賊、海賊、悪党たちを好きに成敗して回っただけなんだけどな。あるじは正義感が強いので凄く共感するし、一緒にいても楽しい。辛いとか、きついとか思ったことは一度もないね。

それに、あるじはいつもイレーネと自分を気にかけてくれ、素材を回収するとたくさんのお金をくれた。もうすでに一生遊んでいけるくらいの財産を手にしたけど、実はお金にはそんなに興味はないんだ。それより、あるじと一緒にいて、あるじの役に立つことが一番だ。

王城の伯爵邸に行くと、「伯爵様、お待ちしておりました」なんて言われてさ。何か背中がむずかゆくなってきたよ。最初は王都の屋敷も断わったけど、あるじから「少しずつでいいから、貴族の流儀に慣れてほしい」と言われ、しかたなく引き受けた。あるじは東部の大領主で、辺境で自由にやってきたけど、今や王城の中心メンバーの一員で、そうなると側近の自分たちも王族や貴族との付き合いが出てくる。そこまで考えて、王都に館を持たせてくれたんだな。この館は、王都にしては敷地もかなり広く、自分にはもったいない代物だ。

伯爵になって俸給も増額された。俸給は王様からの支給だが、自分は大したことはしてない。たまに王城の近衛兵たちを見て回るだけ。行くと「伯爵様」「元帥側近様」「英雄様」なんて言われる。まいっちゃうね。俸給と言えば、あるじからもたくさんもらっている。伯爵になって俸給も増え、これ以上は貯まる一方だよ。そのうち、何か使い道でも考えるかな。

そう言えば、バナン王国の鉱山ダンジョンに、あるじからもらった剣を持っていったら、イレーネとふたりでリベンジ踏破できた。なぜかラスボスのミスリルゴーレムが二体出てきたが、あるじからもらった異次元品質の剣で八つ裂きだった。その後、壁が崩れ、お宝をゲットしたんだけど、最奥から水晶玉がふたつ出てきて、イレーネとひとつずつ手にした。これは持つだけで体が熱くなる。あるじに聞いたら普段は収納カバンに入れといた方が無難と言うんで、異次元品質の剣と一緒に収納中だ。

鉱山の町のギルドでは私らのパーティー『消滅の風火』がダンジョン初制覇したことが掲示され、誇らしい。回収した素材の大部分は島のドワーフ職人に渡したよ。一部だけギルドで換金したが、それだけで十分な額だった。実はダンジョン制覇で意外に苦労したのが、マテリアルスライム。前より耐性が付いたのか、こいつだけはまったく剣が効かなかった。ここはまだダンジョン上層階で、人が多い場所だったから魔法を封印してたけど、やむなく通行人規制して獄炎魔法で焼き尽くした。あるじには内緒だな。

あるじを引き立ててくれたから、王女様には好感を持っている。
結婚後は顔を合わせる機会が増えるだろうから、仲良くしたいね。

～イレーネ視点～
アレス様、テネシアさんと一緒に歩んできたら、いつの間にか伯爵になっていました。自分には本当にもったいない話で、断っていたんですけど、今後、アレス様の進む道を共に歩き続けるためには、王都や貴族に慣れていく必要があるんでしょう。

頂いた王都の土地と館は広くて立派でしたが、アレス様、テネシアさんの近所だったのが良かったです。きっとメリッサ王女様がいろいろ配慮してくださったんでしょう。王女様は目に見えないところで、アレス様に協力して下さっているようです。内助の功と言ったところでしょうか。
テネシアさんもぼやいてましたが、王様からの俸給、アレス様からの俸給、素材の売却でお金が貯まる一方なんです。アレス様からは「故郷の身内を呼んだらいいんじゃないか?」と言われてますけど、う～ん、どうしようかな。エルフの里から独立してここまで来たけど、里ははるか遠方の森にあるし、ここは生活が全然違いますからね。

里のエルフにも魔法を使える者はいますが、アレス様ほどの大魔法使いはいません。私は風と水、テネシアさんは火と土の魔法が得意ですが、何とアレス様は魔法スキルを創造する力まで手に入れました。しかもその力をアイテムにより他人に与えることまで可能なのです。私とテネシアさんが、アレス様から頂いたアイテムの魔法スキルは【念話】【転移】【飛行】【隠蔽】【身体硬化】【結界】【収納】と増えてきました。トラブルを避けるため【転移】【収納】はレベル1にして制限をかけているとのことでしたが、当然だと思います。その他に、アレス様から頂いた『異次元品質のミスリル剣』、ダンジョン最下層で回収した『魔力増大の水晶玉』もあるので、鬼人にこん棒どころの話ではありません。

アレス様とメリッサ王女様のご結婚まで、あと半年となりましたが、引き続きアレス様を支えたいと思います。メリッサ王女様ともうまくやっていきたいですね。

第十章　結婚に向けて

メリッサ姫との結婚まであと半年となる。そろそろ本格的に結婚準備をしよう。本拠地であるギースの大公城は執事のバイアスを中心に受け入れ体制を整えており、使用人は王城からも応援が来てくれるとのことだが、それ以外にも考えていることがある。

まずは姫の護衛。自分は姫に領地内を自由に行動できるようにするつもりだ。そのために優秀な護衛は欠かかせない。親衛隊と銘打って、募集し五十人ほど選抜したい。今回の件は防衛大臣にも声掛けしてるので、いい人が来るといいな。できれば王城の近衛兵からひとり来てもらって、隊長に任命したい。領地内にも衛兵隊はいるが、衛兵はそれぞれの領地内の任務が最優先だし、姫だけに護衛を集中できないだろう。自分の領地はギース領、アグラ領、ベイスラ領、ギルフォード公国と広がってるし、離れてもいるので、移動も大変だ。だが、姫には各領地を好きな時に見てもらいたい。だからこそ領地を越えてずっと護衛できる存在が必要だと思った。

それと、領内の衛兵隊は貴族や王族への対応には不慣れなので、姫に余計な気遣いをさせたくないのと、自分がテネシア、イレーネを連れて回ることが多くて、その間の護衛強化の意味合いも大きい。姫に何かあったら大変だからな。自分のことより優先したい。

次に本拠地ギースの美化。この世界の基準では今でも十分綺麗だが、日本人感覚からすると、まだまだだな。夜中に道路や施設を【収納】【加工】【複写】スキルで整備する。ここは人の多い町だから、夜中に道路の張替え作業をしてたら、住民に驚かれてしまった。それで工事方法も改善した。僕のスキルは重機を使用しないので、そこまで大きな騒音にはならないが、それでも物同士がぶつかる音がすると住民に迷惑をかけるので、【隠蔽】と【結界】の合わせ技により無音で作業できるようにした。工事現場全体を【結界】で囲み、その中を【隠蔽】し、音も隠蔽（消音）するという仕組みだ。

ギースを発展させ、人が集まれば、ここがギルフォード公国の唯一の玄関口（旅行者・移住者）であることから、必然的に公国へ人が流れ、公国の経済も発展するだろう。そして島が発展すれば、その玄関口であるギースも発展するという好循環を目指したい。

現在、自分の身分はロナンダル王国の大公爵、ギルフォード公国の公王、各領地の領主、それに、元帥が加わる。その上さらに、内々で王様の後継ぎ（王太子）の話も受けている。ベイスラ領の早期改善により、王都有力貴族の間でも領地運営を高く評価する声が増え、現実味を帯びてきたようだ。

◆

ある日、ギルフォード島の上空を飛んでいたら、はるか遠くに船が見えた。島の居住地の反対側だったので、防衛隊の監視にも入らなかったのだろう。島から離れていくし、放っておいても良さそうだったが、少し気になったので、後を追うことにした。

【飛行】【隠蔽】スキルを使用しながら、船に近づくと様子が変。定期船の通常ルートではないし、ガラの悪い男たちがあたりをジロジロ見渡している。そこでピンと来た。

これは海賊だな……。

海賊の被害は以前より激減したが、それでも完全になくなった訳ではない。後をつけて、アジトを根絶やしにしよう。こんなのが近くに来たら困るしな。船の甲板に降りて、海賊たちの話に聞き耳を立てる。

「ギルフォード島は監視が厳しいな」

「あそこにあったアジトが壊滅したってよ」

「マジか？　最近は仕事がやりづらいぜ」

「でも、俺たちのアジトなら大陸から遠いし大丈夫だろ」

やはり海賊だ。もっと近づいてみよう。しかし、俺たちのアジトって何だ？

「やっと仕事が一段落したな」

「島で休めるぜ」

島で休める？　どこだ、その島は？

「あそこは絶海の孤島だからな」

絶海の孤島？　気になるが船内も見てみよう。おっ、あそこの部屋だけ見張りがいる。

「【スリープ】！」

見張りを眠らせ、ゆっくり中に入るとお宝発見、即【収納】。このあたりの作業はこれまで散々やってきたから、もはや流れ作業だね。捕まっている人はいるかな？　他の部屋も探そう。

「この部屋はどうだろ？」

扉を開けると、中の男が驚く。

「うわっ！　勝手に扉が開いた。あっ……」

男を【スリープ】させると、部屋の奥に両手を縛られた人たちが七人いた。【隠蔽】を解除してと。

その瞬間、皆、驚くが、今は詳しく説明してる暇はない。

「助けに来ました。捕まったのはこれで全員ですか？」

すると目の前にいた男性が答える。

「これで全員です」

「分かりました。貴方たち全員を助けますので、一度、目を閉じて下さい」

申し訳ないが、少しだけね。

「【スリープ】【収納】！」

これで船の人質は保護した。


船が島に到着。たぶん海賊たちの島だろう。確かに絶海の孤島だ。どこに海賊のアジトがあるんだ。

案の定、島に到着した海賊が到着後に大騒ぎしだした。

「おい！　お宝がないぞ！　どうなってる！」

「なんでお前眠り呆けてるんだ！」

「人質が全員いなくなってるぞ！」

ふふ、笑っちゃうね。出迎えた男が怒りまくってるぞ。醜い争いだ。

「てめえら！　隠してるんだろ！　正直に言え！」

「いえ！　そんなことはありません！」

「とにかくお頭《かしら》のところに来い！」

おっ、ボスの所に行くみたいだ。ついて行こう。

島の中央の茂みの中にアジト発見、ここまで順調、順調。

「てめえら！　正直に吐け！」

「そんな、お頭、信じて下さい！」

「他の奴らも全員呼んでこい！」

あれがボスだな。みんな集まるみたいだ。ふふふ、ますます好都合。

よしよし、全員集まったな。刃物で脅してる。よし頃合いだ。

「【スリープ】【収納】！」

その後、残りの海賊、島にあったお宝、島にいた人質もすべて確保した。

しかし、ここはいい島だな。小さい島だが、プライベート用としたら面白そうだ。綺麗な砂浜を生かして、海辺でのんびり優雅に過ごす。ここならサンライズやサンセットも映えるだろう。まだ明るいし、サクッと開発するか。

「【収納】【加工】【複写】！」

今回はあくまでプライベート用で、島の自然を大きくいじることなく、美観維持に努めよう。少人数が過ごせるくらいの施設がいい。それと、普段は無人のため、島全体を外から【隠蔽】し、外から中に入れないよう【結界】をかけた。ただし、僕と僕の認めた人物だけは解除。海賊の船は綺麗に【加工】して再利用しよう。

海賊退治をして、プライベート用の島を手に入れたので、後はうまく事後処理しよう。

海賊はギースのギルドに突きだそう。賞金首がいるかもしれない。

～ギースの冒険者ギルド～

「ギルド長、海賊を生け捕りにしました。確認して下さい」

「これはまた凄い数ですね。さすがは大公様です」

前回ほどじゃないが、三十人くらいはいるもんな。

「何人か賞金首がいましたが、他のはどういたしましょう？」

「そちらはギースの領主軍で鍛え直そう」

「分かりました。報奨金はどうしましょうか？」

報奨金は国から出るんだったな。

「ギース領の発展に使いたいから、リミア代官と相談してほしい」

「分かりました」

次は人質だな。商会のネットワークを使おう。

～ギルフォード商会本館・会長室～

「メラル君、海賊を討伐して人質を救出した。手数だが母国へ送り返してほしい」

「了解しました」

メラルに同様の依頼をするのはこれで二度目。さすがに慣れるよな。驚きがない。

「お金をおいていくから、お見舞金も渡してくれ。もし身元不明や帰国を嫌がったら、商会預かりで働いてもらって構わない。全員【鑑定】で問題なかった」

純粋に人助けは気分がいい。つくづくそう思う。

～新しく手に入れた島～

事後処理の後、プライベート感覚でのんびりくつろいでいたが、ただ休むだけじゃもったいない。

ここは絶海の孤島だし、機密保持にこれ以上の場所はない。島の地下に金品を保存できそうだ。スキルで地下に穴を掘って広い空間を造ろう。

「【収納】【加工】【複写】！」

いつものように生産系スキルで地下室を造り、そこに大きな金庫と素材倉庫を設置する。金庫は金貨、宝石など、倉庫はミスリルなどレア素材を中心に【取出し】ておこう。

しかし取り出すと凄い量だな。これでも三割だけど、万一、スキルが使用できなくなるとか、取り出せなくなった場合のリスクを考えて、現物で出しておいた。この部屋も【隠蔽】【結界】をかけたので、僕以外は見えないし、僕以外は入れないようにした。

ギースの大公城とギルフォード島の大公城にも、同様の地下施設を造っているが、そちらにも三割ずつ移そう。そうすれば手持ちが一割で、【収納】スキルの負担軽減になる。リスク分散は必須だよね。ずっと長い間、ほぼ全資産を【収納】していたけど、これで気分的に楽になる。

過去、集めた鉄鉱石などの金属系の素材はギルフォード島のドワーフ職人さんに渡そう。

収納整理で気分すっきりだ。

◆

ここは、ウラバダ王国の中央広場、今日も民が衛兵隊に引き立てられ、公開処刑される。

「ゴラン王に死を！　奴は国の疫病神《やくびょうがみ》だ！」

壮絶な叫びの直後、刑が執行される。多くの民が恐怖を感じる中、遠くからその光景を眺める怪しい男がいた。黒い外套を頭から被り、ニヤリと笑う。

「そうだ、もっと憎しめ！　呪え！」

満足げに見ていたが、一瞬で表情が厳しくなる。

「それにしてもロナンダル王国はなぜ我が手に落ちぬ。今に目にもの見せてくれるわ！」

そう言い残し、男は黒い影となり、その場から蜃気楼のように消え去った。


〜ロナンダル王国・王宮〜

控室でメイドたちが談笑している。

「王女殿下、間もなく、ご結婚ですわね」

「お相手はあの英雄ですよ」

「素晴らしいご結婚になりそうです」

メリッサ王女の結婚があと三か月と近づき、王城のメイドたちも準備に浮き立っていたが、ある夜、驚きの声が響き渡る。

「キャア――――――」

メイドたちが声のもとに駆けつける。

「何があったの？」

「で、出たの、黒い何かが‼」

その後も王城内で黒い影を見たとの報告が続き、レイス（死霊）ではないかとの噂が広がった。

そんなある日。

「うぅぅ！」

「王女殿下！　た、大変です。誰か来てぇぇ！」

メイドの声が響く。突然、メリッサ王女が倒れ、城中、大騒ぎとなった。

「これはいったい何事じゃ？」

ガロル王がベッドの王女を見舞うが、ぐったりして顔色が悪い。

「昨日まで元気だった王女殿下が突然こんな……あまりに不自然です」

王家の治療専門家でも皆目見当がつかない。毒でもないし、怪我でもない。

「とにかくギルフォード大公を呼ぼう」

困った時のギルフォード大公、厚い信頼が王家ではすでにできあがっていた。

姫の一大事と聞き、急ぎ駆けつけたが、姫様を見ると、顔色が悪く、意識もはっきりしない。

この症状はアグラ領で見覚えがある。

「【鑑定】！」

やはり呪いか……。

「王様、これから私の力を使って姫様をお救いします」

「おお！　頼む！」

「【解呪】！　【ヒール】！」

するとは姫様はみるみるうちに顔色が良くなり、意識を取り戻した。

「おお、メリッサよ！」

「あら……私……どうして……」

「姫様、もう大丈夫ですよ」

とりあえず良かった。


その後、別室でガロル王、ザイス筆頭大臣と会談。

「大公よ、メリッサの件、礼を言うぞ」

「いえ、当然のことをしたまでです」

「ザイス筆頭大臣、レイス騒ぎはどうなっておる？」

「まだ続いてるようです。大きな被害はありませんが、使用人たちが怖がっております」

ここまで聞いたら、やるしかないな。

「もし、よろしければ、僕に任せてもらえませんか」

「そなたはレイス退治もできるのか⁉」

「おそらくいけると思います。発生場所の範囲はどの程度でしょうか？」

「うむ、城全体じゃ」

「……それでしたら、お城全体に範囲を広げて力を使いましょう」

過去にレイス相手に神聖魔法の浄化を使ったことがあるが、範囲を広げてやってみるか。

「お城全体に、神聖魔法、浄化！」

あたりが光に包まれる。

「「おお！」」

「王様、筆頭大臣様、これでレイス退治ができたと思います」

「おお、助かった！　感謝するぞ」

「大公様、ありがとうございます」

「姫様が落ち着かれましたら、一度、お話ししたいので、ご一報願います」

こういうのはアフター対応が大事だからな。


〜王城の騒ぎから数日後〜

王宮で姫と歓談する。姫はすでにソファに腰かけており、日常生活に戻ったようだ。

「姫、ご気分はいかがですか？」

「アレス様のお陰ですっかり良くなりました」

「それは良かったです」

いつもの姫に戻って良かった。このタイミングなら言ってもいいだろう。

「今回の件は、何者かが力を悪用して、お城の混乱を狙ったとみています」

「……そうですか」

「それで再発防止のため、姫をお守りするアイテムをお渡ししたいのです」

大きなダイヤのついた金の指輪を渡す。

「まあ、これは！」

「これは結婚指輪になります。しかし、ただの指輪ではありません」

「何か特別な力があるのね」

「その通りです。貴女様をお守りする力で、【解呪】【回復】【転移】【隠蔽】【結界】のスキルが使えるようになります」

「……そんな特別な力を頂いても、いいのかしら」

「今回の件だけでなく、先のことまで考えました。もし今回のように遠方から精神系の攻撃をしてきた場合【解呪】、身体の体力回復には【回復】、王都や領地との行き来には【転移】、敵に追われたら【隠蔽】、敵に襲われたら【結界】が役に立ちます。防衛スキルですね」

「現在、【念話】のイヤーカフを頂いているけど、アレス様は本当に様々な力をお持ちなのですね。しかもそれを他の人に使えるようにできるなんて……」

「一番の目的は姫の御身の安全です。私がそばにいれば、心配ございませんが、万一に備えました。よろしければ、結婚までの間、スキルの使い方や注意点をご説明いたしましょう」

「ありがとう、アレス様」

気が付けば、ふたりの時は呼び方が姫様から姫になっているが、その方が自然に感じる。

それだけ距離が近くなったということだな。

今日は王城の防衛について提案しよう。これでも一応、軍のトップ、元帥だしね。

「王様、ザイス筆頭大臣様、先日の騒ぎですが、どうやら、外部の者が何かの力を悪用して、城を混乱させ、姫様を苦しめようとしたようです」

「外部の者？　誰じゃそれは？」

「分かりません。ただ、レイスや呪いを使っていたので、王家に悪感情を持った者でしょう。あの、失礼を承知でお伺いいたしますが、どなたかお心当たりはございますか？」

「……こちらでは思い浮かばぬ」

「実は以前、領地内、ウラバダ王国との国境付近で、レイスがこちらに攻撃してきたのを退治したことがございます」

「すると、またしてもウラバダ王国か？」

「その関連が疑われます。取り急ぎ、今回のような事態への防衛策として、城にレイス、恨みが入ってこられないよう、結界を張ることをご提案いたします」

「結界となな！　そんなことができるのか？」

「はい、ご承認頂ければ、今すぐにでも、張らせて頂きます」

「頼む。結界を張ってくれ」

　それでは、早速やろう。

「レイス、恨みが入ってこれないよう、お城に【結界】！」

　一瞬、光が広がる。

「これで、レイス、恨みがお城に入ってくることはございません」

「おお、貴公がメリッサの結婚相手で本当に良かった。ぜひ後継ぎになってもらうぞ」

　アクシデント対応により、またも信頼を上げることができた。しかし、あのウラバダ王国というのは、悪の巣窟みたいな国だな。本当にろくなことをしない。今後も要注意だ。

◆

メリッサ姫との結婚まであと一か月となった頃、王城に呼ばれた。てっきり結婚準備の打ち合わせかと思ったら、そういう感じでもない。応接にはいつもの三人、ガロル王、ザイス筆頭大臣、メリッサ姫がいる。いったい何だろう？　ほんの少し、ピリッと緊張感が走る。

「以前から貴公をわしの後継ぎに決めておったが、発表は結婚と同時が良かろうと思う」

「結婚と同時ですか？」

「そうじゃ、結婚前だと、わしの子でないから、貴公の王太子就任に違和感を持つ者もおるじゃろうし、逆に結婚後だと、メリッサがギルフォード家に嫁入りする形になるじゃろう？　それではいかん。手続き上の話じゃが、後々、重要となる話なのじゃ」

「つまり王家か、大公家か、ということでしょうか？」

「その通りじゃ、貴公を後継ぎにするには、王家に入ってもらう必要があり、最初からロナンダル王家に婿入りする形にした方がスムーズなのじゃ」

「……なるほど、おっしゃる通りです」

言われてみればその通りだが、そこまではっきり考えていなかった。

そうか、お嫁さんに来てもらう感覚だったが、王様の跡を継ぐなら、婿入りになるか。

「結婚式当日、貴公はロナンダル王家に入り、王太子になってもらう予定じゃ」

婿入りはいい。形式的なものだ。それより——

「……王家入りのお話はよく分かりました。ただし、私は領地運営、商会経営、そして冒険者として行動しておりますが、そちらへの影響は大丈夫でしょうか？」

「これは、身分や家柄、いわゆる肩書の話じゃ、王太子であっても大公であることは変わらぬし、これまで通りの行動で大丈夫じゃ」

ホッ、それを聞いて安心した。それともう一点。

「それでは予定通り、姫様にはギースの大公城にお越し頂くということで大丈夫でしょうか？」

「うむ、それは変わらない」

なら、まったく問題ない。さすがに王宮住まいはちょっとね。

「それと、王族が自分の領地を移動する際、他の貴族の領地を通るのは避けた方がいい。丁度ベイスラ領とアグラ領をつなぐ細長い領地パンタがあるのじゃが、これを貴公にやろう。そうすれば王都、ベイスラ、パンタ、アグラ、ギースと自分の領地だけを移動できるようになる」

「確かパンタ領は他の貴族が治めていたと思いますが……」

「うむ、まあ、そちらは別の領地と交換してもらった」

領地の交換って、そんな簡単にできるのか？　王様の力は随分強いんだな。

「パンタ領はどういう土地ですか？」

「中央から東部に伸びる細長い領じゃ。東西方向に大きな街道があって、街道沿いに住民が暮らしておる。特に大きな問題はないし人口も少ない。引き継ぎは前任の代官がしっかりする予定じゃ。領地運営に手がかかることはないぞ」

婿入りの話は少しびっくりしたが、悪い話ではない。行動制限もされないようだし。それに、パンタ領の授与はありがたい。領地運営は大好きだし、自分の領地なら移動に気を使わない。

「わしは結婚後も娘に気軽に会いたい。娘の安全を優先したのじゃ」

「それでしたら、ひとつお願いしたいことがございます」

「何じゃ？」

「結婚後、姫様とパンタ領の道を通ることになるかと思いますが、結婚前に僕の方で街道を整備しておきたいのです。できましたら、パンタ領の授与だけ早めて頂くことは可能でしょうか？」

「何、これから道の整備をするのか！」

「はい、僕でしたら可能です」

結婚まで一か月だが、僕なら余裕。

「……まあ、貴公なら可能じゃろうな」

「それとこれは僕から姫様へのご提案なのですが、王城で結婚式後、姫様にはベイスラ領、パンタ領、アグラ領、ギース領をお通りされる訳ですよね。せっかくですから、道中の旅を新婚旅行として扱うのはいかがでしょうか？　長旅ですがご気分が楽になると思います。また、今回の道中ではこちらで用意する親衛隊がしっかり護衛いたします」

「まあ、それは素晴らしいですわ！」

姫が笑顔になる。この世界で新婚旅行が一般的なのか不明だが、提案して良かった。

この会談の数日後、パンタ領を授与された。早速、行くぞ！

◆

今日からパンタ領の領主だ。これから領主邸に入るが、テネシア、イレーネ、そして新代官のタルメスも同行している。タルメスはギースの代官リミアに紹介してもらった。

「今日から、パンタ領の領主になるギルフォード大公です」

「お待ちしておりました。どうぞこちらへ」

前任の代官が領主邸に案内する。自分の領地できちんと引き継ぎされるのは初めてだ。

今までが酷過ぎたからね。はは。

新旧の代官が相対する。

「この件についてはどうなりますか？」

「それはこちらにございます」

早速、旧代官と新代官タルメスが引き継ぎを始めた。うん、ここは大丈夫だな。次は衛兵所だ。

「今日から、パンタ領の領主になるギルフォード大公です」

「お待ちしておりました。どうぞこちらへ」

きちんとした対応……これが普通だよね。今まで何だったんだ。

その後、衛兵隊長、隊員らと無難に話ができ、有意義な時間を過ごした。普通っていいね。

ここからが本番だ。三人で【飛行】【隠蔽】して街道の最西まで向かう。そこから東に向かって道を整備していく。【収納】【加工】【複写】で道が広く綺麗に真っ直ぐになっていく。通行人がいた場合はテネシア、イレーネに交通誘導をお願いする。以前、国境の防壁を造る際に、『魔力増大の水晶玉』を使ったら、各段にパワーアップしたので、今回も使用。これで一気に視界が届く場所まで道ができる。凄い。たまたま居合わせた通行人は驚愕の表情だ。あまり近づくと危ないので、すかさずふたりが遠くに運ぶ。以心伝心だね。このふたりは本当にいい側近だ。

道の途中にボロボロのお店があったので、ついで仕事で新店同然にした。店主に涙が出るほど喜ばれたが、領民の生活向上が領主の仕事だし、新婚旅行の道沿いは綺麗にしたい。

このパンタ領は細長い地形で、東西に延びる街道沿いに商店がぽつぽつあって、領主邸付近が少し栄えている程度。人口も少なく、大きな産業もない。主な収入源は街道沿いのお店くらいかな。ただ、街道から離れると畑が広がっているので、自分たちの食料は困らないようだ。

ただ、通行量はそれなりにある。一番栄えている中心部（領主邸）に近づくと通行量が増えてきた。

「テネシア、イレーネ、通行人の回避誘導しっかり頼んだよ」

「あいよ」「はい」

中心部には宿屋が多い。これも領内の貴重な収入源だろう。まさに宿場町だな。そこでちょっと甘味を食べながら休憩し、引き続き東へ街道を整備していく。ずっと同じような光景が続いてるな。ずっと続く一本道、中心部を離れると、お店がぽつんぽつん。よく見るとお店には近くの畑で採った物が目立つ。普段はほとんど自給自足、余りもので現金収入という感じかな。道が整備され、通行量が増えれば、経済も上向きになるだろう。

パンタ領の街道をすべて整備したが、まだまだ、力が有り余っていたので、そのまま、アグラ領、ギース領、ベイスラ領も一気に整備した。これで領地内（王都～ベイスラ～パンタ～アグラ～ギース）に綺麗な一本道ができた。今後、王都とギースの間の移動時間も短縮できるだろう。自分は転移魔法が使えるけど、ほとんどの人はそうはいかないからね。

◆

「ギルフォード大公爵閣下、貴方はメリッサ王女を妻として愛し、敬い、慈しむことを永遠に誓いますか？」「誓います」

「メリッサ王女殿下、貴女はギルフォード大公爵を夫として愛し、敬い、慈しむことを永遠に誓いますか？」「誓います」

教会の司祭のもと、ふたりが永遠の愛を誓いあう。

王城の大広間で結婚式が催され、国中の王族、貴族が参列し、盛大に祝福された。王都中が歓喜に包まれ、英雄と王女の結婚に誰しもが沸き、胸躍らせている。また外国に嫁がれていたクローネ第一王女（現ヒルロア王国の王太子妃）もお祝いのため、一時帰国された。今回はあまり話す機会がなかったが、また今度、ゆっくり話そう。

そして結婚の祝いの席で、王様自らが、僕を王太子として大々的に指名した。事前に筆頭大臣が各方面に説明していたので、混乱はなかったが、一般の住民からは、

「冒険者で、英雄で、大商人で、貴族の大公爵で、国の元帥で、その上、王太子なんて！」

「それに魔法使いもよ！」

「普通の魔法じゃないよ！　大魔法使い、あれは神の奇跡！」

「偉大なお方が王太子になられたものよ！」

などと、多くの顔を持つ新しい王太子の特異性に話はとどまることがないようだ。これから王都を離れれば静かになることだろう。王家入りしたことで、僕の名前はアレス・ギルフォード・ロナンダルとなった。姫はそのままで、メリッサ・ロナンダルだ。ギルフォード姓は商売の看板名だし、思い入れが強いので、残させてもらった。

　これにより、国内の僕の所有領地はすべてロナンダル王家領（王族の王太子領）となる。ただし、ギルフォード公国（島）は従来通りだ。あそこは赤字領地だからね。王家も抜け目ない。

式で、姫に改めて結婚指輪を渡したが、これは【解呪】【回復】【転移】【隠蔽】【結界】スキルが使用可能となるチートアイテムで、事前にスキルの説明と予行練習をしてきた。以前から、スキルに興味があったようで大変喜ばれたが、この指輪の最大の目的は姫の身の安全を守ることだ。当然、親衛隊や身の回りの者が護衛に入るが、自身でも身を守れることが重要だと思ってね。これからは一緒の機会が増えるし、スキルについて教えて行こう。

　結婚式とその後の宴が数日続いたが、そろそろギースに向けて出発だ。これまで王女を呼ぶ時は「姫様」や「姫」だったけど、今後はどうしよう？　率直にふたりで話し合おう。

「姫、いよいよ城を出られ、ギースに向けて出発ですが、今後はどう呼びましょうか？」

「アレス様の妻になったのですから、どうぞメリッサとお呼び下さい」

　まあ、そうなるよね。しかし、少し心の準備が必要だ。

「……分かりました。お城を出てから、そうしましょう。それと部下からですが、僕は大公様と呼ばれてますので、大公妃様でいいですか？」

「それでいいと思います」

結婚式はしたけど、まだ城の中で、他の目もあるからね。ここでは砕けられない。

自然体な夫婦は城を出てからだ。


王城内で親衛隊が列を組んで並んでいる。これは主にメリッサ大公妃の護衛を主目的に新設した組織だが、今後はギースまでの道中の護衛、その後はギースの大公城の護衛を任務とする。そしてメリッサ大公妃が城の外に出る際の護衛にもなる。これはメリッサ大公妃が僕の全領地を横断的に見て回れるようにした組織でもある。各領地にも衛兵はいるが、衛兵は領内の範囲外を対応できないからね。今回の親衛隊は王城の近衛兵を参考に新設したが、親衛隊長は元近衛兵で、姫の専属護衛騎士をした経験のあるカイルだから適任だろう。今後は僕（大公爵）の直属となる。

「カイル親衛隊長、全員揃ったかな？」

「はい、大公閣下、五十名、全員揃っております」

「君たちの使命は大公家、僕ら夫婦を護衛することだ。道中の護衛もそうだが、到着後は大公城の護衛をしてもらう。特に大公妃の身の安全を優先してくれ」

「承知しました」

「うむ、それでは明日の出発に備えてくれ」

「はっ、かしこまりました」

さすが、元近衛兵だ。短期間でこれだけ鍛えてくれて素晴らしい。

さて、明日から新婚旅行でギースへ向かう。新しい生活に期待で胸がいっぱいだ。

前の世界では結婚どころか、ひとりで外出もままならない絶望した状態だったから、今でもたまに、これは夢なんじゃないかと思う時がある。

だが、これは間違いなく現実。

今、こうして前の世界でできなかったことを次々と実現させている自分が確かにいる。

これからも仲間、そして新たにできた家族とともに仲良くやっていきたい。

僕が実現したいことはまだまだたくさんある。

あとがき

本書をお手に取って頂き、誠にありがとうございます。作者の明穏流水と申します。
今回、私にとって記念すべき初の書籍化作品となりますが、いかがでしたでしょうか。
少しでも読者の皆様にとって、いい印象が残れば、これに勝る喜びはありません。

多くの方々に支えられ、こうして晴れて書籍化することができましたので、感謝の気持ちでいっぱいです。書籍ページ数の都合上、これからというところで終わっていますが、皆様のお力を頂き、ぜひ次巻を書く機会を頂ければ、と期待しております。

お読み頂いた通り、本作品の特徴は主人公が、冒険者であり、商人であり、貴族であり、領主であり、多くの面を兼ね備え、かつ多方面に活躍している点にあります。現実的には、どれかひとつでも、大変なことですが、ファンタジーの世界では、その制約がなく、心ゆくまで楽しむことができます。

読者の皆様におかれましては、日々、楽しいことや嬉しいことばかりではなく、辛いこと、苦しいこと、嫌なこと、いろいろあるかもしれませんが、そのような世情を鑑み、ひと時の憂さを晴らし、リフレッシュできるような作風を心掛けております。

本作の題材にもなっている領地運営に注目しますと、現実社会では、それに近いものとして、国や自治体による統治があるのでしょうが、そこのトップに就いても、いろいろな制約があり、自由にできないのはご存じの通りです。議会、職員、関係者、それに有権者の協力がないと、中々うまくいきません。ですが、ハイファンタジー世界の領主なら、そのあたりの制約が少ないので、割と自由にできます。

昔の日本の領主と言えば、鎧兜を身にまとい、頻繁に戦ばかりして、下剋上が激しく、まったり感が少ないイメージです。同じ日本だからこそ、武士、サムライ、斬り合いのイメージが結びつきやすいのかもしれません。その点、ハイファンタジー（疑似ヨーロッパ）の世界なら、心理的に距離を置けるので、リアルの厳しい面をぼかしやすい利点があるのでしょう。

ただし、主人公はハイファンタジーの世界に身を置きつつ、日本人の意識、記憶をしっかり持っていますので、そこと折り合いを付けながら、どう考え、どう行動していくのかが、テーマとなっています。主人公による活躍譚はまだまだ続きますが、今回はここまでとさせて頂きます。

最後になりますが、本書に携わって下さいました、編集・校正のご担当者様、素晴らしい絵を描いて下さった、だぶ竜先生、カバーのデザイナー様、営業、販売促進、流通に関わって下さった皆様、印刷会社様、書店様、お手に取り、ここまで読んで下さった読者の皆様に深く感謝いたします。

明穏流水《めいおんるすい》

地味だけど最強の生産系スキルでゆるり領地運営はじめよう～転生して健康な身体を手に入れた僕、のんびり暮らしていたのにいつの間にか仲間とともに大貴族に成り上がっていた～

2025年1月24日　初版第1刷発行

著　者　明穏流水

発行人　菊地修一

発行所　スターツ出版株式会社

〒104-0031　東京都中央区京橋1-3-1　八重洲口大栄ビル7F
TEL　03-6202-0386（出版マーケティンググループ）
TEL　050-5538-5679（書店様向けご注文専用ダイヤル）
URL　https://starts-pub.jp/

印刷所　大日本印刷株式会社

ISBN　978-4-8137-9412-7　C0093　Printed in Japan

［明穏流水先生へのファンレター宛先］
〒104-0031　東京都中央区京橋1-3-1　八重洲口大栄ビル7F
スターツ出版（株）　書籍編集部気付　明穏流水先生

ともに新たな世界へ

毎月第4金曜日発売

好評発売中!!

著・マライヤ・ムー　今井三太郎　蒼乃白兎　　イラスト・福きつね

定価：1320円（本体1200円+税10%）　ISBN 978-4-8137-9147-8